SEVEN WAVE

《王者时刻》这部作品会比我以往写过的同类作品更加真实。这所谓的真实，并不仅仅是因为这部作品中作为背景的游戏是真实存在的游戏，更是因为在这部作品中，我所关注和想要讲述的是更加切身的东西。

一场游戏中的对局，很像是人生的一个缩影。

你在泉水出生，你开始成长，你开始面临竞争，大家一起争抢有限的资源。有的人占得先机，变得越来越强大；有的人频频失手，逐渐被别人甩开。如何在顺境中屹立不倒？如何在逆境中迎头赶上？你与伙伴一起赢下的这一局游戏里，你的功劳占了多少？又有多少功劳是与你并肩作战的伙伴的？下一次挑战来临时，你从上一次的挑战中汲取了多少经验和教训？

人生的种种，仿佛都可以映射在这小小的一局游戏中。每一局游戏的胜负重要吗？重要。因为那是你在这一局游戏中努力的目标；但是比这更重要的，是你在这一局游戏结束后，如何面对下一局游戏。

或许有人会说，一局游戏而已，哪有这么夸张？可这一局游戏，它可以是生活中的任何一个点滴，是由每个人的性格和情绪所左右的。

风萧萧是单纯的游戏玩家。

顾飞把游戏当大展拳脚的舞台。

叶修拿游戏当理想和目标。

而这一次，何遇和他的伙伴们会把游戏当成什么？游戏又会带给他们什么？

我希望他们还有诸多爱好游戏的小伙伴都可以在书中找到答案。

——蝴蝶蓝

王者时刻 1

蝴蝶蓝 著

浙江人民美术出版社
ZHEJIANG PEOPLE'S FINE ARTS PUBLISHING HOUSE

图书在版编目（CIP）数据

王者时刻．1／蝴蝶蓝著．-- 杭州：浙江人民美术出版社，2018.9
ISBN 978-7-5340-7050-1

Ⅰ．①王… Ⅱ．①蝴… Ⅲ．①长篇小说－中国－当代 Ⅳ．①I247.5

中国版本图书馆CIP数据核字(2018)第191729号

责任编辑　吕逸尔
文字编辑　傅笛扬
责任校对　余雅汝 谢沈佳
特约编辑　黄香春
执行编辑　李　静 付紫薇
设计制作　田星宇 曹希予
责任印制　陈柏荣

王者时刻 1

WANGZHE SHIKE 1

蝴蝶蓝 著

出版发行　浙江人民美术出版社
地　　址　杭州市体育场路347号
网　　址　http://mss.zjcb.com
经　　销　全国各地新华书店
印　　刷　湖南天闻新华印务有限公司
版　　次　2018年9月第1版
印　　次　2018年9月第1次印刷
开　　本　710mm×1000mm　1/16
印　　张　18.5
字　　数　227千字
书　　号　ISBN 978-7-5340-7050-1
定　　价　34.80元

目录

CONTENTS

第 1 章	昔日天才	001
第 2 章	指导游戏的少年	009
第 3 章	浪7战队	017
第 4 章	第一次，第一步	023
第 5 章	长平攻防战（上）	030
第 6 章	长平攻防战（下）	036
第 7 章	可惜你拒绝	042
第 8 章	职业大神	048
第 9 章	少数服从多数	054
第10章	尝试	060
第11章	新套路	066
第12章	欢迎你	073
第13章	站到场上去	079
第14章	试图相遇	084
第15章	踏上征程	091
第16章	别送，谢谢	098
第17章	锋芒毕露	104
第18章	勤奋思考	111

目录

CONTENTS

第19章　游戏结束　117

第20章　室友　124

第21章　新生们　129

第22章　临时队友　134

第23章　守株待兔　139

第24章　嘴强王者　144

第25章　指挥才能　149

第26章　有点在意　154

第27章　招新难　159

第28章　铂金段位　164

第29章　位置　168

第30章　高段练习　173

第31章　薛定谔的猫　178

第32章　重要的蓝BUFF　183

第33章　强无敌的对手　188

第34章　煮熟的鸭子　192

第35章　反击时刻　198

目录

CONTENTS

第36章	意识的交锋	204
第37章	含恨而终	209
第38章	职业水准	215
第39章	复盘	220
第40章	高歌三式	226
第41章	国服最强	231
第42章	皇朝五人	235
第43章	运气比较好	240
第44章	勇气和自信	244
第45章	好友名单	249
第46章	附近的人	254
第47章	欣赏的人	259
第48章	求同存异	264
第49章	快速高效	268
第50章	赛程安排	273
第51章	蓝山咖啡厅	279
第52章	眼前的伙伴	284

特别提示

《王者时刻》为《王者荣耀》正版授权小说，

实体出版作品中对部分游戏英雄名进行了适当调整，

敬请读者知悉。

本书名词解释

王者峡谷：游戏中五对五的地图，有三路兵线，每条兵线上双方各有三座防御塔，每方有一个基地水晶。

河道：敌我野区之间的那条路。

野区：位于高地以外，小兵在自然情况下不会进入的区域，有野怪分布。

蓝区：蔚蓝石像所在的野区。

红区：猩红石像所在的野区。

高地：水晶所在的地方。

水晶：即基地，先摧毁对方水晶的一方获胜。

防御塔：分布在三路兵线上的防御建筑。

兵线：双方小兵行走和交战的路线，共三路。

对线：同一线路上的双方英雄对抗博弈的过程。

上单：指地图上路单线发育的位置。

中单：指地图中路单线发育的位置。

打野：利用野区资源来获取经验和经济的位置。

走位：单位的移动。良好的走位可以躲避敌方的技能。

人头：当玩家使用技能或普通攻击对敌方英雄造成最后一击时，该玩家得一个人头。

输出：指对敌方造成的伤害值。能打出高额伤害的英雄叫输出位。

本书**名词解释**

辅助：帮助保护队友的位置。

ADC：物理输出核心的位置，通常是射手。

蓝：蔚蓝石像的简称，击杀可获得蓝BUFF。

蓝BUFF：减少英雄技能冷却时间，增加恢复蓝条的速度。

红：猩红石像的简称，击杀可获得红BUFF。

红BUFF：增加伤害并附带减速效果。

暴君：BOSS级野怪，击杀可使全队获取经验和金币。

黑暗暴君：暴君在第9分55 秒时开始遁入黑暗，第10分钟时变化为黑暗暴君，击杀可获得增加全队攻击力的BUFF。

主宰：BOSS级野怪，击杀可获得三拨取代小兵的主宰先锋。同时获得提升全队生命值、恢复法力的BUFF。

补刀：对敌人发出致命一击。

一血：每一场战斗第一个击杀对手，就叫做拿到一血。

BP：BAN/PICK的简称。BAN意为禁用，PICK意为挑选。

KPL：王者荣耀职业联赛。

残血：生命值很低的英雄。

反蓝/反红：抢对方野区的蓝BUFF或红BUFF。

脆皮：指血量少、防御低、容易被击杀的英雄。通常指射手和法师。

第1章

昔日天才

“欢迎来到《王者荣耀》，敌军还有五秒到达战场，请做好准备！”

洪亮的游戏语音在巨大的场馆内回荡着，现场观众的激情迅速被点燃，大家拼命为自己支持的队伍呐喊助威，爆发出巨大的喧嚣声。同在现场的比赛解说路由和团子也被这样的气氛感染了，他们的语气不由得激动起来。

“观众朋友们大家好，这里是本年度KPL秋季总决赛的现场，正在进行的是中南战队和天择战队的决胜局。我是解说路由。”

“我是解说团子。”

“本赛季的KPL称得上精彩纷呈，比赛现在终于到了最后一刻，在BP阶段我就已经感受到了仿佛两位绝世剑客巅峰对决般的紧张和压迫感。不知道团子你有没有这样的感受？”路由接着说道。

“那是当然的，刚才双方进行BP，你来我往，相继出招，真是扣人心弦啊。”

“不过，我想中南战队有一招没有出乎任何人的意料，那就是何良的‘剑仙’又被送上了BAN位。”

“是的，我们一直都知道玩家使用的‘剑仙’和职业选手使用的‘剑仙’仿佛是两种英雄，但在这个赛季，我们发现了第三种‘剑仙’——何良的‘剑仙’。”团子很是郑重地介绍道。

何良的“剑仙”！

坐在电脑前收看这场比赛直播的何遇听到这样的评价也忍不住热血沸腾起来，因为那个操控“剑仙”的技术凌驾于所有人之上的人可是他的亲哥哥。

“是的，我已经不知道该如何形容何良的‘剑仙’了，只能用一个数据来告诉大家：天择战队在何良拿到‘剑仙’时的比赛胜率——百分之百。这个数据足以证明何良的‘剑仙’有多么恐怖。”路由也不遗余力地推崇着何良这个冉冉升起的明星选手。当然，这实在是因为何良的表现过于亮眼了。

“所以从某种意义上来说，我觉得何良已经可以放弃‘剑仙’这位英雄了，因为不会有任何队伍会放‘剑仙’给他。”团子笑着说。

“是的，所以今天这场决胜局，我们可以看到何良最后拿到的英雄是‘拳僧’。”

“嗯……‘拳僧’这位英雄是个多面手，‘拳僧’拥有开团的能力，同时对经济（金币数）的依赖程度不高。何良选择用‘拳僧’打野，应该是要让出部分经验给输出位了。”团子分析道。

“比赛现在已经开始，双方接触后都是稍作试探，没有爆发冲突，算是一个比较和平的开局。”路由开始解说比赛。

“天择战队这边是直接把蓝给了中单，把红给了射手……哇，我刚说打野‘拳僧’应该会让出部分经验，但没想到让得这么彻底啊！”

天择的中单选手周进，号称“KPL第一中单”，常声称在日常游戏里玩中单没有50%的输出就算他输。即使是在KPL赛场上，他的输出占比也常年在40%上下徘徊，时不时还会有输出超过50%的惊人表现。

天择的ADC选手张时池，走位灵活，操作细腻，他擅长的“马可波罗”也时常被对手送上BAN位。不过在本场比赛中，他的“马可波罗”被放出，天择也立即在第一时间帮他选定了这位英雄。

眼下两人的英雄分别拿下蓝、红BUFF。

天择此次选择以他二人为核心展开比赛的用意已是相当明显。他们的技术都是职业顶尖水准，这样的安排倒也不算出人意料。可在何遇看来，无论是周进还是张时池，虽然他们的实力很强，却都有一个缺陷——他们能打出爆炸的输出，但总是不能果断地收割对手。这似乎是因为他们过于在意自己的安全，所以每当需要收割时，他们总是会发现自己距离残血远了那么一点点。

眼下天择力保中单和ADC发育，是希望靠两人领先的经济解决对战时总是“差最后一击”的问题。可是与其这样，让何良拿刺客类的英雄来打野，不是更能解决问题吗？

何遇心中有些疑惑，比赛则在继续进行。

“现在双方都开始围绕第一条暴君作部署了，可是天择这边的打野‘拳僧’让出了太多经济，现在的等级还不到四级，是不是得放弃这条暴君了？”

“中南看到‘拳僧’不到四级后，果断要对暴君动手！”

“天择好像没打算让！他们过来了！‘拳僧’越墙进场！没人过来拦‘拳僧’吗？惩戒（召唤师技能）！抢到了！双方应该是同时用了惩戒，但最后是何良的‘拳僧’抢到了这条暴君。不过‘拳僧’好像走不了了……哎呀，一血……‘拳僧’丢了一血，不过已经拿下了暴君，这个交换还是可以接受的。”

“嗯，毕竟天择这一局的打野是偏辅助型的……”

电脑前的何遇却已经神色凝重起来。因为周进和张时池“安全第一”的心态和风格，并没有在争夺暴君时给对方足够的压力。“拳僧”进场与其说是抢暴君，不如说是偷暴君。这次完全是靠何良对时机和技能的精准把握，天择才抢到了这条暴君，这里面有很大的运气成分。如果何良没做到呢？丢了暴君再丢一血，天择战队马上就会落入劣势。

……

“好，可以越塔强攻了，‘拳僧’已经上去了，放出大招，很好……咦？射手和辅助都没跟上啊……‘拳僧’打了两下塔，这次……对方的支援到了……要被反杀了啊……唉，死了，天择战队的选手这次的配合有点失误啊！”

“是的，配合到位的话，‘拳僧’刚才就算死，也应该是以一换二的局面，顺势再拿下下路的塔，完全是赚的。”

“嗯……现在‘拳僧’的比分是0–2–0（击杀数–死亡数–助攻数），这有点难受。”

……

“‘拳僧’进场，大招打中了三个人！漂亮！呃……但是天择的两个输出位都被逼退了……天择选择了撤离，真是可惜啊……”

“‘拳僧’现在的比分是0–3–0……”

……

“这次中南是准备在中路逼着对方展开团战了！”

“‘拳僧’去断兵线了！何良这个选择相当聪明。”

“咦？天择四人撤退不及时被中南困住，双方打起来了？”

“这……五打四，中南直接以一换四……”

“中南强拆水晶，‘拳僧’拼命往回赶……”

“来不及了……应该是来不及了……”

“好！让我们恭喜中南战队获得了本年度KPL秋季赛的总冠军，恭喜他们！”

现场的氛围瞬间分成了两种，一边是胜利的喜悦，一边是失败的落寞。何良站在场上已经熄灭灯光的一角，望向巨屏上对本场精彩场面的回顾，心中充满了遗憾。他想，有那么多个瞬间，如果能做出一丁点的改变，或许就不是这个结局了。

“别灰心，你才刚开始。作为新人，你的表现已经非常棒了。”准备退场的裁判经过何良身边时，拍了拍何良的肩膀说道。天择战队的其余四位选手这时早已经站到了场外，一起冷眼看着裁判赞赏何良。

“谢谢。”何良连忙表示感谢，他的心中已经振奋起来。是的，这只是开始，这不过是自己KPL的第一个赛季。来日方长，自己一定会站在这个赛台的中央的。他憧憬地朝着即将颁奖的赛台中央看去时，身后却传来不耐烦的声音。

“走不走啊？”

“哦，来了。”听到队友召唤，何良急忙去追赶他们。

面对赛后的采访，他没有垂头丧气，而是充满了希望：“下一个赛季，我会加倍努力！”

在屏幕中看到这样的哥哥，何遇笑出了声。他相信，有一天他的哥哥会站在赛台的中央，高举起冠军奖杯。

只是下一个赛季……

再下一个赛季……

整整五年，十个赛季。

天择战队在那一天后，便再也没有打进过总决赛。引人瞩目？备受期待？天才打野？被捧得有多高，落下时便摔得有多狠。

“实力被高估，真实水平不足以胜任顶尖战队的核心位置。”

“不思进取，在加入顶尖战队后便放松了自己。”

“太过自私，只顾个人出风头，与队友缺乏沟通和配合。”

有关何良的评论，从第一赛季各种毫不吝啬的赞美之词，逐渐衍变成了各种负面评价。五个年头过去了，终于没有什么关于何良的议论声了，因为已经没有什么人还对何良抱有期待。

昔日的天才新秀，如今看来不过是KPL赛场上很普通的一员。

“下一个赛季加倍努力。”

这句话，第五年，第十个赛季，何良没有说。

几天后，何遇在新闻中看到了关于哥哥的消息：天择战队官方发言人宣布——何良退役。

在这条新闻下方的评论中没有多少不舍，只有一些粉丝恨铁不成钢的怨气。

以往在网上遇到批评哥哥的人，何遇都会耐心地跟人理论，可这一次他顾不上了，他一边给哥哥发消息，一边冲出家门，刚到楼下就看到了拎着大包小包，五年来一心扑在比赛和训练上，没回过一次家的何良。

“哥……”何遇觉得喉咙有些发堵。

“我回来了。”何良笑着说。

五年前，失败后的他是笑着的，因为那个时候一切才刚刚开始，他对自己的未来充满信心，他的笑容中满是期许。现如今过了五年，他还是失败了，他的笑容中只剩下掩藏不住的无奈与苦涩。

“不怪你。”何遇说道。这是在何良五年前输掉总决赛时，何遇给何良发过去的安慰。之后的每一个赛季，看到何良所在的天择战队输掉比赛被淘汰时他都是这样认为的，也都会这样给哥哥发一条鼓励的消息。

“我还不够好，下……”何良摇着头，他的回复也总是一样。只是这次，他说完前半句，刚要说后半句，这句话就被他掐断了。

“下学期你就上高三了，要冲刺高考了吧？”何良用那个字开头，重新接了一句话。

“是。”

“好好加油吧！”

“哥，那你呢？”

“我？”何良听到这个问题，不由得回头看了眼身后，“当年我为了进职业圈放弃了高考，不过所幸没停止学习，拿到了函授的学历。我先找份工作，再考虑要不要读研吧。”

“我不是说这个，我是说，《王者荣耀》呢？”何遇道。

“《王者荣耀》……你如果想上分，我可以带你啊！”何良笑着道。

“你知道我说的不是这个……”

“我知道你想说什么，五年的职业生涯，你想问我是否甘心，对吗？努力这么多年，我能做的，我都做了，其实也没什么甘心不甘心的。选择退役，是因为我已经放下了，我的心里不把这当遗憾了。所以，就这样啦！”何良放下行李，抬手拍了拍何遇的头，说道。

“哥……”

“我先上去了，爸妈都在家吧？你也别回来得太晚。”何良说着便已转过身走进了楼道。何遇望着何良的背影，心里还是说不出的难过。他知道，哥哥虽然嘴上这样说，但心里又怎么可能没有一点惆怅呢？不过事已至此，确实也没必要多说什么了。

“哥，我帮你拿行李！”何遇追了上去。可他刚接近楼道口，就听到了从楼道里传来的轻轻的抽泣声。何遇愣在了原地，没有走进去。接着，抽泣声越来越大，终于成了宣泄似的号啕大哭。

有没有不甘？

会不会遗憾？

这些废话，自己为什么还要去问呢……

第2章

指导游戏的少年

春去秋来，转眼又过了一年。

望着窗外片片凋零的落叶，何良的心里有些惆怅。今天是KPL秋季赛开赛的日子，过去五年的这一天，他都是在憧憬中开始新的征程，无论比赛有多忙碌，他都是兴奋而充满期待的。可是现在……

“何良，明天开学典礼的坐场顺序图弄好了吗？”一人风风火火地闯进办公室，大声叫道。

何良的思绪随着这一声喊叫回到了现实，他头也没回地应了一声：“正在弄。”

如今的何良成了一个在东江大学学生处工作的在读研究生，他现在的生活没比当职业选手的时候清闲多少，他也没有了过去的那份憧憬和热情。未来会怎么样？何良的心中没有答案，他只能先做好眼前的事。

“抓紧时间，天黑之前要在操场上画好线，现在就等你的顺序图了。”何良的身后又传来催促声。

“你别走，马上就好。”何良一边说，一边继续忙碌起来。键盘、鼠标声顿时不绝于耳，屏幕上学校各院系的坐场顺序图以飞快的速度被勾勒出来。

“手速真快，不愧是前职业选手！”来人站在何良的身后，看着何良飞快的操作赞叹着。

“我那是手机游戏。”何良说道。

“异曲同工，异曲同工。”

在来人的感慨声中，本就已经接近尾声的坐场顺序图被何良迅速完成了，何良直接将文件发送到了来人的手机上。

“赞，我先去安排一下，马上就回来。”来人说道。

“你还回来干什么？”何良问。

“让你带我排位上分啊！”来人是个七尺男儿，此时却一边说话，一边向何良抛了个媚眼，弄得何良一阵反胃。

“今天没空。”何良没好气地说道。排位赛是《王者荣耀》中重要的玩法之一，通过玩家对战的胜负进行积分的奖罚，由此分出从青铜到王者共七个阶层的段位，是玩家实力最直观的体现。可对职业选手来说，排位赛的段位已经不足以验证他们的实力了，他们已是超脱到另一层面的顶尖高手。

昔日的何良怎么说也是备受瞩目的KPL明星打野，如今却沦为同事眼中排位赛的上分利器，他的心里还是有些落差的。他本打算退役后就连游戏也一起放弃掉，谁承想认识这个叫潘锐明的同事后，架不住其死缠烂打，生生地又重拾起了游戏，隔三岔五就要带潘锐明上分。

眼下游戏里的排位赛又刚开始了一个新赛季，潘锐明在何良的耳边念叨排位已经好几天了，不过今天何良拒绝得异常坚决，根本不给潘锐明施展他磨人功夫的机会，拿起外套就要出门。

“欸，你干吗去啊？”一向随和、好说话的何良今天的态度如此坚决，这让潘锐明很是意外，他忍不住问了一句。

“我弟今天报到，我去接他。”何良头也不回地走了。

“你弟？新生吗？哪个系啊？喂，我用一下你的电脑啊！”潘锐明追问了几句，何良却已经不见人影。潘锐明也不理会，坐到何良的电脑前，将何良刚刚做好的坐场顺序图又转发了几份，而后打了通电话，吩咐了几句后便优哉游哉地点开了手机上的《王者荣耀》。

“省得跑了。”他一边嘀咕了句，一边开始了一局单人排位赛。

有何良带他的时候，排位赛的胜利都是十拿九稳的，可问题是他自己打排位赛的局数远比何良带他打的要多得多。何良今天带他打上王者段位，他两天就能输回钻石段位。

没有何良带队的日子，潘锐明的排位赛战绩从来都是以两位数计的连败，他的系统消息箱里也会收到不计其数的投诉与处罚的消息。

上个赛季最夸张，何良把潘锐明带上王者段位后便不再理会，而潘锐明仅用一周的时间，就生生地掉回了黄金段位。毫不夸张地说，若不是青铜段位有积分保护、没有掉星机制，潘锐明掉回最低的青铜一恐怕都是毫无压力的事。潘锐明的游戏天分和水平由此可见一斑。偏偏他自己从来都不认可这一点，坚持认为输的原因是自己的队友太不靠谱。而为了弥补这一点，刚刚进入这一局黄金段位排位赛的他信心十足地在队伍里发了一句话：“高手，补位。”

游戏中每位英雄都有各自擅长的位置，合理选择英雄来搭配阵容是比赛中很重要的环节。潘锐明的这一态度从心意上来讲是很负责、很靠谱的一种态度——让队友先选择自己擅长的英雄和位置，最后由他来补齐阵容中的空缺位置。

四位队友也不知道有没有注意到潘锐明的话，总之大家纷纷飞快地选好了英雄。潘锐明一看，排位赛里共有五个位置，上单、中单、ADC、辅助四位俱全，唯独缺了打野位，当即选了一个刺客英雄“兰陵王”。

“我打野，包赢。”潘锐明又自信满满地发了一句。

比赛很快开始，跟着何良上过王者段位的潘锐明完全不把黄金段位的排位赛放在眼里，他哼着小调便直奔己方蓝区。打野位是通过猎杀野区的野怪获取经验和经济的，通常会是全队中发育最快的那一个，以此来带领全队的节奏。

潘锐明哼着小调打着蓝怪，脑中已经在构思一会儿怎么神出鬼没地攻击对方的英雄，纵横全场了，上方河道的隘口处却突然冒出两位对方的英雄，直直地朝他冲了过来。

潘锐明慌忙往后退，对方两位英雄毫不费力地击杀了潘锐明打到一半的蓝怪，抢走了开局时对打野来说相当重要的蓝BUFF。潘锐明怒火中烧，立即打开语音，说道：“上单怎么不替我看一下！”

“视野给到了啊，对方的射手和辅助都没露头，不是在打红就是来反蓝了。”

游戏里的队友没有回应，潘锐明的身后却突然响起这么一句，惊得他差点把手机扔出去。他回头一看，就见一学生模样的少年站在他的身后，目光落在他的手机屏幕上。

“不过你有惩击，对方没有，拿到蓝BUFF的机会还是很大的，为什么要跑？”少年又说道。惩击是召唤师技能，通常只有打野英雄会携带。这个技能可以对野怪造成高额的真实伤害，拥有相当大的补刀优势。潘锐明却没有利用这一优势来争取一下己方的蓝怪，直接退却了。

“你谁呀？”潘锐明上下打量着这个指导他打游戏的少年。

“哦，我找何良，这不是他的办公室吗？”少年说着，目光总算从潘锐明的手机上移开了。

“他出去了，不在。”潘锐明说完便转身继续打他的比赛。丢失了蓝BUFF的打野经济落后了些，“兰陵王”可怜巴巴地收拾掉剩余的野怪，又蹭了队友的兵线，总算熬到了四级。他当即发动了“兰陵王”的大招——秘技·隐袭，进入隐身状态，鬼鬼祟祟地朝着对方的蓝区摸去。

“对方打野先打了红，你想反野的话应该去对方的红区才对。”潘锐明的身后突然又传来了一句。

“你还没走？”又被吓了一跳的潘锐明惊叫出声，不过他的注意力还是马上回到了游戏上，“你怎么知道他先打的红？”

“刚才你看中路视野的时候，他从中路路过了，你没注意到他身上的BUFF吗？”少年说道。

“当然注意到了，但是谁告诉你我要去抓他的？我是要去反对方的蓝BUFF，没看到我的蓝快没了吗？”潘锐明不改“兰陵王”的行动路线。

“对方先拿红，那蓝BUFF至少还有60秒才会刷新，你不如去拿自己家的蓝，应该就快好了。”少年说道。

“你懂什么，我是要埋伏他，连蓝BUFF带他的人头一起拿下！”潘锐明说道。

“埋伏60秒？”少年相当疑惑。别说是争分夺秒的开局阶段了，哪怕是到中后期，花费60秒的时间蹲在草丛里埋伏都是极大的浪费，怎么可能有这种打法？

但少年话音未落，潘锐明的“兰陵王”就在河道遇到了对方的打野“剑仙”。

“看到没有？”潘锐明得意扬扬，“兰陵王”立即朝“剑仙”逼去。

“‘剑仙’有大招啊！”少年看到“剑仙”手中的长剑泛着幽幽光芒，急忙提醒潘锐明。可是潘锐明的“兰陵王”这时已经开始发起攻击了，暗影匕首飞向“剑仙”，接着便是一技能秘技·分身，“兰陵王”召唤出影分身，和分身一起朝着“剑仙”挥出了拳刃。

在隐身状态下突然出现并发起攻击确实让人难以防备，但“剑仙”在被暗影匕首命中时便立即使用二技能神来之笔，手中的长剑化为青莲剑阵，保护住了“剑仙”，使“剑仙”未被“兰陵王”和“兰陵王”的分身击中。接着，“剑仙”便释放了大招青莲剑歌，“剑仙”化身为剑气，飞速斩击“兰陵王”。

“我的天！”被两个技能打中，而自己使出的一技能却没能对“剑仙”造成伤害，潘锐明惊叫着，再度施展“兰陵王”的大招秘技·影袭，看得身后的少年一阵无语。

初次发动秘技·影袭时，“兰陵王”会在1.5秒后进入持续30秒的隐身状态，在这期间再次施放该技能，“兰陵王”会朝指定方向发起突袭。可问题是，“剑仙”此时还处于释放大招青莲剑歌的过程中，同施展神来之笔时一样不可被选中和攻击，“兰陵王”的影袭在这时再次发动，等于扑了个空。

“兰陵王”施放了三个攻击技能，只打中了一次，仅仅是用暗影匕首对“剑仙”造成了减速的效果。可“剑仙”的一技能将进酒自带位移效果，此时追着想跑的“兰陵王”连续突进，潘锐明手足无措，“兰陵王”最终被一剑刺倒在地。

“啊！”潘锐明懊恼不已，可这次全是自己的操作有问题，无法埋怨队友，他顿时朝身后的少年投去怨恨的目光。

“吵什么吵，你看吧！”潘锐明凶道。

“你应该等‘剑仙’的大招被限制后再上的。”少年说道。“剑仙”的大招青莲剑歌通常处于限制状态，使用普通攻击攻击敌人时，会积累一道剑气，持续三秒，当积累了四道剑气后，触发被动技能侠客行，青莲剑歌才会解除限制。不过青莲剑歌解除限制的时间也不过五秒，五秒后青莲剑歌便会回到限制状态。

“我怎么知道他的大招是不是在限制状态中？”潘锐明没好气地道。

“解除限制的时候，‘剑仙’的剑身会发光啊！”少年很惊讶潘锐明竟然会这样问。

“这种细节谁会在意？我说，你到底是谁啊？”潘锐明心下一惊，他已玩了近千局游戏，却还不知道“剑仙”的大招有这么一个细节。他一边默默记下，一边还要嘴硬。不过他也终于对这少年产生了些许好奇。

“我叫何遇，来找我哥何良。”少年说道。

“啊，你就是何良的弟弟呀！难怪难怪！”听到何遇自报家门，潘锐明才恍然大悟。对于何遇刚才能给他提这么多关于游戏的意见，他顿时觉得理所当然。在他看来，职业选手的弟弟自然也很懂这游戏。

“何良说去接你了，你没遇到他吗？”回过神的潘锐明接着说道。

“是吗？”何遇掏出手机看了一眼，果然，他看到了何良发来的微信消息。

“打扰了！”何遇急忙转身出门，却在门外险些撞到一个女生。

“不好意思。”何遇急忙向对方道歉。

“没关系。”女生看着他笑。女生脸上的笑容让何遇觉得有些奇怪，不过眼下他也顾不上多作理会，点点头便匆忙离开了。潘锐明本还想多关照何遇几句，奈何游戏还未结束，他一边操作，一边起身出门，却只看到何遇的背影消失在了楼梯口，倒是门口站的那个女生还望着何遇离开的方向，一副若有所思的样子。

“你找谁？”潘锐明看向这个女生，他发现这个女生有些漂亮，顿时热心了几分。

“不找谁，蓝马上刷新了，快点去拿吧。”女生说道。

“什么？”潘锐明一愣，低头一看，果然己方野区的蓝怪正处于刷新状态。

“你怎么知道的？”潘锐明惊讶地抬头问道，却看到对方已经转身准备离开。

“因为我玩游戏走心。”女生没有回头，只是这样说了一句便消失在了楼梯口。

第3章
浪7战队

东江大学重视绿化，校园内种满了各种让人叫不上名来的树，这些树将一切都笼罩在了郁郁葱葱的枝叶之下。唯一可以抬眼见青天的地方，恐怕就只有空旷的大操场了。

何遇来到操场西边的学生超市，买了一瓶汽水，坐在门口的长椅上慢慢喝着。今天是新生报到的日子，操场上已经有学生在踢球了，此时，操场和学生超市之间的林荫道更加热闹。

一张张课桌在这条路的两旁一字排开。东江大学的各大学生社团在这新生入校的时节便迫不及待地铺开阵势，招纳新人了。有的在桌子后的树上挂着色彩斑斓的横幅，有的竖着醒目的广告牌，有的在用扩音器不断地循环播放着社团介绍，还有的直接派人穿梭在过往的行人中派发传单。

周沫独自一人坐在一张桌子的后面，看着忙忙碌碌的各大社团，不由得有些羡慕。他这里没什么醒目的招牌，甚至只有他一个人，过往的学生大多被那些声势浩大的大社团吸引，极少有人注意到他这一桌。可他舍不得错过任何一个机会，每当有人的目光飘到他这里时，他都会马上摆出期待的笑容，站起身来热情地招呼：“同学，浪7战队要了解一下吗？”

“什么？”只因为无意间扫了一眼便被周沫叫住的新生一脸愕然地看

着周沫，他甚至没听清周沫刚刚冲他说的是什么。

“浪7战队，玩《王者荣耀》的，会玩吗？”周沫耐心地说道。

“《王者荣耀》？王者荣耀社团不是在那边吗？”新生疑惑地朝右边看了一眼，发现自己没有记错，一左一右，被游戏中两位英雄角色的等身立牌护在当中的王者荣耀社团确实是在那边。

“那是社团，我们这儿只是一支战队而已，加入我们战队，大家可以一起打匹配赛、排位赛，参加一些……”

“可我已经加入王者荣耀社团了啊。”新生直接打断了周沫的话。

“你加入王者荣耀社团和加入我们战队并不冲突，我们只是一支相对来说比较固定的队伍。”周沫说道。

“是的，非常固定，一直以来都只有两个人的战队。”忽然，一个声音接过了周沫的话，说话的人走到了那个新生的身旁，拍着他的肩膀，神色无比郑重地说道。

“张师兄。”新生扭头看到来人，认出是刚刚在王者荣耀社团那边接待过他的三年级师兄，好像还是王者荣耀社团的宣传部长。

“刚刚我不都向你介绍过了吗？咱们社团里有很多战队，你想加入战队的话，我们会根据你擅长的位置和英雄，给你推荐最适合你的队伍。”张承浩说道。

“我知道，可这位师兄……”

“他们战队一共就两个人啦，你加入他们战队干什么？打长平攻防战吗？”张承浩刚说完，他身旁跟他一起过来的几个学生便笑出了声。即使是资深的《王者荣耀》玩家都可能会对长平攻防战有点陌生，这是这个游戏中三对三的玩法。通常游戏的主要内容排位赛和匹配赛都是在王者峡谷地图中五对五进行，代表着《王者荣耀》最高水准的比赛KPL也是一样，所以长平攻防战可以看作是一种比较不正式的玩法。虽然张承浩这话充满了嘲弄的意味，可周沫也无可奈何，因为张承浩说的是实情，他们浪7战队目前真的就只有两位成员。

“长平攻防战怎么了？你会吗？”

这时，突然传来了一个女声。众人循声看去，只见一个漂亮女生昂首阔步地走了过来。围观的人中有不少人眼前一亮，张承浩和他的同伴却没有半点欣赏美女的意思，反倒露出一脸晦气的模样。不过张承浩还是很快挤出一副笑容道：“我当是谁，原来是高哥啊！”

“哥”字被他咬得婉转绵长，周围不认识这女生的人纷纷露出诧异的神色，尤其是那新生，顿时瞪大了眼，疑惑地盯着这个走向他们的女生。

“幼稚。”女生对此很是不屑。她姓高名歌，因为谐音的关系总有人故意称呼她“高哥”。这类玩笑她从小到大遇过不知多少次了。有朋友劝她改一下名字，她却很不以为然地说：“我的名字又没有错，是那些用我名字开玩笑的人既不懂礼貌，又很无聊，我为什么要改？”

朋友哑口无言，高歌当然也没有改名，她也从不理会开这类玩笑的人。眼下，她就瞧都没瞧张承浩，而是望着周沫招揽了半天的那个新生道：“就算是长平攻防战，认真玩也是很有趣的，要不要试试？”

新生显然还沉浸在对“高哥”这个称呼的诧异中，一时没回过神来。一旁的张承浩见高歌理都不理他，心中十分羞愤，抢过话说道：“你还当真了？长平攻防战？谁会玩那玩意儿？难不成要练个长平王者出来吗？”

“很好，现在又回到了刚才的问题，长平攻防战，你会吗？”高歌总算看向了张承浩。

“有什么不会的？”张承浩马上不甘示弱地回击，他话刚说出口就有些后悔了，奈何对面高歌已经飞快地接过了话：“那敢不敢来一局？”

“来一局？你们浪7战队有三个人吗？还来一局？”张承浩有些心虚地嗤笑道。

“这简单，这里人这么多，你随便找个人给我们，我们赢你们都不算什么事。”高歌说道。

“随便找？”张承浩一愣，周围懂《王者荣耀》的学生也是一片哗然。《王者荣耀》虽然是热门游戏，但是世界这么大，不接触、不玩这个游戏的人还是占了大多数，更别提玩家的实力还从青铜到王者再到职业水准这样参差不齐。随便找个人？那找来一个拖后腿的人的概率远远大于找来一个好帮手的概率，懂《王者荣耀》的人都知道，这基本就和三对二没多大区别了。

“是的，随便找，任何人都可以。”高歌又言之凿凿地说了一遍。

“喂……”这次说话的不是旁人，而是高歌的同伴周沫，周沫在回过神后忍不住叫了她一声，一脸的困惑。高歌望向周沫，眼神中除了倔强，还有几分无奈，但是她的语气异常轻松：“打三个，总比打五个要轻松多了吧？”

周沫愣了一下，却从高歌的这句话里明白了她的用心。

高歌和他刚入校时也曾是王者荣耀社团的成员。在大多是男生的游戏社团里，女孩子总是备受欢迎的，更何况是高歌这样的漂亮女孩。当时，大家甚至在打游戏时对她都不会有什么要求，但是谁也没有想到，还没轮到他们对高歌有要求，反倒是高歌先嫌弃起他们来。

高歌对游戏的热爱程度远远超过他们的想象。大多数人都只是把游戏当娱乐，当消遣，可高歌对游戏是有抱负的，对她而言，《王者荣耀》是理想，是奋斗目标。她无法忍受队友随意的游戏态度，这些队友也接受不了她严苛的要求。到最后，社团里几乎没有人愿意同高歌一起打游戏，她也就索性退出了社团，自己组了个战队，取名浪7战队。结果两年的时间过去了，她就只有周沫这么一位队友，每学期想凑上五人参加校内王者联赛都十分艰难。高歌已经名声在外了，校内王者圈的玩家对她都避之不及。

而眼下，高歌向张承浩发起这挑战，便是为了打破这种尴尬的局面，这也是没有办法的办法。他们无法强求别人认同他们的游戏观，便只能用别的东西打动别人，比如说，实力！张承浩接触《王者荣耀》的时间虽然比高歌和周沫要短很多，他上大学之后才开始玩，但是两年下来他已是单人打排位赛稳上王者的水平，他组织的皇朝战队在校内联赛中的战绩也颇为不凡。若是高歌和周沫两个人真能随便带个人就打赢张承浩和他的皇朝战队，这无疑是件很有噱头，也很能证明他们实力的事。像眼前这个新生，说不定就会愿意加入他们浪7战队尝试一下。

想明白这一点后，周沫不再迟疑，很坚定地站在了高歌身边，就如这两年来他一直是浪7战队不离不弃的一员一样。

张承浩也已经在扭头吩咐身边的同伴了："你们把周木同和许开怀叫过来。"

高歌都把话说到这份上了，张承浩无论如何也只能接受她的挑战。周木同和许开怀都是皇朝战队中的主力队员。不管怎样，打铁还需自身硬，张承浩决定先拿出最强阵容全力以赴再说。至于浪7战队这边……

"这第三个人，是你选还是我选？"张承浩明知故问。高歌先前已经说过让他随便找个人，而高歌向来都是说一不二的主，不可能突然改口。

"你来。"果不其然，高歌说道。

张承浩环顾左右，恨不得选棵树给高歌。虽然叫了自己战队最强的两人过来，但他心里还是有些发虚。对高歌，他是有心理阴影的。他和高歌同是三年级学生，刚入校那会儿他还是《王者荣耀》的新手玩家，加入社团后，当高歌的对手，就会被高歌疯狂打压；当高歌的队友，则会被高歌疯狂批评。这让当时处于青铜段位的他受到了打击。眼下他也是个会玩的王者了，他对高歌纵然心有怨念，嘴上不服，却还是不得不承认高歌的实力是过硬的，加上浪7战队还有一个同样很强的周沫，如果再找一个会玩《王者荣耀》的，三打三，他真的没有十足的把握。

所以，最好是找个不会玩《王者荣耀》的人。

张承浩早在心中这样打算了，只是眼下周围这些人会留步关心这场热闹，总是对《王者荣耀》有些关注的。这些人很有可能是会玩《王者荣耀》的，这样的话……

张承浩扫了一圈，心中有了主意，开口道："这边大多都是认识的人，我怕你说我选个卧底坑你。"说着，他的目光便扫向了人群外，他一眼便看到一个坐在学生超市门口的长椅上喝汽水的男生，发现那个男生对这边的热闹没有丝毫关注，觉得此人很合心意。

"就那个男生吧！"他伸手一指。

所有人都朝着张承浩指的方向看去。高歌先是愣了一下，随即便露出一个甚是可爱的微笑，抬起手来很亲切地拍了拍张承浩的肩膀道："很有眼光嘛！"

第4章
第一次，第一步

学生超市外的何遇正喝着汽水等何良，忽然看到热闹的林荫道上涌出一群人，这群人还朝着他所在的方向走来。何遇身后就是学生超市，他没有多想，不料这群人却径直来到他身前就停下了，所有人一起望着他。

“有什么事吗？”何遇疑惑地站起身来，目光扫了一圈面前的这群人。眼前这个微笑着的女生让他觉得有点似曾相识，可还没等他细想，女生旁边的一个男生就已经开口了。

“同学，帮我们一个忙好吗？”说话的人是张承浩，人是他选的，他也就当仁不让地站出来交涉了。

“什么事？”何遇感到奇怪。他不过是一个刚入校的新生，他连自己的同班同学，甚至室友都还没来得及认识呢，他想不出有什么事是他可以帮上忙的。

“《王者荣耀》，这个手游你知道吗？”张承浩问道。

何遇愣住了。《王者荣耀》，他何止是知道。在哥哥何良成为职业选手，离家训练的这五年间，他几乎没有错过任何一场职业比赛，甚至连各队赛季前的训练赛，做活动的友谊赛、表演赛都关注颇多。《王者荣耀》对他而言是熟悉又陌生的。熟悉，是因为他关注了如此多、如此久的职业比赛；陌生，却是因为他本人从来没有亲手玩过这个游戏。这不是因为他不好奇，而是因为父母对何良投身电子竞技更多的还是担忧，他无法想象父母看到家里又有一个孩子同样热衷于这个游戏时会是怎样的心情。他不想让父母不安，所以在这五年里他只是关注何良，关注KPL，却从来没有亲手玩过这个游戏。

眼下忽然被人这样问，何遇一时间竟不知该怎么回答，愣了一下后，终于还是点了点头。

“是这样，我们这边准备打一场三对三的比赛，少一个人，你来搭把手吧。”张承浩说道。

“少一个人？”何遇不由得环视了一圈，十分不解。这凑上来的人一眼望过去都数不过来，别说三对三的比赛，就是来几场五对五的比赛，人数都有富余，需要特意走到他面前找他来凑数吗？

“准确地说，是我们少了一个人。这些都是他们的人，所以我俩只好找个路人来帮忙了。”何遇有点眼熟的那个女生站出来说道。她身旁站着的戴眼镜的男生在何遇看过来时点了点头。

张承浩感觉这是一个羞辱高歌，让自己出口恶气的绝好机会，他不舍得错过，连忙跟上，卖力劝说：“同学帮帮忙！一局也就几分钟，不会耽误你太多时间的。如果你没有什么急事的话。”

“我……倒是没什么急事。”何遇有些心动了。认真关注长达五年的一件事，他又怎会不好奇、不心动？他无数次地想过尝试，但终究还是努力克制住了自己。而眼下，不是自己主动要玩，而是有人需要帮助……

试一下吧！

压抑许久的那个声音在他心底喊道。眼前的状况彻底勾起了何遇长久以来的渴望，他鬼使神差般地点了点头。

“谢谢。”高歌说道，她笑容灿烂地看向张承浩，“那就开始吧。”

高歌这个样子让张承浩心里不由得咯噔一下，结果就听到何遇开口道：“先等我下载一下游戏。”

这下轮到张承浩笑容灿烂了。一个手机上连《王者荣耀》都没有下载的人，那当然是不会玩这个游戏的，正如他所愿。一时间，他怎么看何遇都觉得顺眼，连说话的口气都越发亲切起来：“不着急，我们等你。或者我们这边借部手机给你用也可以。”

何遇一听，觉得这样倒也干净利落。玩一次游戏后就把手机还给人家，自己该干吗就干吗去。若真在自己的手机上下载了《王者荣耀》，何遇很怀疑自己会不舍得删掉，于是他朝张承浩点了点头道：“那你们借部手机给我用吧。”

“小极，你的号借这位同学用一下吧。你的手机好，你账号里的英雄和铭文也比较全。”张承浩扭过头，朝他身边一位同伴很是大度地说道。

“哦。”被称作小极的同学当即把他的手机递给何遇。何遇接过手机道了声谢后，登录游戏，看向高歌和周沫。

听到何遇手机上连游戏都没有，周沫脸上的神情反倒愈发地坚定起来了，倒是高歌很是疑惑，她有些怀疑自己认错了人。

可是，从高歌在学生处见到何遇到现在并没过多久，她又一向对会玩《王者荣耀》的人非常上心，她清清楚楚地记得在学生处办公室指点潘锐明那个菜鸟的就是眼前这个少年。她虽然只听到简单几句，但那几句都显示出何遇对《王者荣耀》无比熟悉。况且，何遇还是前KPL职业选手何良的弟弟。

所以，手机上没有《王者荣耀》应该是因为刚换了手机或者什么别的原因吧？高歌如此想着，终究不相信指点潘锐明头头是道的何遇不会玩

《王者荣耀》。她朝何遇点了点头，张承浩早已经迫不及待地建好了对战房间，向高歌三人发起了邀请。

几人相继进入游戏房间。何遇看到对方三人是清一色的以战队名为前缀的ID：“皇朝·承浩”“皇朝·木同”“皇朝·开怀”。

而己方的队友，因为战队名是浪7，两人的ID分别是“浪7·高歌”和“浪7·周沫”，至于何遇，因为是用的皇朝战队成员的账号，所以手机上显示的是一个前缀为皇朝的ID，叫“皇朝·小极”。

“可以开始了吗？”何遇问道，他有些迫不及待，声音竟然微微有点颤抖。五年的关注和忍耐，终于迎来了一次这样的机会。虽然不是那种常见的排位赛或匹配赛，而是一场并不太热门的长平攻防战，但对他来说这已经足够了。

召唤出属于自己的英雄，在防御塔下，兵线上，野区间行走、战斗……这样的场景一直都只是出现在何遇的梦中，而眼下这一切将成为现实，是不是五对五的王者峡谷地图，这都不是最重要的。

“不急，先商量一下。”高歌说道，她又看向张承浩他们，“我们是不是应该保持些距离？”

“好。”张承浩点了点头，他正好也不想他们这边三人的沟通被对方直接听了去，当即和他的两位队友走开，双方保持了一个互不会被干扰的距离。

“你用什么英雄？”高歌问何遇。

“剑仙”！

何遇下意识就要脱口而出。那是他哥哥何良最擅长的英雄，也是他一直以来都最憧憬的英雄。如果他仅有一次游戏机会的话，他最想尝试一下的就是“剑仙”这位英雄。但是话到嘴边他还是忍住了。“剑仙”只是他想用的英雄，而队伍需要什么英雄，还是要由自己和队友的讨论，以及对手的英雄来决定的。选择用什么英雄是为了赢得胜利，不能全凭个人的喜好。

“需要我用什么？”压抑住想用“剑仙”的冲动，何遇反问道。

“我用‘诸葛’，他用‘苏烈’，你觉得你用什么英雄比较好？”高歌问道。

“有收割，有控制，玩长平攻防战的话，我用‘忠’这位英雄如何？”何遇说道。

“哦，你对长平攻防战也有研究？”高歌有点意外。其实，对这个玩法熟不熟悉和游戏水平无关，只是因为它并不是热门的玩法，所以很少有玩家会深入研究它。

“研究谈不上，只是知道一点。”何遇道。KPL的职业赛场上并没有长平攻防战，可何遇对职业赛的关注并不限于正式比赛，他在一些表演赛中看过长平攻防战，所以对它的地图，他并不陌生，并且在这类非正式的比赛中对此也有过一些了解。

“所以这张地图上的重点是什么？”高歌问道。

一旁的周沫早已露出了惊讶的表情。会考虑阵容搭配，连对长平攻防战都有了解，这路人怎么看也不可能是不会玩《王者荣耀》的人啊。手机上没装《王者荣耀》，可能是有什么别的原因吧，周沫也这样认为了。可是这张地图的重点究竟是什么呢？周沫听了高歌的话后便也关注起这个问题来了，对于长平攻防战，他其实也很陌生。

“野区经济。”何遇道。

“这……从来都是吧？”周沫忍不住说道。他本以为长平攻防战会有什么自己不知道的特别之处，可是野区经济，在五对五的王者峡谷地图里，又何尝不是重点？这根本就是常态嘛。

“说得具体一点。”高歌却显得非常有耐心，更进一步地问道。这让周沫有些诧异，他熟悉高歌，高歌对这路人表现出来的特别态度，他已经感觉到了。

“和王者峡谷不一样，长平攻防战的地图里只有一条兵线，但野区分上下两片。野怪数量极多，上方野区共有九只野怪，下方野区算上暴君共有15只，而且野怪刷新的时间更短。当中具有特殊功能的野怪刷新时间从一分钟到两分钟不等，还有16只35秒刷新一次的普通野怪，刷新时间只有王者峡谷里普通野怪刷新时间的一半。”何遇说道。

“原来如此。”高歌和周沫都是王者段位的玩家，听到如此清楚的解释，立即意识到这张图的野区经济会重要到何等程度，再多的已经不必何遇解释了。三人准备完毕后招呼了一声，张承浩那边早已经迫不及待，立即开始了比赛。三人依着他们商量好的，各自选择了英雄，随即进入载入界面，看到张承浩三人分别选择了“杨戬”“露娜”和“孙尚香”。

“‘露娜’啊……”何遇看到对方阵容后，不由得感叹了一声。

“有什么问题吗？”高歌问。

“这张地图上没有蓝BUFF。”何遇很遗憾地为对手感慨道。

“看来皇朝战队的同学对长平攻防战很陌生呀！”高歌说道。蓝BUFF在游戏中的正经名称是蔚蓝石像之力，通过击杀野区中的蔚蓝石像获得，作用是减少20%的英雄技能的冷却时间，并额外提供每秒2%的回蓝，持续70秒。游戏里有许多英雄是相当依赖蓝BUFF的，张承浩选用的“露娜”便是其中的典型英雄。没有蓝BUFF的“露娜”无论是技能衔接还是法力消耗都很捉襟见肘，所以在面对“露娜”这样的英雄时，针对蓝BUFF展开作战，尽可能阻止“露娜”拿到蓝BUFF就成了很常见的针对性套路。然而长平攻防战的地图上根本就没有蓝BUFF，仿佛在BP时直接禁了“露娜”一样干脆利落。

比赛很快载入完毕，双方英雄在各自的泉水中刷新。这是何遇第一次以召唤师的身份面对英雄，刚才激动的心情在这一刻骤然冷静下来。

“兵线交给我们，你去上方野区收野怪。”高歌说道。

“明白。”何遇点了点头，有些笨拙地控制着他的“忠”，迈出了他在《王者荣耀》中的第一步。

第5章
长平攻防战（上）

长平攻防战的对战是左右互攻，野区分上下两片，兵线只有中间一路。高歌和周沫二人操作各自的英雄沿兵线挺进，何遇指挥着他的“忠”朝上方野区走去。开局仅20秒，野怪便已经刷新，这比王者峡谷要早10秒，何遇的“忠”早已就位，立即对野怪发起了攻击。

主路上，皇朝战队三人的英雄并未分开，一起随着兵线前进。虽然认定了何遇不会玩，但张承浩依然没敢大意，与两位搭档所选的英雄都是他们各自最擅长的英雄：张承浩的“露娜”，周木同的“杨戬”，许开怀的“孙尚香”。

双方英雄很快就在主路上发生了接触，但都只是作了一点试探，将兵线清理完毕后就各自撤退了，没有人继续推进。

“‘忠’不在。”张承浩这边相当认真，与对方接触了一次后马上注意到了何遇的“忠”并没有出现。

“需要在意他吗？”周木同不以为然地说道。

“就算不需要在意他，也需要在意高歌的套路。为什么选‘忠’？不就是想二人保护‘忠’，让‘忠’一个劲地架炮攻击我方英雄吗？让这个不会玩的人也尽可能地发挥出最大的作用。”张承浩确实不是一般水平的玩家，分析起来头头是道。“忠”施展大招重装炮台后虽然无法移动，但会让“忠”拥有超远的射程和爆炸的伤害。哪怕何遇不会玩，只要他发育良好，身旁又有高歌和周沫保护，这样一路架炮推进，也会让张承浩他们很难应付。

“所以他们准备保‘忠’发育？”周木同说道。

“这地图上就这么一条兵线，如果全赖在线上清兵，我们的经验和经济都会落后，我们也得清理野区。”张承浩说道。

“你们去，我守塔。”许开怀说着，让他的“孙尚香”掉头，回到了他们的第一座防御塔下。

“‘露娜’去上方野区了。”留意到对方撤退时走向的高歌此时已经判断出了对方的去向，提醒了一下正在上方野区打野的何遇。

“哦。”何遇应了声。其实他有拉动视野去观察中路的交锋状况，奈何第一次玩游戏，虽知这道理，但他的操作实在是生疏、笨拙，他拉动视野时，不是拉过头就是没拉到位，到最后也没看到什么有用的信息。

“你不是说上半野区有九只野怪吗？怎么少了一只？”拉动视野看了一眼“忠”的情况后，高歌问道。

“正中间有一只野怪，一分钟后刷新。”何遇说道。

“一分钟……那你打完这只野怪后去等那只野怪刷新。”高歌说道。

“要蹲人？”何遇马上猜到了高歌的意图。

“地形很不错呢！”高歌狡黠一笑。

兵分两路的张承浩和周木同这时已经带着各自的英雄进入野区，他们马上注意到大部分野怪的刷新点竟然都有两只野怪，两个老手立即意识到在这张地图上打野刀的成型将非常迅速，二话不说便调整了出装思路。

张承浩连刷了四只野怪，意外得到了一个BUFF，角色移动速度加快，技能也减少了冷却时间，持续时间30秒。他也是看了下BUFF的说明才了解到这BUFF的作用，接着他朝正中间刷新的野怪移去，便立即听到炮声隆隆，何遇的“忠”正在下方与这只野怪纠缠。

“二级？”看了眼“忠”的发育状态，张承浩顿时压不住跃跃欲试的心情。“露娜”能打出高额输出的技能是大招新月突击，需要等英雄达到四级后才能学会。眼下张承浩三级的“露娜”虽比“忠”高一级，但终归还不会新月突击。不过看到“忠”还在懵懂无知地打野怪，而自己又带着一个森林的怒吼BUFF，张承浩终于还是下定了决心。“露娜”快速冲入“忠”的视野后，利用被动技能月光之舞，直接用普通攻击越墙而过，从上方跳到了“忠”的身边。

“Surprise！”张承浩大叫一声，他这是故意要让与自己保持着距离的何遇那边都能听到他的声音。接着，他接连甩出弦月斩、炙热剑芒两个技能，还不会新月突击的三级“露娜”化身砍王，普通攻击一记接一记地攻向“忠”。

谁承想就在这时，一旁的草丛里突然跳出两位英雄，战士在前，法师在后……

“Surprise！”高歌用清脆响亮的声音回应张承浩。周沫的“苏烈”一记所向披靡冲向前方，将张承浩的“露娜”顶到了墙上。高歌的“诸葛”不慌不忙地走上前，施展技能时空穿梭给出二段伤害，紧接着贴身使出一记东风破袭，娴熟地刷出五段伤害，激活了“诸葛”的被动技能策谋之刻，刹那间法球飞舞，齐齐冲向“露娜”，一通绚烂的法术爆破。“苏烈”的大棒也在继续挥舞着。

被“忠”的一发炮弹命中后，“露娜”倒下了。

一血！

《王者荣耀》每一场战斗的第一次击杀目标被定义为一血，有300金币的奖励，远超一般的击杀奖励，在前期是一个不小的优势，对对方的士气也是个不小的打击。张承浩刚刚还在大叫着要给对方一个惊喜，结果转眼就被对方按地狂捶，送出一血，望着“露娜”倒地的尸体，他有点想哭。

拿到一血奖励的何遇立即把打野刀往上升了一级，顺势击杀掉刚刚打到一半的野怪后开始朝着下方野区移动。

“这次埋伏得怎么样？”高歌问何遇。

“没想到他会这么大意，‘露娜’早就暴露在我的视野里了，我还不撤退，明显是因为我身边有队友嘛。”何遇说道。

“呵呵。”高歌笑了笑，她清楚张承浩这是把何遇当作不会玩《王者荣耀》的人了。新人玩家的注意力通常都集中在自己的英雄上，不注意观察视野。所以张承浩这不能说是轻视，只能说是误会。

但这误会对高歌他们来说是美丽的，可以多多利用。

“直接去刷下方的野怪吧。”她对何遇说道。

“直接？”何遇看了眼小地图，“苏烈”正从地图左侧迂回，前往下方野区，顿时心领神会，“忠”堂而皇之地从中路穿过，朝下方野区走去。对方许开怀的“孙尚香”正在掩护着小兵朝前推进，看到“忠”，立即施展翻滚突袭就想追赶，却被身边的张承浩慌忙叫住。

“小心有诈！”张承浩刚刚被对方用“忠”作饵丢了一血，十分耿耿于怀。

许开怀看了看地图中不见人影的“诸葛”和“苏烈”，点了点头，放弃了追赶。就在这时，他听到高歌怒气冲冲的呵斥声从对面传了过来：“靠边点走！”

这……张承浩顿时目瞪口呆，原来对方真的是走位失误，所以他们刚刚是错过了一次机会吗？当年就被高歌在游戏中呵斥过失误的他毫不怀疑有诈，他十分不好意思地躲避着许开怀的目光，转头去提醒周木同：“‘忠’去下方野区了。”

“让他来！”扎根下方野区的“杨戬”是全场第一个达到四级的英雄，周木同此时意气风发。从未玩过长平攻防战的他被这图中野区小怪的数目给惊到了，飞快叠起的打野刀级数让他感觉自己可以以一敌八。

虽然如此，听到“忠”走向下方野区的消息，他还是让“杨戬”猥琐地钻进了草丛，果然，不一会儿他就见“忠”慢吞吞地朝他移动过来了。

“鞋都没买？”周木同点开面板查看了一下双方的装备。拿到一血的“忠”经济发展不错，但在打野刀升到二级后没有优先购买公认的性价比最高的移动类装备，而是直接买了攻击装备。

毫无压力。

周木同心下想着，为了引诱对手，他特意留下了一只野怪，只等着“忠”走近。没想到“忠”这时一抬手，一个二技能警戒地雷丢到了“杨戬”藏身的草丛中。

警戒地雷可以对目标造成物理伤害并对目标产生减速和破甲效果，同时让“忠”获得一个吸收伤害的护盾，这样直接丢到“杨戬”脚下当然马上被触发了。隐在草丛中的“杨戬”身形顿时显露出来。

不是新手吗?

周木同相当惊讶。这种打探草丛的意识，别说新手不应该具备，便是一些老玩家都经常疏忽大意。

不过即便如此，已是四级的“杨戬”丝毫不惧“忠”，他甩手便将一个一技能逆转乾坤朝“忠”扔去。

这技能是非指向性技能，需要自行操作罗盘瞄准目标。召唤出的“哮天犬”在咬中目标后，给目标制造伤害的同时会给目标添加一个标记，此时“杨戬”可以再次释放该技能，直接冲向目标，若能直接击杀目标，还可以立即刷新该技能的冷却时间。

周木同此时就是想靠这技能的二次释放迅速让“杨戬”移动到“忠”身边。可是“忠”仓促间已经施展了召唤师技能——闪现，逃出了“杨戬”的视野。但在周木同看来这不过是垂死挣扎。闪现，谁不会用呢？“杨戬”也立即用了闪现跟上，跟着飞快施展出二技能逆转乾坤的第二段，“杨戬”如迅雷般直扑向“忠”。

这一突进刹那间让“杨戬”又打开了新的视野，周木同顿时心一沉。原来，先前躲在他视野盲区的“苏烈”赫然现身，“苏烈”也已经交出了闪现，不偏不倚，移动到了“杨戬”的身后。

所向披靡!

之前，“苏烈”就是用这一技能将“露娜”顶晕在了墙上，现在又用这一技能将奋力移动到自己身旁的“杨戬”顶到了浪7一方的第一座防御塔下。紧接着，“苏烈”便用一技能烽烟踏破下的三段普通攻击，对着“杨戬”狂捶，第三段又是0.75秒的击飞控制。周木同虽已让“杨戬”开启大招根源之目恢复生命值，奈何防御塔的攻击也是一次狠过一次地朝“杨戬”身上招呼，“忠”也跟过来补充伤害，又将警戒地雷扔到了“杨戬”试图逃离的路线上。“杨戬”拼尽全力逃出了防御塔的攻击范围，却还是被防御塔射来的最后一炮击中，倒在了塔外。

第6章

长平攻防战（下）

望着倒在塔边的“杨戬”的尸体，周木同愣了好一会儿。对于这场比赛，他们的心态还是挺放松的。在他们看来，高歌和周沫实力虽强，但带着一个不会玩的队友，他们等于以三敌二，对方能打出个什么来？先前张承浩的“露娜”在“忠”手下丢了一血，比起丢失节奏，他们更觉得好笑的是：张承浩被一个菜鸟拿了一血。这可以让他们笑一个学期。

可是现在，周木同发现自己的遭遇竟和张承浩如出一辙，他同样是想去针对“忠”，结果却中了埋伏，献上了人头。

“这个操作‘忠’的人不是不会玩吗？他还知道打探草丛呢！”等候复活的周木同忍不住说道。

“这种事，高歌提醒一下就是了。”张承浩说道。

周木同朝远处的三人看去，果然高歌三人正在交头接耳，交流很频繁的样子。

“干得漂亮！”高歌正在对何遇的表现大加赞赏。

“谢谢。”何遇也挺激动。虽然这两次伏击的结果都是“忠”拿到了人头，但真正表现抢眼的其实都是操作“苏烈”的周沫。周沫准确地出手控制，让对方毫无还手之力。只是对何遇而言，这是他渴望已久的一次游戏体验，他并不在意自己扮演的是什么角色，即使是诱饵，只要能帮队伍取得优势他就会觉得满足而兴奋。队伍的最终胜利才是最重要的。

围观的人群中，早在比赛开始时就已来到这儿的何良看到何遇此时兴奋而又满足的神情，心中却只觉得酸楚。

他想起自己职业生涯的每一个赛季，他都会收到一份何遇精心整理的情报资料。他一直以为这是弟弟对自己的关心，并由衷地感激着，却从没想过其实何遇对《王者荣耀》也有着不输给他的热情。

而这份热情此时就写在何遇的脸上，这种从未在何遇脸上出现过的神情，让他整个人都焕发着不一样的光彩。

《王者荣耀》不过是一个手机游戏，寻常人都能很轻易地体会到其中的乐趣，何遇却因为何良走上了一条令人担心的职业道路而努力克制着自己。从来没有人要求何遇这样做，可他偏偏还是这样要求了自己。这让何良又难过，又愧疚。何良小心翼翼地在人群中藏了又藏，不想让自己的出现打断何遇难得的游戏体验。

比赛继续。

就在张承浩三人还在揣摩对方套路的时候，系统跳出消息：暴君已被击杀。

张承浩三人顿时一愣，你看看我，我看看你。

暴君和主宰是野区中BOSS级别的两只野怪，越是高端局，暴君和主宰的归属越能影响比赛的走势。张承浩三人都是王者段位的玩家，并不欠缺这方面的意识。可在长平攻防战这张三对三的地图中，三人都在忙着适应不一样的节奏，一不小心就交出了两个人头，完全遗忘了这一点。暴君即将刷新时在小地图上会有长达60秒的倒计时，三人愣是视而不见。

“呃，我刚被蹲了……”周木同说。

“我之前被蹲了。”张承浩跟着道。

许开怀不说话，只是静静地看着两个人。他想：送了两个人头，你们俩还有理了？

“咯，大意了，下次注意。”张承浩说道。

“你是说暴君还是说一血？”许开怀问道。

“暴君！”张承浩没好气地说道。一血的事他到现在还耿耿于怀呢，许开怀真是哪壶不开提哪壶。

一听张承浩说注意暴君，许开怀和周木同也不说话了，毕竟他们也很心虚。一分钟都没看小地图，身为王者段位的玩家怎么可能如此？只是，这次小地图上的暴君刷新倒计时愣是没有引起他们的注意。比赛的发展全然不在他们的意料之中，许开怀虽然没送人头，却也和张承浩、周木同一样有点懵懂。

“不能再单打独斗了。高歌猜到了我们会针对菜鸟，所以会用他作饵。两次都是以多打少。下次抓人一起上，三打三的话，我们技术上是占绝对优势的。”张承浩进行下一步的部署。

“上方野区又刷新了，要不要去抓？”许开怀问道。

“要去，不能再让他这么舒服地发育了。”张承浩说着，“露娜”开始朝上方野区移动，“孙尚香”和刚刚复活的“杨戬”也立即跟上。将自己这半边的野怪迅速清理后，三人的英雄开始朝着对方那半边野区快速移动。很快，他们就听到了“忠”的炮火声。已经达到四级的“忠”竟然直接架起了大招重装炮台，轰杀着野怪。

施展重装炮台技能的“忠”无法移动，看起来就像是个活靶。可是超远的射程也会让切近他的敌人先受一番炮火的洗礼。不过眼下“忠”的装备还未成型，伤害远没到令人胆寒的地步。

“要上吗？”周木同问道。他的“杨戬”施展一技能逆转乾坤标记“忠”的话，可以瞬间移动到“忠”的身边。“忠”的重装炮台距离目标越近，伤害反倒越低。“杨戬”有大招根源之目恢复生命值，就算只他一人，杀掉这个架起炮台的四级“忠”也是十拿九稳的事。

可是“忠”炮台的旁边偏偏有一堆嫩绿的草丛，一个魁梧的大汉和一个可恶的法师仿佛就站在当中，这让周木同有些犹豫，而张承浩就更加果断了：“不上！”

三人撤退，在中路清理了一拨小兵后，直奔下方野区。可是小地图上看起来还是生机盎然的下方野区等三人进入时竟已经空空荡荡。已经刷新了的野怪当然不可能凭空消失，只可能是被对方的人抢先给清理掉了。如此就得出了一个结论：方才“忠”炮台身边的草丛中绝对没有人，“苏烈”和“诸葛”都在这里清理野区呢！

“啊！”周木同很是懊恼。做出“不上”决断的张承浩更是羞愧难当，他打开对阵双方的英雄面板看了一眼，己方的经济已经远远落后，经济落后意味着装备落后，也就是英雄属性和战斗力的落后。双方的对局优势劣势，相比起二比零的人头差距，经济差距才更加致命。

“不能再被他们拉开经济差距了！”张承浩说着，“露娜”果断地向左边的野区追去。对方刚刚清理了他们这半边的野区，自己那半边的野怪势必还在。争夺野怪，也就是争夺经济，己方多一分，对方就少一分，张承浩三人此时已经到了不争不行的地步。

可等张承浩三人进入对方的下半边野区，先听到的又是“忠”那熟悉的炮声。下方野区的野怪数量比上半区要多，每半边除了暴君各有七只野怪，分成四个刷新点。“忠”此时就在四个刷新点的正中间架起了重装炮台，不紧不慢地轰杀着野怪。

要上吗？

这次周木同干脆问都不问了。因为这一次不用他们再猜了，对方的“诸葛”和“苏烈”就堂而皇之地站在“忠”的炮台边上，也不帮忙打野怪，正以逸待劳，就等着他们呢！

这叫上吗？

这叫送，送命的送！三打三所谓的技术优势在已经架起炮台的“忠”面前很难体现。毕竟架着炮的“忠”不用走位，只用普通攻击，夸张点说，何遇拿鼻子操作都行，菜鸟的技术再差，做这种简单操作的输出也和高手的输出没区别，皇朝他们又谈何优势呢？

张承浩三人若连这点判断力都没有，就别谈什么王者段位了。三人这次连交流都没有便一起灰溜溜地撤退了。

“没法正面上了，只能找机会蹲草丛。”张承浩有气无力地说道。

丢人头，丢暴君，再丢野区经济。四分钟不到，三对三的比赛，双方的经济差距竟然被拉大到了快3000，这意味着什么，张承浩三人心里都有数。压抑的气氛在他们三人当中蔓延着，连他们身边的同伴都感受到了。通过游戏里的观看好友比赛可以在比赛开始三分钟后进入观看，这意味着许多人这才刚刚看了比赛的开局，而实际上比赛已经快到尾声，站在三人身后看着实时对局的人们都已经感受到了。

就看下一次机会了。

张承浩三人不肯就此放弃，把最终的希望寄托在接下来的野区争夺上。经济全面落后的他们不敢和对方正面对攻，准备埋伏。看到野区刷新，他们急忙潜入，可就在他们要往草丛里钻时，草里突然跳出一个魁梧大汉，然后是一个让他们觉得很可恨的法师，再然后是架起炮台的“忠”，以及那熟悉的炮声。

他们想去蹲人，却被对手抢了先机。正面都打不过，更何况是中了埋伏。几乎就在刹那间，张承浩三人操作的英雄便齐齐倒地了。

“我的天！高歌这个疯婆子，竟然连这地图上的野怪刷新时间都记得这么清楚！她是有多神经啊！”张承浩这时终于意识到了问题的关键所在了。王者峡谷野怪刷新，红蓝BUFF的刷新时间为90秒，普通野怪的刷新时间为70秒。可在长平攻防战这张地图上，野怪刷新的时间明显与王者峡谷的不一样。对方显然十分清楚这张地图上的野怪刷新时间，总是卡着野怪刷新的时间点提前进入野区，这才在野区经济的争夺中占据先机。再加上野怪刷新的快节奏，双方经济的差距飞快被拉开。这一点，对长平攻防战不熟悉的张承浩三人全然不知，也没注意，而当他们意识到这一点时，却已经连万分之一的翻盘机会都没有了。

高歌三人顺势开始在中路推进。打法正是张承浩他们一开始就不想见到的那样：“苏烈”和“诸葛”保护“忠”，“忠”架炮攻击。

一塔、二塔，再到水晶。其间张承浩三人的英雄虽有复活过，却对对方的推进无可奈何，比赛不到六分钟便画下了句号。

第7章
可惜你拒绝

“干得漂亮！”

张承浩这边的水晶爆炸的瞬间，高歌已经开始激情洋溢地赞扬自己的队友了。

“谢谢。”何遇也很激动。这是他关注《王者荣耀》这么久以来的第一次游戏体验。之前他幻想过无数次自己游戏的画面，场面甚至比KPL的职业赛还要精彩。可是此时的他才知道，无论是怎样夸张的想象，都比不上真实上场的每一分钟。即便这只是一局很少人玩的长平攻防战，即便场面并不如自己想象的那么华丽，可胜利带来的激动与喜悦远比任何一次幻想都要来得强烈。

留在他心中的遗憾只有一点：这场比赛实在太短暂了，他其实还想要体验很多方面。

不过终究还是到此为止了吧。

何遇将手机还给了小极，并由衷地表示了感谢。对方接回手机，神色却有些尴尬，扭头朝张承浩那边望去。原本是张承浩大度地让小极借手机给何遇，结果却换来己方摧枯拉朽般的一场败局，皇朝三位主力选手此时都还捧着手机，满脸愤愤不平。

高歌却毫不理会张承浩等人，整个人的注意力全在何遇身上：“合作非常愉快啊！同学，我感觉我们之间很有默契。怎么样，有没有兴趣加入我们浪7战队？”

加入战队？

突如其来的邀请让何遇一愣。这样的场景他何尝没有幻想过？以前，他的身边也不乏玩《王者荣耀》的同学，但是他刻意的忍耐和回避让这一幕直至今日才成现实。

何遇的心中是激动的，是期待的，是渴望的，但是答应的话到嘴边，还是变成了拒绝。

高歌还没来得及进一步游说，张承浩三人已经一脸不服地走到了他们身前。

“可以啊高歌，连长平攻防战都玩得这么熟练？”张承浩阴阳怪气地说道。

“不太熟，但收拾你们已经足够。”高歌说道。

“你少吹牛，这地图的野怪刷新时间和王者峡谷完全不一样，我们要是早知道这一点，你们还会赢？”张承浩大声说道。他这话无疑并不只是说给高歌听的，而是因为他自己脸上挂不住，要向周围观众解释一句。他们三人是堂堂皇朝战队的主力，却让连队员都没有凑齐的浪7战队随便带了个路人就给打败了，这足以让他们成为东江大学王者圈的笑话。

“头两次可能不知道，后来也一直没发现吗？”何遇很是疑惑地接过话，问道。

张承浩顿时语塞，足够留心的话，确实第二次被埋伏的时候就该发现野怪刷新的速度很快了。可他们三人那时连两分钟刷新的暴君都忽视了，哪里还顾得上留心计算这些？等他们意识到时已经回天乏术了。更何况长平攻防战的节奏比匹配赛、排位赛的节奏要快多了。

“自己意识不到位，就不要把责任推到无知上好吗？”高歌很鄙夷地说道。张承浩妄图让周围观众接受的解释顿时站不住脚了。周木同和许开怀低着头，像是想找个地缝钻进去。张承浩也是面红耳赤，瞪着眼睛朝推翻他的解释的何遇看去时，猛然间意识到：能说出这话的，怎么可能是个不会玩《王者荣耀》的新手？

“同学，你不仅仅是听过《王者荣耀》吧？”张承浩看着何遇说道。

“没玩过，只是有一些了解。”何遇说道。

“没玩过，却有一些了解？”何遇的话让张承浩很怀疑，他有强烈的感觉自己可能是落入了什么圈套。可这路人终究是他自己选出来的，高歌就是再怎么神机妙算也不可能猜到他会在这么多人中挑中这个路人。所以想来想去只能说是他们运气太差。

“算你运气好，这次我认了。”无奈之下，张承浩也只能认栽。

“是你运气好才对，千挑万选，选出了个最会玩的给我们，很遗憾吧？”高歌说道。

“你别得意。不过就是场长平攻防战。这学期的校际联赛我会等着你们浪7战队，希望你们可以凑够人，不要太早被淘汰。”张承浩说道。

“这好说，比赛见。”高歌淡淡地回应着，只是她说这话的时候一只手却拍了一下何遇的肩头，俨然一副将何遇算成了浪7战队一员的模样。

张承浩还想再争辩几句，这时却有社团伙伴急匆匆地跑到他身旁，在他耳边说了两句。张承浩顿时想起什么似的，注意力马上就不在高歌几人身上了，急忙招呼着伙伴们离开。

“你们等着！”离去前，张承浩瞪了高歌和周沫一眼，顺便也将何遇算在内了。

看着这充满敌意和挑衅的眼神，何遇有些无语地望向身边的女生：“我说，我刚刚好像是拒绝你了吧？”

“不能再考虑一下吗？”高歌问。

“不用了。”何遇很是坚定地说道。

“那真是太遗憾了，我不知道你拒绝我们是出于什么原因，但如果日后又想找几个伙伴一起玩《王者荣耀》的话，可以随时找我。我叫高歌，物理系三年级。”高歌说道。

“谢谢。”何遇没有答应，但这份谢意是由衷的。

“等你。”高歌微笑着道。看着这笑容，何遇才猛然想起，这不就是自己从哥哥办公室出来时在楼道里险些撞到的那个女生吗？

高歌这时却已经转过身，拍了拍同伴的肩膀示意离开。原本十分兴奋、一脸期待的周沫，在听到何遇拒绝了他们后，脸上写满了失望，在高歌的招呼声中，很遗憾地又看了何遇一眼，默默地跟着高歌离开了，只是走出没多远，忽然就听到身旁的高歌来了一句：“劝劝他。”

“啊？”周沫一愣，扭头朝高歌看去，才发现高歌并不是冲他说话。她方才说话的对象这时已经与他们擦肩而过了，并未对高歌的话做出任何回应。

“是谁？”周沫疑惑地问道。

“何良。”高歌说道。

“啊？”

“学生处的何良。”

“哦哦，前职业选手，天择战队的打野选手何良！唉，我一直觉得天择战队的打法耽误了何良，完全没给他发挥的空间啊！”周沫平时话不多，但一提到KPL的职业选手和赛事便会立即开始发表起他的看法，连为什么会聊到何良都给忘了。

“尴尬的是他退役后的第一年，天择战队就立即拿到了秋季赛的总冠军。”高歌说道。

“天择新的打野选手游亚中是和何良完全不同的类型，我也不好说他和何良谁的实力更强，但天择的战术看起来更适合他发挥。”周沫谈论这些的时候眉飞色舞，与之前闷头闷脑地坐在浪7战队的招新处，看到有人注意到这边便站起来傻笑的那个周沫简直判若两人。

“天择战队的战绩确实因此变得更稳定了。春季赛如果不是因为季后赛时周进因病缺席，说不定就能蝉联冠军了。”高歌说道。

“缺了周进，天择战队差不多少了10%的稳定输出。这赛季的周进不知道会表现如何，他的年纪可是已经不小了。”周沫感叹道。

“再这样聊下去，KPL的每位选手我们都会聊一遍的。”高歌说道。

“啊？”周沫愣了一下，随即发现他们已经跑题很远了，不免尴尬地笑了笑。他总是这样，一提起职业赛就有说不完的话。

周沫回头看了一眼，看到何良正走到先前和他们一起打游戏的那位队友面前，两人的关系一看就不一般。

“那个人是……”

“他是何良的弟弟。”高歌说道。

“你怎么会知道的？”周沫纳闷。

“之前去学生处的时候正好碰到他去何良的办公室找何良。”

“难怪。”周沫早就发现高歌在张承浩选了那个人后就变得有些不一样了，原来是早知道那人的底细。这么说来张承浩还真是不走运。他选的人要说在比赛里有多厉害，那倒也没有，但是那人一上来就提供了长平攻防战中的野怪刷新信息，这个东西其实周沫与张承浩他们一样是完全不知情的。掌握到这一点，可以说，他们在比赛开始时就已经拿到了赛点。

“看来张承浩说得没错，我们确实挺走运的。”周沫感慨道。

“话也不能这么说，你认识的我会做那种特别没别握的事吗？”高歌说道。

“你也知道长平攻防战的野怪刷新时间？”周沫脸上写满了不相信。作为一起玩《王者荣耀》的小伙伴，他对高歌可谓知根知底，他确信高歌和他一样，虽有王者的段位，但对长平攻防战也一样没什么研究。

“我不知道，但是百度知道啊。”高歌说着给周沫看了看她的手机。手机上面浏览器打开的网页上，显示的正是一篇长平攻防战的攻略文章。

“所以你早就知道这张图上的制胜点是哪里了？”周沫问道。

“搜索了才知道，但是那个何遇，他是真知道。”高歌道。

“如果他能成为我们的队友就太好了。”周沫既憧憬又遗憾地说道。

“谁说不是呢。”高歌回头看了一眼远处边走边聊的兄弟二人，若有所思地说道。

第8章
职业大神

人群散开时，何遇一眼就看到了朝他走过来的何良，顿时有点慌乱，他的神情像是偷偷在做着什么坏事的小孩子被大人发现了一般，但是走到他面前的何良反倒很自然地朝他笑了笑，说道："饿了吗？我先带你去吃饭吧。"

"好。"何遇连忙点头，以为何良只是刚到这儿，并没有看到他玩《王者荣耀》。

两兄弟一起朝着学校食堂走去，从操场旁的林荫道上穿过时，何遇远远就看到了高歌和周沫正在收拾着他们浪7战队招新处的小桌子。两人将板凳架在桌上后，便准备搬着小桌子离开。一个女孩子做这种事顿时引来不少想要帮忙的男生，但都被高歌拒绝了。最后她还是自己和周沫一起搬着小桌子穿过人群离开了。

相比之下，距离他们并没有很远的王者荣耀社团招新处却是一派热火朝天的景象。突然多了不少穿着印有《王者荣耀》logo服饰的学生，忙忙碌碌地不知道在张罗着什么。王者荣耀社团在东江大学是比较热门的社团，招新占的位置又大又醒目，相比起其他社团挂横幅、举广告牌的套路，他们吸引人的方式很是别致：两位英雄角色的等身立牌，他们还在桌后的三棵大树上分别挂上了一个硕大的字母。

K–P–L!

这三个字母是什么意思？不懂的人也许不会过多留意，懂的人却马上会被其吸引。

KPL，这是《王者荣耀》顶尖的职业赛事，今天又恰恰是KPL秋季赛开幕的日子，但凡是王者圈的人，看到这三个字母少有不热血沸腾的。

何遇看到了张承浩，看到了方才簇拥在他身边的那些人，他们此时都很忙碌，又像在期待着什么。

“来了来了！”不知谁突然喊了一声，这一声让王者荣耀社团这边的学生飞快地聚拢起来，齐齐望向林荫道的前方。尖叫声和欢呼声伴随着掌声骤然响起，令整条道上的其他社团全部黯然失色了，所有人的目光都朝着这边汇集过来。

“怎么了？发生什么事了？”有人好奇地问道。

“好像是有什么职业选手过来。”

“居然能请到职业选手？王者荣耀社团可以啊！”

“主要还是靠他们的社长苏格吧，人家那家世背景，想认识几个职业选手有什么难的？”

“咱们社要是能请个大牌球星过来，那会是什么场面？”有足球社的成员幻想着道。

“做梦吧你。”他的伙伴毫不留情地打破了他的幻想。

团团聚起的人群让本是好好走在路上的兄弟二人进退不得。职业选手？是谁？何遇心里很好奇。如果只有他一人，恐怕他也会成为这兴奋大军中的一员。可是现在他的身边还有哥哥何良，无论是KPL还是职业选手，从他听到何良在楼道里号啕大哭的那一天起，他就知道这些都将是哥哥这辈子都难抹掉的痛苦和遗憾。眼下这场面岂不是让哥哥触景伤情吗?

何遇有些担忧地看向何良，却发现何良并没有什么特别的反应，挤在人群中也只是一副随遇而安的样子。何良看到何遇朝自己看过来还笑了一下，但等他再看回前方时，脸上的笑容却突然一滞。

“来了！是周进！真的是周进！”有粉丝发出幸福的呐喊声，何遇也终于从无数脑袋的缝隙间看到了来人。

周进。

天择战队的明星中单选手，同时也是天择战队的队长，与何良并肩战斗了五个赛季的队友。此时周进的身边还跟着一位天择战队的选手，正是何良退役后接替他位置的打野选手，是在成为天择战队主力后的第一个赛季就帮助天择战队拿下总冠军的游亚中。

不过相比起周进，游亚中的名气要逊色许多，此时的欢呼和尖叫大多都是冲着周进的。一身休闲装的周进走在最前面，面带微笑，不时朝围观的人群点头致意。跟在他一旁的游亚中则规规矩矩地穿着天择战队的队服，有意无意地让自己落后了半步。

游亚中的脸上也带着微笑，却目不斜视，将粉丝的欢呼和致意全部交给周进去接受，此时他的存在感甚至不如站在周进另一边的苏格。

作为东江大学校草级的人物，王者荣耀社团的社长苏格站在周进身边可以说毫不逊色。虽然不至于引来欢呼和尖叫，但是掌声中至少有一半是献给能把职业选手请到校内来的他的，更何况，他请来的还是周进这样的顶尖明星选手。

周进三人总算在人群的簇拥下走到了王者荣耀社团的招新处。显然，张承浩等社团成员先前的忙碌和准备就是为了这一刻。周进等三人被请到了桌子后，与熙攘的人群拉开了一些距离，有人立即将早已准备好的话筒递到了苏格的手中。

“同学们，请安静一下，安静一下！”苏格的声音从扬声器里传出来，在林荫道上回荡着。喧闹的人群总算是静下来不少。

“今天我们非常有幸请到了天择战队的两位职业选手来咱们东江大学王者荣耀社团，关于这两位，还需要我做介绍吗？”

“不用！”众人卖力地呐喊着。

“我也知道不用，但是出于礼貌，还是请两位跟我们的同学介绍一下自己，打个招呼吧。”苏格说着，将话筒递给周进。周进一边笑着接过，一边假意给了苏格一拳，他的这个举动显露出了两人非同一般的关系，让围观的粉丝羡慕不已。

“大家好，我是天择战队的周进。”接过话筒的周进干脆利落地作自我介绍，他朝围观的人群深深地鞠了一躬，换来了一阵热烈的掌声。

“然后，请允许我隆重介绍一下我身边这位，我的队友，天择战队的打野选手，游亚中！”周进身子微侧，似是要把舞台中央让给游亚中，可是他并没有把手中的话筒交给游亚中。在游亚中向人群鞠躬致意的时候，他继续大包大揽地介绍起了游亚中。

“亚中是在去年秋季赛的时候成为我们天择的主力选手的，司职打野。是他给我们天择带来了变化，在第一赛季中便帮助天择拿到了我们队史上的第一个总冠军！之后在春季赛上的表现也非常抢眼。遗憾的是，春季赛时我状态不佳，季后赛拖累了全队，也拖累了亚中，让天择错失了蝉联总冠军的机会，非常抱歉。”周进继续说道。

掌声再起。

春季赛的季后赛是怎么回事，关注KPL的玩家都十分清楚。周进并不是表现不好，仅仅是因为身体原因未能出场比赛，导致了天择战队战力不足。身体原因属于不可抗力因素，这件事从某种程度上也说明了周进在天择的重要性。粉丝们本就没有责怪他，可他还是如此有担当，将责任全部揽下，这让粉丝对其更添好感。掌声经久不息，逼得苏格夺回话筒，在掌声中喊话，让大家停一停。

“大家应该知道今天是KPL秋季赛的揭幕战，天择战队也是为了比赛来到咱们东江市，我这才有机会把周进拐到咱们社团来跟大家见一面。他很快就要回去准备比赛了，所以我觉得大家的掌声就先暂停一下，留到晚上揭幕战的时候再拿出来给天择加油，好不好？现在还有一点时间，我们不要让周进和游亚中闲着，如此难得的机会，大家有什么问题想向两位职业选手请教吗？当然，出装或者铭文这些问题可就别拿出来问了，这些问题你们问我就行了，大家最好问些平时不知道的。咱们这里没有媒体，所以也不会有报道，说不定他们能跟咱们说点什么悄悄话呢！”苏格说道。

现场顿时笑声一片，周进也是食指连连指着苏格，一副拿苏格没办法的无奈模样。

“好了，下面就是问答环节，哪位有问题请举一下手，我们请周进和游亚中来选人提问。”苏格说道。

人群中顿时举起了无数只手。像周进这样的明星选手，平时出席的都是各种“高大上”的发布会，出席眼下这种都没有舞台布置的简陋见面会可说是绝无仅有的，这次机会确实极为难得。

周进这时却客气上了，看向游亚中道：“我都说了那么多了，就让亚中来选人吧。”

他都这样说了，苏格自然是将话筒递向了游亚中。游亚中接过话筒，模样有些拘谨，他也没在人群中寻觅，很快便指了一个就在眼前的男生道：“就这位同学吧。”

“两位大神好！”被点到的男生十分激动，他先向两位职业选手问了声好，就迫不及待地抛出了自己的问题：“我是天择战队好多年的粉丝，去年天择战队在秋季赛上夺冠，我真的特别激动！周进大神刚刚说到亚中大神为天择带来了变化，我想知道的是，这个变化具体指的是什么呢？”

“这个……”游亚中拿着话筒，有些踌躇地看向周进。

“你先说，说完了我再补充。”周进笑着对他道。

游亚中点了点头，看向提问的男生道：“在我去年成为天择的主力选手之前，我就已经是天择战队的一员了。天择战队的战术打法其实一直以来都是稳定成熟的，我成为主力也没有带来什么实质上的变化，一定要说有，那大概就是我和之前的打野选手的风格不同吧！”

第9章
少数服从多数

和之前的打野选手的风格不同？

何遇虽是挤在人群中，却将游亚中的话一字不漏地听在了耳中。天择战队之前的打野选手不就是他的哥哥何良吗？游亚中说天择的战术没有改变，不同的只是打野选手的风格。这言外之意岂不是说天择之前一直不能夺冠，都是打野选手何良的问题？

何遇无法想象何良在听到这句话后会是什么样的心情，他想要挤开人群上前理论，但是何良的手在这时搭在了他的肩头，他扭过头去，看到何良朝他摇了摇头。

游亚中的回答还在继续："何良选手是我的前辈，也是我十分尊重的打野选手，在做天择替补的那几个赛季，我从他身上学到了很多东西。大概就是因为这样从旁学习，在我成为天择赛场上的五人之一，成为天择的打野后，我避免了很多问题。在这一点上，我要感谢何良前辈，我能为队伍作出这些贡献，很大一部分的原因是因为我站在了他的肩膀上。"

掌声一片。

游亚中的回答谦逊而又得体，粉丝们非常满意。可是何遇有些愤怒。游亚中口中所谓的向何良学习，最终却是"避免了很多问题"，仿佛是他解决了何良无法解决的缺陷和不足，最终“站到了他的肩膀上”一样。

可问题是，何良一直试图解决的那些“缺陷和不足”到底是什么，天择自己心里难道没有数吗？

那些根本就是何良天赋和才华的体现！

五年的职业生涯，何良都是在天择战队度过的。何遇没有漏掉这五年共十个赛季任何一场天择战队的比赛，甚至包括很多天择战队的训练赛和表演赛。

没有人可以在比赛中将所有细节做到十全十美，何良也会有瑕疵，这些何遇都看在眼里。可是那些总被各种报道、评论抓住不放的所谓脱节，被各路人士大肆批评的所谓失误，游亚中口中所谓“问题”的东西，何遇从不认为是何良的问题。

那些所谓的脱节和失误分明是天择的其他人没有跟上正确的节奏。可在少数服从多数的习惯下，节奏正确的何良被说成太激进、太冒险，与队伍脱节。

所以他就该拉低自己的水准，去适应那些比自己慢半拍的队友吗？

大家所希望的配合，难道就是靠牺牲优秀的选手才能达到的迎合吗？

职业选手难道不都应该追求更高的境界吗？

不应该是其他四位队友努力向何良看齐，努力跟上何良的节奏吗？

可他们没有。

五年的时间，何遇看到的，只有哥哥在不间断地努力，不断地尝试用各种方式来调整自己，一次又一次地感叹“我还不够好”，而他的队友们似乎一直都在等待。

他们等到何良退役，等到游亚中成为主力，然后他们拿到了总冠军。

所以，他们是正确的，所有人，包括他们自己，大概都这么认为吧。

但何遇不。

他一点都不认同。

即使天择因此拿到了总冠军，他也不认为这种方式就是正确的，不认为天择可以将何良的天赋和才华当成问题，并嘴上说着尊敬，实则却流露着对何良的否定。

真正的问题，明明是你们不够水准，现在却指鹿为马，将别人的优势说成问题，简直无耻又可笑。

然而，现场的气氛其乐融融。游亚中在回答完问题后看向周进，见到周进伸手，就将话筒递给了他。所有人顿时一脸期待地看向周进，准备听听他要说点什么。

“亚中说得很谦虚。其实作为职业选手，我们在场上的每一分每一秒都是被别人看在眼里的，没有什么是大家发现不了、注意不到的。何良是我五年的队友，他的才华和天赋不可否认，早年他使用‘剑仙’可是生生把这位英雄在游戏中的使用率提高了7%。但是不知道有没有人注意到，在‘剑仙’的使用率提高7%的同时，胜率却下降了足足19%，在所有英雄中徘徊于后五名，在常用打野英雄中排倒数第一。

“为什么？因为何良的打法风险极高，容错率极低，稍有不慎就会崩盘。玩家或许还有一定的犯错空间，但在职业赛场上，更多的时候是一着不慎，满盘皆输。

“所以我们曾尝试着帮助何良做出一些改变。但是说实话，效果都比较一般，我们都很为他感到惋惜。”

“但是亚中就不一样了。”周进说着拍了拍身旁的游亚中，“大概就像他所说的，他一直作为何良的替补，看着何良努力。何良始终没能克服的问题，最后反倒是他很好地解决了。去年秋季赛的总冠军就是对他努力的最大的肯定！我相信他的未来会更好，我们天择战队也会收获更多的冠军奖杯！”

“好！”掌声不知是第多少次响起，却是最惊人的一次。何遇再一次想要挤出人群上前理论，却又一次被何良按住，何良按住何遇的手比之前更加用力。

何遇望着何良。

“你甘心吗？”

一年前听到何良在楼道里大哭，他很后悔自己让哥哥去想这个问题。

但在一年后听到哥哥的队友竟然这样解读哥哥，何遇自己就想回答这个问题了。何遇替哥哥感到不甘，感到不值，他恨不得何良可以在今晚的揭幕战上站在天择的对面，操作“剑仙”这位英雄好好告诉他们，到底是谁的打法不正确，到底是谁的节奏有问题。

周进针对何良“剑仙”的这番说辞，分明是在混淆视听。

何良的打法风险高，容错率低，大量玩家尝试模仿后将英雄“剑仙”的胜率大幅度拉低了，这些都是事实。

可问题是，这跟何良有什么关系？何良的实力足以驾驭这种打法，他使用的“剑仙”从不犯错，以千千万万的玩家打不好这种风格的“剑仙”为由来否认他，岂不是莫名其妙吗？

更何况，那时的天择可从没有禁止何良选择“剑仙”，这足以说明他们对何良的“剑仙”也是极其信赖和期待的。真正让何良的“剑仙”无用武之地的，是比赛的BP制度。当“剑仙”开始被对手频频选择为禁用英雄时，何良不能用，那自然也就不能正常发挥。

虽然爆发型的刺客打野还有很多，可天择极少给何良使用这些英雄的机会。“剑仙”被BAN掉，何良的刺客打野便被否定，这样毫无逻辑的事情就这样真实地发生了。

周进眼下美其名曰：不让何良用刺客打野是在帮何良做出改变。可天择的对手们，在之后面对天择战队的很多比赛中依然要BAN“剑仙”。

这是禁，同时也是敬。

对手都在畏惧何良的“剑仙”，天择却坚持他们的看法，始终没给何良擅长的打法一席之地。

这并非没有引起过争议，但是去年秋季赛天择拿到的总冠军极有力地堵住了所有人的嘴。总冠军的奖杯无疑比任何说辞都更有说服力。

对此，何遇没有质疑，能拿下总冠军的队伍必然有其可取之处，天择也不例外。

何遇无法释怀的，终究只是天择战队对何良的态度；他无法接受的是，总冠军的奖杯成了他们堂而皇之地站在这里，脸不红心不跳地大放厥词的资本。

这真的很可耻!

看着周进两人在热闹的掌声中一脸春风得意的样子，何遇脑中挥之不去的是哥哥在楼道中痛哭的场景。他无法想象哥哥此时是怎样的心情。何良却在这时拉了拉他，拖着他朝人群外挤去。

微笑着的游亚中这时也在鼓掌，他在对队长方才的一番话表示支持。他的目光总算没像之前那样毫不斜视，刚在人群中扫了一眼，就立即看到了那个正朝外挤着的背影。

那是……游亚中微怔了一下，但很快就恢复了笑容，他保持着微笑，把头凑向了周进。

“好像是何良。”游亚中说道，没有话筒传声，两人这样的交流根本不会被其他人听到。

“知道，我早就看见他了。”周进脸上笑容丝毫未改，头也没往游亚中那边凑，只是不屑地动了动嘴唇，“自以为是，什么狗屁天才？天择没他更强。”

“呵呵。”游亚中笑了笑。围观的粉丝眼中，两人不过是做了一点简短而又愉快的私下交流。

第10章

尝试

热闹的掌声渐渐被甩在了身后，何遇没有回头。可以在五年里只是默默喜爱并关注着《王者荣耀》却不去碰一下，何遇的自我控制能力可以说是相当惊人了。

何遇默默地跟着何良走出了很远，直至再也听不见身后热闹的欢呼声。何遇看到哥哥停下了脚步，转头望向自己，露出的笑脸好像在说自己并不太意外周进、游亚中他们会这样说。

这让何遇突然想起一些往事，他抢在哥哥之前先开了口："我想问你一件事。"

"什么？"何良保持着笑容，看向何遇。

"去年秋季赛，天择夺冠的消息出来以后，我记得你马上打电话向他们表示祝贺了。当时，电话另一端的人说了什么？"何遇说。

何良愣了一下，他没想到何遇突然问起的竟会是这个问题。他有些撑不住脸上的笑容，却还在极力坚持着，尽可能平静地随口道："都过去这么久了，我哪里还记得。"

"其实就是今天听到的这些话吧……"何遇难过极了，因为此时哥哥脸上的神情和半年前打电话时何其相似！那时何遇以为哥哥是在尴尬，毕竟哥哥刚退役，天择战队就拿了冠军，这确实有些让人难堪。可现在何遇知道了，哥哥早在半年前就听到了前队友对他的否定，在那样直接的通话中，或许还有更难听的奚落。

所以今天的何良很平静，周进和游亚中面对大众粉丝们的说辞在何良听来说不定还算客气的了。

见何遇已经都猜到了，何良也没有再去否认，只是他实在不想看到弟弟为了自己这样难过，他伸手摸了摸何遇的头道："没什么，都过去了。你因为太向着我所以觉得他们对我很坏，其实并没有。去年的秋季赛他们能拿到冠军，这就足以说明一切了，是我还不够好。职业选手要以胜利为己任，容不下什么私情，你明白吗？"

"不，不是这样的。"何遇坚定地摇了摇头。

"去年春季赛，如果你拿到的是'剑仙'，和一时光那场决胜局他们三个残血就一个都走不了，这个节奏足够让天择重新掌握主动权。"

"前年秋季赛，你们和飞扬战队的那一局比赛中，如果队友首选帮你拿'裴擒虎'，天择的蓝区不会沦陷得那么彻底，再不济你们双方也会互换蓝区。"

"前年春季赛，你们对战中南战队，那次你拿到了'百里玄策'，但还是中单拿蓝，ADC拿红的局面，刺客打野竟然没有匹配的经济，我当时一直看不懂你们的选择，一直以为你们在尝试什么新套路。"

"还有大前年的秋季赛……"

何遇滔滔不绝地说着一个接一个赛季、一场又一场的关键比赛。一旁的何良完全听呆了。这些他职业生涯中充满遗憾的点点滴滴，即便是他自己都不如何遇记得这么清晰。何遇所说的那些如果，他自己有没有设想过，他都已经不记得了。

去年春季赛对一时光的比赛，如果他拿到的是“剑仙”？前年秋季赛和飞扬战队的比赛，如果他用的是“裴擒虎”？前年春季赛对中南战队的比赛里，如果他用的“百里玄策”有足够的经济？

……

一连串的如果让何良的脑子有些乱，一下子涌来的十多场比赛的记忆让他也无法清晰地分辨哪一场是哪一场。直到何遇一口气说完望向他时，他的脑海中才不过整理好了两三场比赛。

“你说的这些我没有想过，但是，你的这种假设没有意义。不同的英雄会导致不同的比赛局面。如果我用‘剑仙’，未必会出现有三个残血待收割的残局；如果我用‘裴擒虎’，对方也会相应地调整策略，不会对野区发动那么强势的入侵。”何良说道。

“这些我都知道。所以一直以来，我都没有太过怀疑天择战队的意图。”何遇说道。

“意图就是夺冠，仅此而已。”何良说道。

“如果是为了夺冠，为什么五年里的十个赛季都是一味地让你调整，为什么他们就从来没有试着努力来配合一下你的节奏？”何遇说道。

“因为这就是天择最需要的调整，让游亚中加入后，队伍马上夺冠就是最好的证明。”何良说。

“这一年天择的比赛我没有看过，暂时不作评价。”何遇说道。

何良有些惊讶。刚才的何遇看起来很是冲动，可当何遇说出这句话的时候，何良发现何遇只是有些激动，并没有就此被冲昏了头脑。何遇的头脑很清醒，保持着冷静和理智。对于自己并未关注的近两个赛季的天择战队，他没有凭猜想就下判断，而是明确地表示暂且不作评价。他说的是他关注过、研究过的那五年里十个赛季的天择战队。

“我设想过这样一种可能。”何遇说道，“天择战队下路ADC张时池调整一下思路，他在前期加强攻击，尽可能地配合打野和辅助打入侵。”

何良愣住。

何遇说得很简洁，因为他是在跟何良说这些，所以没必要解释得太过详尽。

射手英雄个个都是脆皮，容易死，前期伤害大多都不突出，所以各队对射手英雄的使用方式都是尽可能地保护其发育，让其装备尽快成型。让射手参与前期战斗，作用有限不说，一旦射手送死，必然拖慢其发育。射手作为队伍中后期的重要输出位，如此一来全队的节奏都会被打乱。射手英雄向来都是容错率低的典范。但是容错率低这种事从来都是可以靠技术和意识去弥补的。当你从不或者极少犯错时，容错率也不过是个形同虚设的说法而已。

何良的“剑仙”便是因此技惊四座，被划分到了一个单独的全新的境界。那么张时池的射手呢？作为五年的队友，何良毫不怀疑张时池的能力。他相信张时池的射手就算是单枪匹马地杀向对方野区，对手想轻易拿下张时池的射手的人头也不是件容易的事。

所以何遇所说的这个套路对一般射手玩家，甚至很多职业队来说都极危险，因为风险太高。可如果是张时池的射手多多帮助打野做一些进攻或是防守……何良想着想着，就情不自禁地兴奋起来了，天择如果使用这样的进攻套路，说不定……

然而，念头到这儿就打住了。哪里还有什么如果？自己早已经退役，何遇所设想的这个套路就算再被天择拿出来用，也与自己无关了。

“有两下子。”何良再次伸手，摸了摸何遇的头。如果说何良之前是怀着安慰何遇的心情，这一次可是有些惊叹了。他知道何遇一直关注着自己的比赛，却没想到何遇对《王者荣耀》的理解和认识竟然已经这么深了。简单几句话就描述出的套路，包含的可是对英雄、对选手、对战略战术的极深的认识。

“何遇，你也很喜欢《王者荣耀》吧？”何良忽然问道。

“啊？”何遇愣住。虽然他一直在很理智、很清醒地分析着问题，可他心中对何良遭遇的愤懑一点都没少。分析得越清楚，他越为何良感到不甘，却不想何良冷不丁朝他扔出了这个问题。

喜欢，当然喜欢了。

何遇心中不假思索地就给出了答案。他自己都不知道自己从什么时候开始对《王者荣耀》这么上心了。只是因为何良的存在，所以天择战队是他最关注的一支队伍。其实KPL中的12支职业战队，每一支他都如数家珍；120位职业选手，他几乎个个都有一定的了解；《王者荣耀》中的78位英雄的技能和特点，他全都倒背如流。

他能做到这种地步，又怎么会不喜欢呢？

只不过，何遇喜欢《王者荣耀》的起点是何良成了KPL的职业选手，所以从何良退役的那天起，何遇似乎就失去了关注《王者荣耀》、关注KPL的理由，便就此放下了。

而现在，何良问他是不是喜欢……

何遇不知道该怎么回答。

当然，何良其实也不需要何遇回答。如此明显的热情和关注，自己竟然一直以为何遇只是出于对自己的关心，自己这哥哥当得实在是太不合格了。

“既然这么喜欢，就试试吧。”何良说。

“啊？”何遇再一次愣住了。

“我觉得你应该比我更有才能。”何良说。

“不是……”

“我都已经退役了，我的这些事你就不要放在心上了。再怎么样也没办法改变了，不是吗？你分析得越透彻，只会让我觉得越懊恼啊！”

“啊……我……”

“多关心一下你自己，明确一下自己的内心吧。”何良说。

“我……”何遇看着哥哥，心中已经明确过不知多少次的两个字，此时的他却好像害羞似的说不出口。他终究没有说出来，只是很用力地点了点头。

第11章

新套路

喜欢，而且不是一般的喜欢。

从何遇对《王者荣耀》这么深的理解上，何良可以想到何遇花费了多少功夫在《王者荣耀》上。至少何遇设想到的这个风险高，但确实具有操作性的套路，何良在天择战队的五年里就没有想到过。

这是因为当局者迷、旁观者清吗?

这些都不重要了。自己已经退役，而何遇通过这一点证明了他对《王者荣耀》的理解，这份才能真的很难得。技术可以练，经验可以积累，但这种解读比赛的能力让人不得不相信天赋的存在。有这种天赋的选手不仅仅是场上的一员战将，更是场上的军师，他们可以通过指挥，让场上的五人爆发出超强的战斗力。

“试试吧。”何良对何遇说道，“这是一个普通人都能玩的游戏，先亲自体验一下。”

何遇却还在发呆，在回答完哥哥的问题后，他就有些蒙。他本是要为哥哥鸣不平来着，怎么转眼就成了哥哥鼓励自己去打《王者荣耀》了呢?

但是，何良方才有一句话戳进了何遇的心窝里：

“再怎么样也没办法改变了，不是吗？”

是的，五年的时光已经成了过去，天择到底是轻视了何良，还是在贯彻他们的争胜思路，现在追根究底已经没有意义了。时光无法倒流，职业生涯留给何良的只有遗憾。自己将这些问题剖析得这么清楚，等于是在不停地向何良的伤口上撒盐。哥哥愿意相信那是天择争胜的策略，自己又何必非要将这一切都打破，这对已经退役的哥哥还有什么意义吗?

没有，一点意义都没有。

自己在做的事根本什么用也没有。

而这个时候，哥哥让他试试，让他也去玩一玩《王者荣耀》。这或许才是他应该去做的。不是给已经退役并开始新生活的哥哥做没完没了的分析，而是自己走到比赛场上，由他来告诉所有人，何良的打法并没有错；让他们知道，何良是严重被低估和耽误的选手；让看轻何良的天择明白，那五年里，他们究竟错过了什么。

“我要试试。”何遇语气坚定地说道。

“放轻松，这是开心的事，为什么要这么严肃？”何良笑着道。

“哦。”何遇听话地笑了，自己心中的这些想法他觉得已经没必要再跟哥哥说了，那些东西没必要再让哥哥去背负，自己来就好。

“走吧，说好了去吃饭的。”何良拍拍何遇的头，走在了前面。

“嗯。”何遇点点头跟了上去。刚刚发生的一切，两人都没有再谈论，聊了点普通的日常后，何良带着何遇来到了学校的食堂。此时正值饭点，食堂里人声鼎沸，各个窗口都排着长长的队伍。

“带你熟悉环境，就不去校外吃了。”何良说道。

“人真多啊。”何遇惊叹道，他读中学时是走读生，还从未见识过这种集体生活的“大场面”。

“来得迟了点，上二楼吧。”何良说道。职业生涯已成过去，却也给何良留下了许多习惯。五年的时间里，他每天要花大量的时间训练，除此之外他还在通过函授自学，浪费时间是他绝对不能容忍的事。排队？这种纯浪费时间的事情，在何良的概念里是完全不允许存在的。

“二楼？”何遇不解地跟着何良，他不知道二楼有什么玄机。

“咱们学校有三个食堂，这个二食堂是最大的。而二食堂的二楼是承包出去的，算是餐厅吧，不会有这么多人。”何良说道。

“哦。”

何遇跟着何良上了二楼，发现这儿果然少了许多人。新生大概都还不知道有这么个地方，三五成群的多是高年级的学生，一个假期没见了，来这儿开个小灶对重逢表示一下庆贺。不过毕竟是校内，会来这里聚会的都不至于太张牙舞爪，总体还算清静。整个二楼声音最响的，反倒是房顶上吊着的，发出一种声音的数台电视机。电视里传出的声音，许久不曾听到，令人怀念。

“观众朋友们大家好，这里是本年度KPL秋季赛的揭幕战现场，比赛的双方是我们本年度春季赛的冠军一时光战队和亚军天择战队。我是解说路由。”

“我是解说团子。”

电视机正在转播的，赫然是本年度KPL秋季赛即将开始的首场比赛。解说路由和团子是KPL最资深的两位解说员，重要的比赛大多会交给他们。他们也可以说是何遇的《王者荣耀》启蒙老师。何遇第一天关注《王者荣耀》就是看的KPL的职业赛，在英雄都还不认识的情况下何遇听着这两人的解说慢慢熟悉了这个游戏。何遇在何良参加第一赛季比赛的时候，还处于两人说什么就是什么的阶段。到何良参加的第二赛季，何遇自己就已经会看会思考了。到第三赛季，何遇便开始和两人有了不同的看法，而后就是何遇的这些看法在比赛中得到检验，何遇发现自己看法的正确率越来越高。

毫无疑问，他对《王者荣耀》的理解已在路由和团子这两位资深解说员之上，但这并没有影响他对两人的喜爱。此时忽然听到这两个无比熟悉的声音，何遇感觉自己仿佛一下就回到了紧密关注KPL的那五年时光中。

何遇偷偷看了哥哥一眼，发现何良脸上并没有什么异样的神色，反倒是挑了个正对电视的好位置朝他招呼着："来，正好边吃边看。"

"还要好一会儿呢。"何遇坐过来说道。

"没关系，这边上菜也没那么快。"何良说着开始点菜，何遇抬头看着电视，听着久违的声音，看着久违的画面，耳边还传来了不远处一桌学生讨论的声音。

"是天择对一时光啊！"

"天择的周进和游亚中刚刚不还在咱们学校做活动吗？我看到了。"

"不算活动吧，就是王者荣耀社团趁人家来咱们东江打比赛把人请来站站台，没说几句话就走了。"

"可这马上就要比赛了啊，比赛前还能专程跑来咱们学校一趟，这也算相当给面子了吧？"

"那确实，虽然比赛场离咱们学校很近，但赛前能特意来一趟，看来苏格和他们的交情不一般呐！"

"他们说的苏格是谁？"何遇听到这儿，忍不住向哥哥打听了一下。

"就是刚才站在周进和游亚中旁边的那个学生，是王者荣耀社团的社长，听说他的水平也很不错。组织的战队一直垄断着校内联赛的冠军。"何良对何遇说道。

"哦哦。"何遇点头，马上想起了周进和游亚中身边控制着场面的那个男生。样貌出众，风度翩翩，说话也很得体，苏格给人的第一印象极佳。周进和游亚中若不是因为有职业选手的光环在身，绝不至于比苏格更吸引人。

“那校内联赛又是什么？”先前何遇乱入到浪7和皇朝那一局长平攻防战后就听到了这个词，只是当时他听听就罢了，也没怎么在意。

“算是王者荣耀社团组织的活动吧，在校生都可以组队去参加，你也可以去试试。”何良笑道。

何遇顿时想起高歌对他发起的邀请，不由得怦然心动。

两人随意聊着天，二楼的餐厅果然如何良所说，上菜的速度着实不怎么样。电视里两个战队的选手开始出场，第一道菜才端上来。周进换下了来东江大学时穿着的休闲装，穿上了天择战队的队服，以队长的身份走在队伍的最前面，一入场就赢得现场一片欢呼和呐喊。作为征战KPL多年的老牌选手，周进拥有相当多的支持者，每年最受欢迎的选手的排名中从未掉出过前五。

但是，当一时光战队的选手出场时，现场的欢呼声就更加热烈了。一来，东江是一时光战队的主场；二来，一时光战队的队长，司职打野的李文山号称王者第一打野，人气从来都不比周进低，他又在上半年的春季赛中率队击败天择拿下了总冠军，正是风头正盛的时候。他出场时的欢呼和呐喊声瞬间就将先前热情的天择粉丝的声音给比了下去。

客场作战的天择战队不会妄图在这种事上压过在主场作战的一时光的风头。两队选手相互握手致意，面带微笑，观众时不时还会看到他们在做简短的交流，着实让人看不出这是一对在上赛季争夺总冠军的冤家。但等双方各自坐上比赛席后，选手们便纷纷收起了笑容。

“好，现在双方选手已经就位，比赛很快就要开始。我们知道，春季赛虽然是一时光击败了天择，但是当时的天择战队缺了队长周进！而现在周进重新坐到了比赛席上，不知道一时光面对这支完整的天择战队，还能不能保持胜者的心理优势呢？”解说路由说道。

“这个我想一时光赛前肯定会做功课的，要向队员们重点强调不能把上半年总决赛对天择的心态带到今天的比赛中来。有周进和没周进的天择那根本是两支队伍啊！”解说团子补充道。

“说得是，现在双方已经进入了BP阶段，由主场作战的一时光先BAN先选，第一手BAN……出来了！这根本就是不假思索啊，看来是备战时一时光就已经决定了这一手安排，直接BAN了‘诸葛’，这是在针对周进。”

“嗯，‘诸葛’在当前版本下可能不算强势法师，各位小伙伴在排位的时候可能很少想到让‘诸葛’上BAN位，但是这里不一样。周进的‘诸葛’，在天择战队的体系下可是经常带起节奏的发动机，这一手禁选，其实不仅仅是针对周进，也是针对天择的整个体系。”

“说得对。”

两位解说默契地你一言我一语，解说分析着双方的BP。何良点的四菜一汤，也在BP完成时上齐了。

“你怎么看天择的阵容？”何良问何遇。

“一年没关注了，看看再说。”何遇没有轻易发表自己的看法。电子竞技游戏不同于其他竞技，因为游戏版本更新时常会有装备调整、英雄技能调整，甚至新英雄加入等等变化，游戏的玩法、战术等也会随之进行或大或小的调整。

一年没有关注，何遇对这一年来《王者荣耀》有什么变化并不清楚，所以他很谨慎地没有对双方的BP作出任何判断。

何遇的这份态度，无疑得到了何良的欣赏，何良的脸上露出由衷的微笑。但等他抬起头来，和何遇一起关注起比赛情况时，天择战队的开局让两个人同时一愣。

司职下路ADC的张时池，照旧选择了他最擅长的射手英雄，但是没有像何遇、何良所熟悉的那样在队友的庇护下安心发育。他一开始便跟随天择战队的打野和辅助一起朝着对方野区发起了进攻。

何遇所设想的那个套路，此时正出现在了两人的眼前。

第12章

欢迎你

兄弟两个几乎是一起停下了手中的筷子，专注地看起了比赛。

这确实是何遇所设想的那个套路。他还没来得及说明的一些细节正在通过天择的进攻展示着。张时池选择的射手英雄是“孙尚香”，凭借一技能翻滚突袭的位移效果，在野区中不断翻墙走位。一时光试图针对“孙尚香”而发起的进攻很不流畅。张时池这是反向利用了射手前期的弱势，将其放出来当诱饵吸引一时光的注意。

开局所有的英雄都是一级，只有一个技能，此时作战，这唯一的一个技能可以说十分宝贵了。一时光被张时池吸引，攻势不畅，技能没能打出该有的伤害，很快便落了下风，无奈退出战斗让出了野区。开局的交锋虽没有拿到人头，但能抢到一时光一半的野区经济对天择来说已是非常理想的结果了。

王者峡谷中的野区一共分为四块，双方各有两块。损失一块野区的一时光试图进入天择的野区讨回便宜，无奈早料到这点的天择战队及时回防，将一时光前来偷袭的两位英雄彻底包围，顺势拿下两个人头。比赛开局两分钟都不到，天择战队就已经取得了人头比：2∶0，经济以1000的优势领先，让现场的天择粉丝兴奋不已。

而后的比赛完全进入了天择战队的节奏。进攻、防守、收线，所有英雄都在有条不紊地忙碌着，一时光却始终被牵着鼻子走。天择和一时光的人头比虽然维持在2：0，二者之间的经济差距却被不断拉大。懂这游戏的玩家都知道，人头比有时说明不了什么，经济差距才能真正决定双方胜负。占据绝对优势的天择战队没给一时光战队任何机会，在粉丝激动的加油和呐喊声中，无情地击破了一时光的水晶，用时14分11秒。

“漂亮，完全是碾压啊！”餐厅中有关注着比赛的学生看到这个结果后发表了感想。东江市是一时光的主场，本地玩家都是支持一时光的居多。不过在这二楼餐厅吃饭的似乎没有多少一时光的死忠粉，就算有，此时也只能埋头独自尴尬了。在这场比赛里，一时光从头输到尾，毫无反击的机会，让人无话可说。

但是何良、何遇兄弟两个此时关注的不是这场比赛的胜负，而是这场比赛中天择展示出来的套路。

如果打野选手还是何良，在这样的体系下发起进攻，那会有什么样的效果呢?

兄弟两个默不作声在想的都是这个问题。哪怕他们刚才才说过不要在意过去之类的话，可当这套何遇刚刚提过的打法就这样出现在两人眼前时，他们依然忍不住会去思考。

“你怎么看？”何良问道。

何遇还没回答呢，身边已经传来一个声音：“天择早这么打，需要等这么多年才拿到冠军吗？”

兄弟两个下意识地扭头看了一眼，就看到一旁的桌上不知何时多了两人，正是之前和何遇一起并肩战斗过的那两位。看到兄弟两个看过来，高歌举了下自己手中的饭碗，算是示意了一下。

“这个……天择以前如果这样打的话……”坐在高歌对面的周沫进来就开始认真看比赛，压根儿没注意到这边的兄弟二人，此时听到高歌这样说，正要认真说说自己的看法，结果看到了高歌示意的动作，这才注意到那边的何良、何遇，他刚开了个头的话顿时止住。讨论以前的天择那无疑是要提到何良的，可何良现在就坐在旁边，这让他顿时不好意思起来。

“这跟我想的还是不太一样。”何遇这时说道。

“哦，怎么不一样了？”接何遇话的竟然又是高歌，只是高歌这次更痛快，干脆端着饭碗坐到兄弟两人这桌来了，丝毫没有见外的意思。

兄弟两个还在面面相觑，高歌他们那桌又有菜上来了，高歌一挥手：“放这边。”

周沫目瞪口呆地看着高歌，也不知道自己是不是应该跟过去。接着，他就见高歌夹了一筷子新上来的菜，一边吃一边冲何遇道：“你接着说啊！”

“呃……天择现在这个打法，让张时池参与进攻，其实主要目的是想让他得到经济。打野和辅助两个其实都是在保射手发育，他们收完野区就分别帮张时池探视野，让他可以安心收兵线。对方野区刷新就再来，如此循环，让张时池的装备更快成型。如果是以前的天择的话……”何遇看了一眼何良，欲言又止。

“不用在意我，你说。”何良笑着道。

“以前的天择，我所设想的这种打法，经济还是要给到你这边一点的，这是两种完全不同的思路。”何遇说道。

“哦，会有什么不同呢？”高歌问道。

“保射手发育，虽然这场比赛天择前期就取得了相当大的优势，但真正开始发动攻势是在中后期，经济大幅度领先的‘孙尚香’介入团战后，一时光那边没有人能扛住‘孙尚香’的攻击。面对天择的推进，一时光只能节节败退，哪怕在高地组织了两回不错的防守，终究还是难改被压制的局面。如果前期天择把经济给到打野，那打野就需要加快前期游走和进攻的节奏，在各个点上都形成压制，让对手难受，让队友都找到舒服的节奏，进入中后期，看具体情况让出节奏点，由队友接管比赛，自己以牵制策应为主。”何遇说道。

“有见地啊！怎么样，加入我们浪7的事考虑得如何了？”高歌说道。

何遇一愣。虽然此时的他已经有了决心，但是高歌的直接还是让他感到有点措手不及。大约两个小时前才刚刚拒绝过人家的，两个小时后就欣然同意，何遇总觉得好像有什么地方不太对劲。

“你觉得他的水平怎么样？”这时，何良笑着问高歌。

“呃，要我说实话吗？”高歌说。

“你说。”何遇看着高歌，也有些期待。

“意识猛于虎，操作菜如狗。”高歌说。

“哈哈哈。”何良顿时笑出了声。

何遇也是分外不好意思：“对不起，那其实是我第一次玩这游戏。”

“哦，是这样吗？”高歌有些意外。可是她看起来并没有因为何遇是这样的一个“菜鸟”而失望，反倒是有几分欣慰。

那一局比赛里，高歌时时留意着“忠”的举动，她无法忍受何遇那数不过来的操作瑕疵。之后想来，她觉得可能是何遇对这样一场比赛没怎么当回事，随便玩玩，所以没那么在意细节。

说实话，高歌是相当介意这种游戏态度的，不过终究没有确认，所以她也不好多说什么，此时一听才知道，原来何遇是第一次上手游戏，不是不认真，而是真的菜，这反倒让她释然了。

“他确实是第一次玩。”何良这时帮何遇证明了一下。

“哥，你看到了？”何遇顿时意识到这一点。

“是的。正如这位同学说的，你的操作还是……相当菜的。”何良笑着道。当时许多人都在捧着手机观战，何良也就悄悄地在别人的手机上看了一部分比赛，对何遇的表现当然最是留心。

“放心，我不介意队友菜，我只介意队友不认真。我最恨那些菜却不自知的。哦，比如学生处的潘锐明。”高歌说到这里，看了一眼何良。

“合适的话，你应该叫他一声潘老师。”何良说道。

“好的，何老师。”高歌点点头，而后她还是直勾勾地看着何遇，“考虑得怎么样了？”

“我……试试吧。”何遇终于点了点头。既然已经下定决心，他也就不再犹豫了。

“很好，欢迎你。”高歌说着，一边朝何遇伸出手去，一边回头朝周沫招呼，“周沫，过来欢迎一下咱们的新成员。”

“欢迎欢迎！”周沫一直竖着耳朵听高歌这边说话呢，在何遇答应的瞬间，他就已经心潮澎湃了。此时听到高歌的招呼声，一向比较寡言内向的他忍不住雀跃起来，立即跑了过来。

“欢迎你，何遇同学！我是浪7的周沫。”周沫在高歌同何遇握完手后，激动地说道。

“谢谢。我记得你的ID。”何遇笑着说道，此时他心里也蛮激动的，只是他没有完全表现出来，毕竟他和眼前这两位……其实还不熟。

“太好了，我们浪7终于有三个人了。”周沫转头朝高歌说道。

嗯？三个人？还“终于”？何遇有些傻眼地看着二人，忽然觉得自己做出的可能是个不太妙的草率决定。

“你话有点多啊！”高歌这时已经一指头戳到周沫头上了。

“三个人是什么情况？”何遇看看高歌和周沫，又看看何良。《王者荣耀》的战队，再不济也得有五个人吧？三个人，那是长平小分队吗？

“三个人的意思，就是咱们的当务之急是这个。”高歌说着，转身回到她和周沫那桌，将桌上放着的厚厚一叠纸拿了过来。

第13章

站到场上去

劲爆！浪7战队招新了！

随便带个菜鸟路人，便可碾压皇朝战队！

所以……

匹配开黑？排位上分？

只要你走心，一切都不是问题！

快来加入我们吧！联系人信息……

厚厚一叠，赫然是浪7战队招募新人的宣传单，何遇刚扫了一眼，目光就落到“菜鸟路人”四个字上了。

“菜鸟路人？”何遇看向高歌，宣传单上的这四个字所指的，毫无疑问就是他吧？

“宣传效果，宣传效果。”高歌解释着。一旁的周沫显得有些慌，唯恐这引起何遇不快，刚加入浪7战队就退出。

何遇却没有再说什么，而是看向了何良。

“吃饱了的话，就去参加你的战队活动吧。”何良笑道。

何遇点了点头。

三个人的战队？菜鸟路人？其实对他来说这些都不重要。终于可以努力在《王者荣耀》中一试身手，这对他来说才是最重要的。

“要怎么做？”何遇起身，拿起一叠宣传单问道。

“先拿一部分贴在学校所有的布告栏上，剩下的可以去学生宿舍发一发，校内论坛那边我已经发过帖子了，也找了水军来顶帖。”高歌说道。

“顶帖？”何遇诧异。

“很用心对不对？”高歌说道。

何遇看向另一同伴周沫，在周沫的脸上，他看到的是无奈却又习以为常的神情。

“那我现在做什么？”何遇问道。

“你……看在你还是个新生的份上，带你去贴布告栏，顺便熟悉一下校园吧。”高歌说道。

“好吧。”何遇点了点头，然后看向何良，“哥，我先走了。”

“何老师再见。”高歌对何良露出一了个甜甜的笑容，一旁的周沫一脸尴尬，朝何良胡乱地点了个头后就匆匆地跟上了高歌的步伐。

目送三人离开食堂后，何良的目光便又回到了电视机里播放的转播上。获胜的天择战队正在接受赛后采访，获得本场比赛MVP的张时池被围得水泄不通。赛前大家都把错过去年总决赛的周进当成看点，结果比赛结束后最引人注目的却是张时池。

张时池的技术出色，但为人低调，极少出风头，这种风格也被他带到了比赛场上。天择的比赛中，他基本都能提供30%的稳定输出，但令人印象深刻的精彩时刻少之又少。

张时池的输出似乎就是在一次又一次的消耗中累积出来的。

但是今天这场比赛就不一样了。经济碾压全场的“孙尚香”，使用技能翻滚突袭后的强化射击加一次普通射击，连对方的坦克英雄都要被炸掉几乎一半的血，脆皮更是屡屡被秒杀，在现场掀起一次又一次的惊呼，彻底打崩了对方。

此时记者围着问张时池的感受，可面对镜头的张时池看起来没有多兴奋，他一板一眼地感谢了打野游亚中，感谢了辅助孙萌，最后表示有这种经济优势的“孙尚香”，有这样的表现属于正常发挥。

“那么张时池，能说下你这赛季的目标吗？”有记者这样问道。

“目标？这个还用说吗？当然是总冠军。”话不多的张时池，在听到这个问题后却是想也没想，十分笃定地说道。

是啊，都是为了总冠军。

何良默默地站起了身。他虽然劝何遇不要再在意过去，可在看到天择使用这套战术的时候，有那么一瞬间，他还是很想知道，为什么过去大家没有尝试一下这个方式。

但是，在听到张时池的这句回答时，他觉得真的没有必要了。

为什么？原因就是这个吧——为了总冠军。

而自己，终究还是不够好吧。

天择战队张时池放言：目标总冠军。

信息网络时代，采访刚刚结束没几分钟，网上就已经有了新闻稿。正在用手机刷有关这场比赛的消息的周沫马上就看到了相关新闻。

“张时池放言，目标总冠军！”他把标题念给高歌和何遇两人听。

“张时池？还放言？又是标题党在吸引眼球吧，张时池是说话这么张狂的人吗？”高歌说道。

“我也觉得。”周沫一边说着，一边浏览起新闻的具体内容。

高歌则瞥了身边的何遇一眼，从食堂离开后，何遇就一直心事重重的模样，此时听到这标个题后，神色更是又凝重了一些。

“你在想刚刚那场比赛？”高歌问道。

“是……我在想天择的这种打法。”何遇说。

“你想知道天择的这种打法和你设想的以你老哥为核心的打法到底哪个思路更好？”高歌问。

“是。”何遇点点头。

“想知道这种事的话，直接在竞技场上找答案最简单不过了吧？”高歌说道。

“怎么？”

“打一场，谁赢谁更好，就是这么简单。”高歌说。

“这……这不足以验证打法的优劣吧？毕竟还要考虑选手的实力。普通玩家拿着职业战队的套路也打不出职业选手能打出的效果啊！意识和操作细节上比起来，普通玩家要差远了。”何遇说道。

“所以请让自己变得更强。假如你能一个人打败五个对手，那么有人和你说这是个团队游戏的时候，你都可以把痰吐到他脸上。”高歌说道。

“这太夸张了。”何遇说。

“当然，我只是举例。没有胜利的空想是没有任何意义的，当键盘侠谁不会啊？站到比赛场上去，直接面对他们，你才能找到你想知道的答案。”高歌说。

站到比赛场上去……

何遇先前就已经有了这样的心思，可在这一刻，他的心才彻底明确、彻底坚定下来。他要做的不仅仅是找到答案，而是要用自己的实力去书写答案。

“你说得对，谢谢你。”何遇对高歌说道。

“先不要激动，你现在的水平还远远不够。”高歌说。

“这我当然知道，我会努力。”何遇说道。

“这样最好。千万不要以为我们只是个校园活动小组就看不起我们，不认真努力的人我可接受不了。”高歌说道。

“那我们就一起努力。”何遇笑道。

“一起努力！”周沫在一旁听得有些莫名激动，此时凑上来附和着。

“所以你们俩也想去打职业吗？”何遇问道。

“如果有机会的话，不反对。”高歌说道。

“一定会的。”何遇说。

“说过了，假设没有意义。”高歌说。

“这不是假设，这是祝愿。”何遇说。

“祝愿也没有意义，只有脚踏实地地认真努力才有意义。”高歌说。

“好吧，我知道了。”何遇无奈地说道。一旁的周沫这时也朝他露出一个无奈的苦笑，但是随之，就变成了鼓励的微笑。

第14章

试图相遇

东江大学的面积不小。高歌、周沫、何遇三人从南到北，从东到西，走遍了校内的各大食堂、院系大楼、学生宿舍，将每一处的布告栏统统贴上了浪7战队招新的宣传单。在这个过程中，何遇也暗暗向周沫打听了一下他们这队只有两人的缘由，听后也是咋舌不已。

他看得出高歌是一个对游戏认真的人，却没想到她认真到了这种地步。按说像她这样漂亮的姑娘，哪怕玩得很不好，在游戏里多半也会被宽容对待，更何况她还是个水平相当不错的漂亮姑娘。

浪7战队沦落到只有两个人的地步，根本原因在于，其实不是没有人愿意跟他们玩耍，而是高歌不愿意跟这些人玩耍。

高歌倒是从不嫌弃别人水平低。但是在她看来，菜鸟要有自知之明，菜鸟就要努力提高自己的水平，菜鸟就要接受批评。在这些方面，她就很计较、很认真了。这么一大堆要求，弄得人玩个游戏都有很大的压力，即使是个漂亮姑娘也没多少人可以忍受。当然，她也看不上这些玩家。

于是到最后，就只有周沫一个人一直还算符合高歌的要求，偶有不知高歌脾性的人加入，坚持不了多久也都纷纷退出了，那些醉翁之意不在酒的加入者就更别提了。

“说得我都有点头皮发麻了。”听完周沫的讲述，何遇暗暗地向周沫表示道。

“没事的，你虽然现在很菜，但是只要用心，认真提高自己的水平，你会发现其实她能给你不少帮助呢。”周沫连忙认真开解何遇。

“师兄你这样说就过分了。我只能算半个菜鸟，好吗？师姐都说我意识猛于虎！”何遇说道。

“意识那么强的话，其实都不需要谁来指点，你也能知道自己哪里做得不好吧？”周沫说道。

“我也觉得。”何遇点点头，毫不客气地认可着。下午那局虽然不过六分钟，但他还是有了不少体会。坦白地说，那场比赛除了提供思路和当诱饵，他并没有做过什么。这倒也不是他不想秀，有些时候他看着场上的形势，清楚地知道对方想干什么，队友想怎么打，而自己该怎么配合，可最后操作起来就是另外一回事了。知道该怎么做却做不到，这是他这个“半菜鸟”目前最突出的问题。会选择“忠”这位英雄，也是因为他在一开始就已经意识到自己能做到的事十分有限。

“对了，你刚开始玩的话，准备打哪个位置？用什么英雄？”周沫突然问道。

“我也在想呢。”何遇说，“像我这样意识出众、操作却基本为零分的，什么英雄比较适合我呢？”

“我不知道，我没见过你这样的情况，我也要想一想。”周沫说道。

“这不急，慢慢尝试，会找到的。”何遇说。

“嗯。”周沫点头。

两人一直在后边嘀嘀咕咕，布告栏那边，高歌已经又贴好了一张浪7战队的宣传单。

“行了。”她后退几步，欣赏着自己的杰作。凡事走心的她，毫不犹豫地将宣传单贴到了这面布告栏的最醒目处。

“还有哪里没去？”高歌扭头问周沫。

“好像没有了。”周沫想了想后说道。

“那行，今天就先这样。”高歌说着，看向何遇，“你回去下载一下游戏，再想想自己该从哪位英雄开始练手。”

“好的。”何遇点头。

三人的宿舍不在一个方向，就此分开。何遇走在还有些陌生的校园路上，脑子里却全是那个自己熟悉又陌生的游戏。

意识好，操作不行，那该打什么位置，选什么英雄呢？

照理说，坦克型辅助可能会更适合何遇一些。看准时机开团、承受伤害，这些都更需要意识，不需要太多细节上的操作。

可问题是，何遇的操作并不是彻底不行，他仅仅是因为才上手游戏，还处于陌生的起步阶段，他也是想尽可能在这方面有所提高的。所以，他该选哪位英雄呢？

走在路上，何遇的心里渐渐地浮现出了一位英雄的身影。

东江大学南门。

两辆出租车相继停在了校门口，张承浩从后面那辆车上第一个下来，带着一身酒气，脸上的神情看起来却极其兴奋。

“真的不愧是职业选手啊！王者局的五人组队打排位赛，根本就是他一个人在玩嘛！”张承浩对随后下车的同伴们说道。

“知道知道，你都说了一路了。人家用KPL揭幕战热身，完了又带你打排位，很骄傲吧？”周木同下车后连忙扶了有些摇晃的张承浩一把，一边笑着说道。

“哈哈，那只是人家开玩笑的。不过职业选手的水平真的是强啊！高歌玩中单的水平要跟周进一比，简直就是幼儿园水平吧？哈哈哈。”张承浩大笑着道。

“呵呵。”周木同在一旁跟着干笑了两声，这次却没附和。

晚上苏格邀请天择战队一起吃夜宵，带了他们王者荣耀社团的几个骨干成员。能和职业选手有这样近距离的接触，大家都挺兴奋。饭桌上的主要话题自然离不开《王者荣耀》，最后也免不了要组队玩一会儿。在众人的强烈要求下，周进拿出了他最强势的英雄“诸葛”，最后在王者排位局中大杀四方，碾压全场，最终“诸葛”的输出占比高达61%，让众人佩服不已。不过，若因此就说高歌是幼儿园水平，周木同还是觉得太夸张了。如果高歌是幼儿园水平的话，那他们又算什么呢？张承浩这是损人把自己都损进去了。

“那什么……苏格他们呢？他们的车不是先到的吗？”周木同扶着兴奋的张承浩，转移话题。

“对哦，苏格呢？今晚多亏了他带我们去啊！”有点醉意的张承浩在提到他们这位社长的时候语气顿时不像之前那么张扬了。前面的车这时候已经开走，后面的车下来的两人一起寻觅着应该比他们先到的三人的身影，终于在南门口的布告栏那里看到了苏格那一车的三人。

“看什么呢？”张承浩兴冲冲地凑了过去，结果苏格等三人纷纷转过头来看向他，神情古怪。

“怎么了？”张承浩迷迷糊糊地问道，他身边周木同的目光这时已经落向了布告栏的显眼处。

“随便带个菜鸟路人，便可碾压皇朝战队”。这一句里，皇朝战队四个字被高歌用了最大的字号，加粗，然后分别旋转出四个角度，一副东倒西歪的样子，十分地显眼瞩目。

“什么？！”张承浩这时总算也看到了，本就有几分醉意的他脸更红了，两步上前，一把就将这张宣传单给扯下来了。

“这是怎么回事？”苏格在一旁问道。

“被高歌阴了，根本就不是什么菜鸟路人，那小子挺会的。”张承浩急忙解释。

“是的是的，我们以为他不会来着，大意了。”周木同也连忙凑上来说道，毕竟这场丢脸的比赛他也有份。

“到底是什么人？”苏格问道。

“这……好像是个新生。”张承浩和周木同并不了解何遇，只能面面相觑。那局刚打完，他们就因为天择选手的到访被社团成员叫回去了，一直还没顾得上去了解。

“去了解一下吧，高手的话还是要拉进咱们社团啊。”苏格说道。

“这……我们说好要在校际联赛里再一较高下的。”张承浩说道。

“校际联赛……高歌他们凑得齐五个人吗？”苏格说。

“凑不齐，她也会想办法临时拉几个人来凑数吧，每学期不都是这样吗？”周木同说道。

“这样的队，你觉得能和你们皇朝战队撞上？”苏格说道。

校际联赛重在参与，所以不会拒绝任何学生报名参加。如此一来，每学期报名参加校际联赛的队伍可就多了，导致比赛不可能像KPL那样安排。所以校际联赛从来都是单局淘汰的赛制，一路连胜到底的队伍就是冠军。高歌和周沫是有实力的，但每年凑数的队友实力参差不齐，更不会有固定五人组的娴熟配合和套路，所以每次联赛打不了几轮就会被淘汰，实力稳定的五人战队在校内还是挺多的，遇到这样的对手，高歌和周沫差不多可以说是两个打八个，相当吃力。

张承浩一直盼着能在校际联赛时对战浪7，但三个学期过去了他都未能如愿。这次话虽放出去了，可最终能不能相遇，依旧不是他说了算的。一想到这儿，他就觉得十分不甘，他真的很想在校际联赛这样的场面中亲手打败一次高歌和她的浪7战队。酒精作用下的脑袋就在这时灵光乍现，突破了下限。

“说不定呢。”张承浩对苏格说道，“再说了，高歌那边的人用得着去挖吗？过不了多久也会主动退出的吧？”

“你敢肯定他不会是第二个周沫吗？”苏格说道。

“这……”

“不过你们现在有这样的约定，再去挖浪7的人确实有些不合适。”苏格忽然又道。

“对啊！到时高歌输了有借口不说，免不了还要拿着这事到处胡说八道。”张承浩一边说，一边用力抖弄着他手中刚撕下来的浪7招新宣传单。

“那就等浪7被淘汰了再说吧。”苏格点点头。

“估计也用不了多久。”张承浩笑道。

“行了，今天时候不早了，大家早点回去休息吧。”苏格说完便往校内走去，其他两人逐一跟上。张承浩落在了最后，周木同想上来扶他，却被他伸手挡开了。

“你在想什么？”周木同发现张承浩的神色有些不一样。

“其实真想遇到浪7，哪怕是在第一轮，也不是没有办法的，不是吗？”张承浩看着周木同说道。

“你想……”周木同一愣，随即明白过来。大家都是王者荣耀社团的骨干，校内联赛都是由他们一手操办的。想在抽签时弄出这么一个巧合，确实不过是小事一桩。

虽然这很没节操，但是一想到在首轮遇到浪7并将其打败的快感……

“早该想到了嘛！”周木同笑嘻嘻地说道。

第15章

踏上征程

东江大学的住宿条件很好，两人一间寝室。何遇走到自己宿舍楼下时，总算让自己的思绪暂时从王者峡谷中抽离，关注起对他来说同样是一个新开始的大学生活了。他下午报到后把行李扔在寝室，没怎么收拾就出去了，当时他的室友还没到。

眼下已经晚上十点多了，何遇抬头望向三楼，左数第六间是他的寝室，此时却还一片漆黑。

还没来吗?

何遇心下嘀咕着上了楼，果然房门紧锁。但何遇在开门进去打开灯后发现，他的室友并不是还没有来，而是同他一样，来了又出去了。

相比起只是随手搁下行李的何遇，他的室友已经将自己的一切都收拾得井井有条。床铺、书桌，包括洗漱用品都已经整理好了，一看就是个做事有条不紊的人。

何遇收拾了一下自己的东西后，还是没见室友回来，随即躺到床上休息，这时微信提示音响起，他拿起手机一看，发现之前加了好友的高歌和周沫，这时已经组建了一个浪7的战队群。

“下载好游戏了吗？想好用什么英雄了吗？”高歌在微信群里问道。

“下载好了，正在更新。英雄嘛，我也想好了。”何遇回复道。

“哦，哪个？”高歌问，周沫也发了个表情，表示关注。

“‘可汗’。”何遇回道。

“可汗”？高歌看到何遇的回答后愣了下，周沫也马上在群里发了一个表示惊叹的表情。

“可汗”是射手英雄，出场率在所有英雄中排名第68，在射手英雄中排名倒数第一，是个不折不扣的冷门英雄。

高歌以为何遇会选择比较偏辅助型的英雄，而他最终选择了这个冷门的射手英雄，这让高歌相当意外。

“原因呢？”高歌在群里问道。周沫再次发了个表情，表示疑惑。

“视野。”何遇的回答只有两个字。

冷门英雄的出场率很低，意味着在平时的游戏中比较少碰到。但像高歌、周沫这样的资深玩家，对所有英雄的技能大体都是了解的。他们知道，何遇所说的视野，是指“可汗”的一技能——鹰眼。

这个技能的作用是放出猎鹰进行侦察，照亮周围区域并获取其中敌人的视野，持续五秒。猎鹰可以朝指定方向飞行，获取沿途区域视野，每16秒可拥有一只猎鹰，同时最多可拥有两只猎鹰。此外还有个被动效果：箭矢对同一个目标的第三次攻击会造成额外的伤害，但这被动效果显然不是何遇选择这英雄的主要原因。

主要原因就是何遇回答的那两个字：视野。

拥有了视野，就可以观察到敌人的位置和动作。这一点，初级玩家可能不太会利用，但对于高端玩家来说很重要。观察到敌人的位置和行动后，就可以凭借自己的经验来推断敌人接下来的动向，从而采用最有效的行动去应对敌人。

这确实是一个可以将意识的作用充分发挥出来的选择，至少理论上是这样的。高歌已经完全明白了何遇选择这一英雄的理由。周沫也想到了，不过他还是很诚恳地提醒了一句："这位英雄可是比较难的。"

"难不怕，正好让我来练一下操作。"何遇说道。

"嗯，这样想倒也没错。"高歌说。

"可汗"的出场率确实很低，但是这位英雄在他出场不多的情况下保持着比较高的胜率，甚至一度有过在所有英雄中胜率排名前五的辉煌成绩，这说明"可汗"还是很有发挥空间的，较高的胜率意味着有不少高水平玩家是愿意选择他的。

不过到了KPL这个顶尖的职业舞台就是另一回事了，在KPL中，"可汗"的出场次数更少。可在职业场竞技上，出场率最高的两位射手英雄"马可波罗"和"公孙离"，恰恰是目前射手英雄中胜率排名最后的两位英雄。

这其实遭遇的是和当初何良掀起一阵使用"剑仙"风潮一样的尴尬。职业选手的选择可以让一位英雄成为热门，奈何普通玩家并没有职业选手驾驭英雄的能力，跟风效仿反倒会拉低该英雄在游戏中的整体胜率。当初的"剑仙"是如此，如今的"马可波罗"和"公孙离"也是如此。

可见，职业圈和普通玩家圈终究是两个世界。

眼下的何遇并没想这么多。"可汗"有视野，这让他的意识有较大的发挥空间；操作"可汗"有难度，这让他能够练习操作。这是他选择这位英雄的关键所在。

"更新好了。"何遇这时说道。

"那么，祝你顺利。"高歌说。

"咦，不一起来一局吗？"周沫说。

“让他自己先练练基础吧。”高歌说。

“嗯嗯，我自己先试试。”何遇说着已经打开了游戏，这才是他严格意义上的第一次玩《王者荣耀》，结果刚打开游戏就卡在了起名上，想了半天没什么灵感，最后取了一个非常敷衍的“何良遇”凑合过去了。

之后便是新手指引阶段，何遇就算是第一次上手也不至于还要通过这个来了解游戏，于是，他麻利地跳过了。

何遇正式进入游戏后，再度被卡住。

这种时候，何遇不准备见外，马上翻出何良的微信发去消息：“哥，英雄和铭文怎么办？”

作为一个普通玩家，英雄和皮肤是需要自己在游戏内购买的，铭文这个加强英雄属性的道具是需要玩家慢慢凑或是花钱购买的。因此，何遇求何良赞助的意图十分明显。何良有五年职业选手生涯，也算是混了职场，他一眼就看破了何遇的意图，收到消息后马上用转账来回复。

“1000块不够吧？”何遇一边确认收账，一边回复道。

“慢慢来，万一你玩几天就放弃了，那不是亏了？”何良说。

“怎么会？！”何遇强烈抗议。

“你准备选什么英雄上手？”何良已经跳过上面的话题问道。

“‘可汗’。”何遇回道。

“你不是按照价格来选的吧？”话题突然又回到了钱上。

“啊？”何遇这会儿正充值呢，对于只看职业比赛的他来说，他是真的不了解游戏商城里的内容。在进入到射手英雄面板里看了一圈后，这才发现，在所有射手英雄里，“可汗”的价格最贵。

这当然不是自己选择“可汗”的原因！何遇气结，不过何良这时又发来一条微信消息：“开玩笑的。因为视野，对吗？”

“嗯。而且这位英雄对操作的要求还是挺高的，我觉得适合我练习。”何遇说。

“快去试试吧。”何良说道。

“可是铭文……”

“青铜局是不需要铭文的，你带齐一身五级铭文等于多个大件装备，这相当于2000的经济优势。这样不公平的开局，还有什么练习、提高可言？”何良回复道。

“哥，你是认真的吗？”何遇问。

“毫无疑问。”何良回道。

“那我先试试。”何遇说。

“加油。”

前期工作看起来终于准备完毕，何遇兴冲冲地去打排位赛，结果发现自己拥有的英雄不够五个，还没有达到打排位赛的资格。他扭头又去逛游戏商城，购买了一个新人英雄礼包后，终于顺利地开始了一场青铜局的排位赛，他一秒进入比赛，开始选择英雄。

自己的征程就要开始了！

何遇踌躇满志，第一时间与路人队友进行友好沟通，在聊天栏发出消息：“我走下路。”

下路通常是射手要去的位置，这条消息也是表明自己要用射手。只是消息刚发出去，咣咣两声响，一楼选定射手“鲁班七号”，四楼选定射手“后羿”。

什么情况？

何遇目瞪口呆，没等他发第二句消息，三楼就选定了法师“妲己”，五楼选定了法师“甄姬”，四位队友的英雄已经选择完毕。

“这都是啥呀？”何遇忍不住脱口叫了出来。在他的概念里，战士、刺客、射手、法师，再加一个辅助算是最标准的常规阵容。当然根据战术需要，阵容有时也会有一些变动，但队伍里同时有两位法师或两位射手，这样的阵容基本上是不存在的。

每个职业的英雄都有各自的职责和作用。法师和射手都是输出位，功能比较纯粹，两个位置加起来通常会负责全队六成以上的输出。再多一位射手或法师，看似可以让队伍拥有更强的火力，可是，一支队伍一共就五位英雄，多一位射手或法师，就意味着少了一个其他职业的英雄。

这缺的可能是冲锋陷阵的战士，可能是游走收割的刺客，也可能是承受大量伤害的坦克……而这些职业的作用都是射手或法师所无法取代的。这样的阵容必然会让队伍出现一个十分明显的短板。

除此之外，输出位的英雄要打出高额伤害，除去英雄本身的特点，更不可少的是经济的支持。在包括《王者荣耀》在内的同类型游戏当中，兵线和野怪是获取经济的主要方式，而兵线和野怪的刷新时间又是固定的。这就意味着单位时间内，全队可以获取的经济总量是有一个最大值的。在阈值的约束下，经济资源就需要进行合理的分配，比如输出位通常会占据最多的资源，辅助位往往会尽可能地不占资源。

由此可以看出，输出位的经济已经是在牺牲部分位置的经济的情况下争取来的了。所以，一支队伍里一位法师加一位射手的输出位配置就已经是极限了。哪怕是在这种配置下，经济往往也是朝一个点上倾斜。如此若还要再多一个输出位，那就是巧妇难为无米之炊了，实在难有足够的经济来支撑全队健康运转。

在KPL这样的顶尖赛场上，这些内容都已被研究得相当成熟透彻，断不可能出现这样非常没有效率且让队伍结构出现明显短板的三个输出位乃至四个输出位、五个输出位的阵容。可现在何遇正在经历的是青铜段位的排位赛，这个段位聚集着的基本上都是最初级阶段的玩家群体。阵容体系？英雄强度？经济运营？资源分配？

这些概念在他们的认知中是不存在的。偏偏何遇从接触《王者荣耀》起看的就是职业级的高端战场，这种初级的状态和思路，他哪经历过啊！

眼下队伍里已经选定了两位法师和两位射手，阵容里没有上单没有打野没有辅助，自己应该选什么？

踏上征程的第一局青铜段位的排位赛，进入英雄选择界面五秒钟后，看着队友选择的英雄，何遇有些不知所措。

第16章

别送，谢谢

心态爆炸。

在听团子和路由解说的时候，何遇偶尔会听到他们用这样的词描述一些状态，最常用的句式是“在这种状况下，换我的话恐怕早就心态爆炸了”。通常是在一些比较艰难的局面下，用自己来反衬场上选手的顽强和不屈。

所以何遇对“心态爆炸”的理解，就是这是一种特别抑郁、特别无力、特别烦躁的心情，浑身充满了负能量。

此时此刻，何遇觉得自己应该就在心态爆炸的边缘了。

两位法师，两位射手，没有上单，没有打野，没有辅助，所以自己应该选什么？观看KPL积累的经验和意识真的没有办法解决这个问题，但是凭着自己对游戏的认知，何遇还是冷静、认真地分析了一下目前的状况。

应该是……打野吧？

何遇决定选择打野，毕竟野区经济不拿可就浪费了，总归还是需要一个人去收割野区的。

只是自己可选的英雄……

除了免费赠送的“亚瑟”和自己斥资购买的“可汗”，就只有新手超值英雄包里给的四位英雄。这些当中没一个是常见的打野英雄，更何况“鲁班七号”和“甄姬”还被队友先选定了。

所以，还有什么可思考、可犹豫的呢?

何遇索性选定“可汗”，与四位队友一起组成了一个拥有双法师三射手的全输出位阵容，听起来暴力极了。

“我打野。”何遇再次发送消息，然后选择了惩击这个召唤师技能。惩击通常是打野必带的召唤师技能，何遇的账号等级低，目前还没有闪现这个最受欢迎的召唤师技能，带个惩击去打野，好像也不赖?

对阵容感到欲哭无泪的何遇，也只能这样找法子来安慰自己了。

随后比赛开始，进入英雄载入的界面，何遇一看对方的阵容：“亚瑟”“安琪拉”“后羿”“鲁班七号”“阿轲”。

当中，“安琪拉”是法师，“后羿”“鲁班七号”是射手，三个输出位的阵容，相比起何遇他们双法师三射手的五个输出位阵容，顿时显得有些弱。但是对方阵容中的“阿轲”让何遇的心凉了半截。

“阿轲”是刺客英雄，伤害爆发高，是脆皮类英雄最畏惧的存在。而何遇他们这边的五位英雄恰恰没有一个不是脆皮，何遇只觉得在这一局里，对方的“阿轲”都不用认真打野了，只等发育到四级，直接去各个线路上收割人头就是了。这一局的王者峡谷里，简直无处不是“阿轲”的提款机。

这该怎么打呢?

何遇突然觉得自己五年来积累的职业级意识都是浮云，对于应该怎么应对这最低端的青铜局，他竟然没有头绪。

比赛终于正式开始，“欢迎来到《王者荣耀》”的系统音响起。以往何遇一听到这个声音就激动而期待，这次听来却觉得头皮发麻。

队友们却都很活跃。泉水刚一放开，四人的英雄便一秒都不耽搁地冲了出去，“甄姬”“妲己”两位法师直冲中路，“后羿”“鲁班七号”两位射手直奔下路。

果然没有人打野……

但是……也没有人去上路。

何遇目瞪口呆地看着抱团行走的两路人马，需要承担最大压力、俗称抗压位的上路竟然无人理会？

“注意保护我方防御塔！”何遇发出快捷提示，标注上路一塔，希望引起己方队友的注意。

然而“甄姬”“妲己”直冲中路，“后羿”“鲁班七号”直奔下路，根本就没有任何改变嘛！四位队友还是继续坚持走他们自己选择的路线。

这怎么玩啊？

何遇真的想哭了。可以没人刷野区经济，可不能没人守防御塔啊！带着惩击的“可汗”就这样光荣地成了上单。

30秒，野怪刷新。路程最短的中路兵线在第28秒时就已经接火。两位法师非常卖力地攻击小兵。何遇的“可汗”此时正候在上路防御塔下，没敢贸然冲出塔去清兵。己方的上路对应的就是对方的下路，即对方射手经常会走的那条路线。对方这局有“鲁班七号”和“后羿”，对方两位射手一起杀上来的话，何遇一人肯定不是他们的对手，所以他决定还是守在防御塔下，这样更稳妥一些。

略等了一会儿，对方两位射手却没有出现在线上。何遇猜想对方应该是去打野区的红怪了，于是果断走出防御塔，他没有急着去清理小兵，而是先去清理河道中的那只小野怪。

这就是上路对线时积累优势的一个小技巧：趁着对方优先拿红没有立

即赶到线上的时候，先把这小野怪杀了。野怪能抢，兵线却是不能互相争夺的。

对方是两位射手打红，速度肯定会比较快。但是何遇这边带的是惩击这个召唤师技能，又储存了两个二技能，自信还是可以抢在他们到线上前清掉这只小野怪的。“可汗”的二技能百兽陷阱，可以向指定位置投掷陷阱，持续120秒，会令踩中陷阱的敌人减速并在短暂延迟后造成物理伤害。陷阱每12秒可以储备一个，最多同时储备两个。何遇本以为自己要打野，便先学了二技能，存好了两个陷阱到达线上，此时一起丢到小野怪身上，陷阱爆炸后，伤害不俗。

应该可以的。

何遇心下计算着，一边操作“可汗”继续发动普通攻击，一边留意了一下其余两路。

中路对方的“安琪拉”蹦蹦跳跳，煞是可爱，面对何遇这方的两位法师也毫不退缩，甚是英勇，于是“安琪拉”很快被打成残血，逃回塔下回城补充生命值去了。

己方的“鲁班七号”和“后羿”在下路清理兵线，耀武扬威，反观对方的英雄却迟迟不见，小兵已经冲进防御塔，对方的上单依然不见踪影。

这……何遇心下已有不好的预感，接着就见“可汗”的上方视野中出现了对方“后羿”的身影。

这么快就打完红了？难不成对方的“亚瑟”也在这一路？

何遇大吃一惊，不敢流连，急忙就要让“可汗”跑回防御塔，结果就见“后羿”的身后跑出了“鲁班七号”，“鲁班七号”的身后跑出了“亚瑟”，还有一个从上方草丛里钻出来的“阿轲”。

何止“亚瑟”在这一路，对方的“阿轲”也在这一路，四位英雄围剿红怪，那能不快吗？只是何遇实在不懂对方为何要如此，他们这边五个输出位的阵容，根本没有什么进攻野区的能力，不用这样重兵防守吧？

何遇完全看不懂对方的思路，他的“可汗”却也逃不回塔下了。

他以为自己要打野，开局学了二技能，装备先买了小打野刀，对方却个个穿着小皮靴，可加30的速度。四位英雄齐齐向何遇的“可汗”发起攻击……

“First Blood！”

何遇献出了一血，郁闷不已。而他那些沉默不语，对他发出的信息还有提示统统置若罔闻的队友，这时终于有代表发言了。

“别送，谢谢。”己方操纵“后羿”的玩家在队伍里发消息。

送？何遇气得想在原地爆炸。

对方靠人多拿的人头，凭什么说自己是送？刚才那种局面，何遇相信就是换号称“射手王中王”的职业选手林飒来操作“可汗”也不可能逃得出对方的魔爪。对方居然四个人一起抱团打红，然后抓人，完全不管他们自家上路的防御塔，这种事谁能想得到？

很是憋屈的何遇在泉水里等到复活，“可汗”再次朝上路冲去。对方四位英雄刚达到一级就一起团战，借这次机会已经把何遇镇守的上路一塔打得岌岌可危了。不过初期的小兵终究承受不了太久防御塔的攻击，对方的小兵被防御塔逐个击杀后，对方四位英雄只得退去。

何遇趁机打了个小野怪，“可汗”终于达到二级。学习一技能鹰眼后马上放出一只猎鹰，看到对方“鲁班七号”在塔下发呆，“后羿”藏在草丛中，“亚瑟”和“阿轲”已经不知去向。

即使己方上路的对手只剩两个，何遇也不敢和对方硬碰硬，死守在塔下清兵线。等到一技能再次准备好后，何遇朝着对方野区放出一只猎鹰，看到对方“阿轲”正在勤奋地刷野。方才不见了的“亚瑟”这时不知从哪儿溜达到了中路，清理了小兵后，似乎是往下路移动了。

何遇不计前嫌，向己方下路的两位射手发出警示，结果两位射手继续置若罔闻。只是对方“亚瑟”也没有像何遇以为的那样从河道草丛打伏击，而是从防御塔下正面冲出，被两位射手一通乱射，又灰头土脸地逃了回去。何遇的警示顿时显得愚蠢又多余。

何遇放出第三只猎鹰，这只猎鹰飞向了对方蓝区。就见对方的“阿轲”将对方野区清得干干净净，而自家这边一片生机盎然，令何遇痛心不已。看到已达四级的“阿轲”沿河道直奔下路，何遇急忙再次发出警示，清晰无比地标注下路河道草丛。

奈何“鲁班七号”“后羿”两位射手凭着射程优势把对方“亚瑟”按在塔下寸步难行，正是威风凛凛的时候，哪里会理何遇这没完没了的提示？何遇实在看不下去了，忍不住做出最后的努力，打开话筒直接发送语音：“‘阿轲’去下路了！”

话音方落，“阿轲”已从草丛中跳出，直接开启大招幻舞，隐身贴向“鲁班七号”“后羿”的身后。“阿轲”的被动技能死吻是让“阿轲”在敌人身后发起的攻击必定为暴击。一道弧光下去，鲜红的数字瞬间从“鲁班七号”和“后羿”的头顶跳出，仿佛飞溅的鲜血一般。两位射手根本没来得及做出任何反应，很快就倒在了地上。

望着两具尸体，何遇关掉了话筒，冷漠地在聊天栏里输入四个字：“别送，谢谢！”

第17章 锋芒毕露

“别送，谢谢！”

这是下路操作“后羿”的玩家送给何遇的四个字。此时可以把这几个字还给他，让何遇有一种报复的快感，但是……

望着零比三的人头差距，何遇终究还是没有把这几个字发出去。

这不是自己应该做的事。

虽然队友的表现让他很气愤，但是比赛唯一目的应该是获取胜利，所有不利于达成这一目的的状况都应该尽可能地摒除。自己没办法在随机匹配队友的比赛模式中挑选自己想要的同伴，那么就只能去适应这些同伴，无论他们表现如何，自己唯一应该做的就是想办法获取胜利。在天择度过整个职业生涯的哥哥，其实一直以来都是抱着这样的信念在努力吧？

想到这里，何遇彻底冷静下来。他删掉了自己输入的四个字，开始认真思考眼下的局面。

先研究双方的差距。

何遇打开对局信息的详细面板。自家四位队友，两组英雄挤在一起清一条兵线，经济比起送出一血并丢了兵线的何遇还要差。但是他们的对手，清一条兵线的“后羿”“鲁班七号”两位射手的经济同样不怎么样，到处乱跑的“亚瑟”稍微好点。一个人在中路玩耍的“安琪拉”更加狼狈，因为以一敌二还很刚烈，“安琪拉”虽未被击杀，却已经两次回城补血，严重丢失兵线，是全场经济最差的英雄。

真正让何遇感到威胁的，就只有这个ID名为“十六夜”的“阿轲”。“可汗”的一血落到了“阿轲”的手中，之后“阿轲”又在下路收割了两位射手，“阿轲”此时的经济已经不能用起飞，而要用腾飞来形容了。这才过了两分钟，“阿轲”的经济就已经领先所有人1000多。这个差距放在两分钟的时间里，可以说很巨大了。

不过，还有一点让何遇感到安慰的是，他觉得发育很糟糕的他的“可汗”，此时的经济竟然在所有英雄中排第二。

这个状况让何遇不知该哭还是该笑。很明显，不太会玩的不只是他的四位队友，对方的四个玩家也基本不懂得该如何有效发育。只有这个“十六夜”，何遇注意到“阿轲”在杀掉两位射手后就一头扎进了何遇他们这边的红区，显然是想去猎杀他们家的野怪，这是一个打野正常情况下会有的思路。

所以真正的威胁就只有这个人。何遇虽然无法用技术和操作打败其他人，但至少他有发育的意识，在王者峡谷里，有钱真的可以为所欲为。

发育！

这是眼下的重点之一。靠发育可以压制对方的其余四位英雄，却未必对付得了已经腾飞的“阿轲”。所以重点之二：何遇还要想办法针对一下“阿轲”。

和队友配合？

看到在泉水中复活的“鲁班七号”和“后羿”行色匆匆地直扑下路，何遇有些无奈地在下路一塔二塔之间发出警示。他估计“阿轲”在清完野区后会继续抓人。中路己方的两位法师都在塔下，“妲己”的二技能偶像魅力可以使目标眩晕1.5秒，越塔强切这两位法师还是有一点风险的。所以对方的选择多半是在两位射手复活后前往线上的必经之路进行伏击。

如果“十六夜”没有这样做……那很好，这意味着他并没有自己想象的那么会玩。

慢慢来吧。

何遇一边关注着下路的状况，一边也开始了他的行动，他的目标——暴君。

这一局的暴君在上路，“阿轲”此时在下路抓人。敌我双方的其他人对野区都毫不理会，何遇估计这些人不会有抢杀暴君的念头，这也正好给了他偷暴君的机会。

比较遗憾的是，击杀暴君的收益是平均分给全队的，算到个人头上，队伍中的每个人只有一点经验和100金币。不过，眼下何遇也没有什么更好的选择，不如帮全队提高一下收益。

如何遇所料，暴君除了他并没有人在意，“可汗”在抵达暴君坑后立即对暴君发起了攻击。

也正如何遇所料，下路两位射手走到一塔二塔之间的野区隘口时，“十六夜”的“阿轲”从下方草丛里跳了出来。

没有任何悬念，己方两位射手顷刻间就已经倒下了。

“Double Kill！”

系统的提示音让“十六夜”很兴奋，两分钟多就已经拿下五个人头，看着自己遥遥领先的经济，“十六夜”觉得这局游戏已经完全在他的掌控之中，接下来就是随他心情任意“屠戮”的时间了。

从哪儿开始呢？

他需要思考的就只有这个问题。对方下路两位射手刚刚被送回泉水中，再等一会儿着实有些枯燥，是时候关照一下对方中路的两位法师了。

如此想着，“十六夜”的“阿轲”开始朝中路移动，行至半道，系统突然发布消息：暴君已被击杀。

呀，失敬啊！

看着消息提示中击杀者“可汗”的头像，“十六夜”感到有些意外。组成双法师三射手的青铜段位的阵容里，竟然还有一个知道抢暴君的玩家，这位会玩啊！

不过拿个暴君又有什么用呢？“十六夜”打开对局信息看了一眼，暴君带来的经济分配给对方五人后，也丝毫不能让他感觉到威胁。

“阿轲”继续前往中路。

“十六夜”没把暴君被偷放在心中，继续实行自己的抓人计划。从野区观察了一眼对方中路一塔下的情况后，“十六夜”的“阿轲”埋伏进了河道边的草丛里。

中路的交锋，“十六夜”也一直有留意。己方的“安琪拉”是个愣头青，一打二还总要和人对攻，到现在还没被击杀简直就是个奇迹。不过“十六夜”并不关心“安琪拉”的死活，反倒非常欣赏“安琪拉”的刚烈，这种打法让“安琪拉”成了杰出的诱饵，正好可以把对方的两位法师引出塔来让自己击杀。

完美！

在“十六夜”兴奋的期待中，双方的兵线如期而至，己方的“安琪拉”如他所料，跟着自家兵线便冲出塔来清兵。对方的两位法师……说实话，风格跟“安琪拉”是一样的，也是看到兵线来就立即出塔了。

还等什么呢?

只要不是越塔，“十六夜”就丝毫不会忌惮。“阿轲”直接开启大招幻舞，一个漂亮的空翻越出了草丛，进入隐身状态的“阿轲”仿佛一缕轻烟，飘向对方两位法师的身后。

谁知就在这时，忽然响起一声鹰鸣，一只猎鹰自对面草丛中盘旋而起，另一只则从“阿轲”的头顶上方呼啸而过。

有埋伏?“十六夜”心下一惊。但比他更吃惊的是“甄姬”“妲己”两位法师。“可汗”的猎鹰获取了敌人视野，使得隐身的“阿轲”突然被迫现身，两位法师发现有个敌人竟然距离他们如此之近都是手忙脚乱，不管有什么技能，全部按了再说。

于是“妲己”的偶像魅力，“甄姬”的叹息水流……这些之前还没来得及施展的技能都被两人引动。新人的操作当然谈不上精准，可这两个都不是指向性技能，只要目标在范围内就会自动锁定目标。“十六夜”的“阿轲”先被“妲己”的偶像魅力给弄晕，然后被“甄姬”的叹息水流一通弹射。何遇更是没闲着，他的准备可比这两位法师要充分多了。“可汗”先将一个百兽陷阱丢到“阿轲”的脚下，接着便从草丛里冲出，发起大招可汗狂猎，再然后发动普通攻击……

“可汗”的被动技能追猎可以让“可汗”在穿越草丛后的下一次普通射击变成二连射。高手会善用这一技能，利用草丛让“可汗”打出更高的伤害。可何遇确信自己尚不能掌握这个有一定难度的操作，“可汗”走出草丛后就再没回去穿梭，而是朝着“阿轲”冲去，对“阿轲”发起攻击。

“阿轲”的经济再高，也改变不了“阿轲”是个脆皮的事实。

何遇和他的队友们经济是差些，可他们人多，尤其是“妲己”的偶像魅力这1.5秒的眩晕最为致命，这也是何遇期待中最好的结果。1.5秒过后遭受伤害的“阿轲”已经生命垂危，饶是“十六夜”进行着旋转跳跃不停歇地操作，“阿轲”终究还是倒下了。

“‘可汗’击败‘阿轲’！”

系统字幕弹出时，两位法师还没有从惊恐中回过神来，对方的“安琪拉”还在认真而努力地清兵，就像“十六夜”漠视“安琪拉”的生死一样，毫不关心“阿轲”的死活。在泉水中等待复活的“十六夜”愤怒不已，聊天频道切换成全部可见，发布死亡通告：“‘可汗’，你完了！”

“Double Kill！”

回答“十六夜”的是又一声系统提示。

刚烈且不知进退的“安琪拉”没有被何遇放过。“可汗”击杀了“阿轲”就跟两个回过神来的法师一起向“安琪拉”发起了攻击，“可汗”瞬间又拿到一个人头，完成了双杀。

眨眼间，“可汗”与“阿轲”的经济差距便缩小了数百。看着对方发出的死亡通告，何遇没有当回事。“可汗”抓紧时间进入对方红区击杀了对方的红怪后转身就走，并朝身后放出一只猎鹰，通过猎鹰的飞行路径看到“阿轲”果然直奔红区而来。

“哼！”

看到红怪已经消失，“十六夜”自然猜到是被何遇的“可汗”给拿下了。“十六夜”恨得咬牙切齿，也不管其他两只小野怪，立即就朝敌方的上路冲去。

“阿轲”在草丛中埋伏了一小会儿，始终没等到“可汗”冒头，己方的两位射手却已带着兵线冲到对方塔下了。“十六夜”二话不说，再次开启大招，“阿轲”随兵线冲向塔后，结果塔下空无一人，对方上路一塔竟然直接被放弃掉了。

这小子!

“十六夜”气得牙痒痒，反身进了对方蓝区，结果蓝怪、小怪统统被清空了。之前被迫成为上单的“可汗”，这时候又像个打野了，不守塔，反而把野区给收割了一遍。

去哪了呢?

“十六夜”此时的心中便只记得这一件事了：拿下“可汗”的人头，完成他的死亡通告。正思考下一步应该去哪抓“可汗”的“十六夜”发现，“可汗”已经在中路露头，紧跟着，系统弹出消息。

“‘可汗’锋芒毕露‘安琪拉’！”

第18章
勤奋思考

“锋芒毕露！”

这是在不死的情况下连杀三人时系统给出的特别评语。“可汗”击杀了一次“阿轲”，击杀了两次“安琪拉”，从而连续拿到了三个人头，加上“可汗”在野区收割了一圈，比起一直寻找“可汗”的“阿轲”，双方的经济差距硬生生地让“可汗”缩小了不少，此时还差500左右。

不过何遇心里还是非常紧张的。

“可汗”对“阿轲”，别说“阿轲”目前的经济还领先，就算这两位英雄经济不相上下、玩家操作水平相近，“可汗”想击杀“阿轲”也是相当吃力的，因为，“阿轲”这类爆发型刺客向来都是脆皮英雄的克星。

更何况何遇眼下根本没有什么操作水平可言。而何遇已经断定，“十六夜”绝不是个真正的青铜段位玩家，肯定是个玩小号或是使用别人账号的玩家。

至于“十六夜”到底是什么段位，何遇不清楚，他只知道自己现在还不能和“阿轲”硬拼。“可汗”在中路击杀“安琪拉”，意味着“可汗”的位置已经暴露了。“十六夜”的“阿轲”方才在上路塔下露过头，之后看走向是去了何遇这边的蓝区。此时想必正朝中路赶来，“安琪拉”刚死，对方的视野犹存，对方还可以看到自己的举动。现在的何遇虽手速慢，但脑子快，他刹那间便想了许多，此时，“可汗”向己方上路的河道移动了一下。

过来了！

作为一个未达到星耀段位，徘徊在钻石段位的玩家，“十六夜”具备拉动察看视野的意识。眼下，他重点关照“可汗”，恨不得能把眼睛粘在“可汗”的头上。在发现“可汗”在中路露头后，“十六夜”立即将视野拉到了中路。视野消失前的一瞬，他看到“可汗”朝自己走来。

带着计谋得逞的微笑，“十六夜”让他的“阿轲”反身钻回了敌方蓝区临近上路的草丛。“十六夜”觉得“可汗”应当是来处理这条路的兵线了，埋伏在这儿，无论对方怎么走都逃不开他的视野。

只是左等右等，兵线都已经被防御塔给处理了也没见“可汗”的身影。“十六夜”知道自己判断失误，可刚刚“可汗”向自己的方向走来总是没错的，难道“可汗”是上他们家红区偷野怪去了？

这么想着，“阿轲”匆匆溜出草丛，冲向自家红区。

野猪健在，红色小鸟健在，“十六夜”有些茫然，顺手让“阿轲”先打小鸟。结果就在王者峡谷遥远的另一端，他左等右等都没见出现的“可汗”突然冒头，接着就传来了己方“亚瑟”的死讯。

“无坚不摧！”

击杀又是由“可汗”完成的，这已是“可汗”在不死的状态下所杀的第四人，因此换来了系统这一句新的评语。“十六夜”只能眼睁睁地看着对方三位射手射杀了“亚瑟”后，顺势推倒了自己这方的上路一塔，接着他便失去了视野，再次失去了“可汗”的去向。

“十六夜”很郁闷。他只当自己猜错了对方的意图，完全不知道“可汗”之前朝“阿轲”的方向移动的那一步是故意做给他看的。他所处阶段的比赛中尚不存在这样有心机的操作；就算有，大多数情况下也是多余的。但是今天，注意力集中、勤奋思考的“十六夜”被何遇这虚晃一枪给迷惑了。

“十六夜”匆匆拉出此时的对局信息看了一眼，发现“可汗”和他的经济差距已经只剩200，“可汗”比分4-1-0，和他的5-1-0不相上下了。

“十六夜”意识到了自己的被动。他只想着去针对“可汗”，在这一分多钟里都没有好好发育了，是时候把“可汗”放一边，去清一清野怪、兵线了。

杀死红色小鸟的“阿轲”转身去打河道的小怪。他想暂时先放“可汗”一马，却不料对方不肯让他闲着。对方三位射手的身影很快又出现了，三位射手带着兵线齐齐杀到了“十六夜”这边的的上路二塔。

射手推塔本就是效率最高的，更何况现在是三位射手一起推。二塔转眼便已岌岌可危了，好在兵线被防御塔击溃，三位射手无奈退去。

但是新的兵线片刻就到，而且此时已经过了四分钟，炮车也已经投入战斗。有这防御值远比小兵要高的兵种加入，敌方的推塔效率势必大增，三位射手一起，一路推至水晶旁都有可能。这时候能指望谁？指望自己家的“亚瑟”吗？

刚在一塔阵亡的“亚瑟”这时确实已经复活了，并且火速赶往线上，然而前方等待他的可是三位射手。就“亚瑟”这青铜级的水平，“十六夜”哪敢指望“亚瑟”会守塔？“亚瑟”能把自己的命守住就不错了。

无奈的“十六夜”飞速料理掉河道野怪，赶去支援。“亚瑟”这时已经率领着一路兵线雄赳赳气昂昂地奔赴前线了。“十六夜”边走边点撤退，可“亚瑟”背后的玩家浑然不知这信号是发给他看的。逼得“十六夜”只能打字：“亚瑟”回去！

匆忙间也来不及换频道，频道还是先前发出死亡宣告时切换的全部可见，这一句焦躁的提示连对方都看见了。“亚瑟”总算停止前进，似乎是在思考这“回去”是指回哪儿去。但是兵线可不会听“十六夜”的指挥，继续前进的小兵马上就进入了敌方三位射手的射程，被堵在塔下乱射。“亚瑟”一看前方有敌情，那能软弱吗？当然不能。在倔强青铜的词典里，从来都没有软弱这个词！

“亚瑟”一边冲，一边连着释放一、二、三技能。

誓约之盾！

回旋打击！

接连开出两个技能的“亚瑟”快步冲出，气势汹汹。大招圣剑裁决其实也点了千万遍，奈何这技能一定要对敌方英雄使用才能生效。此时敌方三位射手都还没在“亚瑟”的攻击范围内呢！

但是“亚瑟”已经冲进了敌方射手们的射程，射手不用作任何调整，只需默认优先攻击英雄。三位射手集中火力，有技能就丢技能，青铜段位之间的战斗从来都是这样赤裸裸地针锋相对。

落日余晖！

“后羿”二技能落下，“亚瑟”被减速。

河豚手雷！

“鲁班七号”使用一技能攻击“亚瑟”，“亚瑟”被减速。

何遇的“可汗”没来得及用技能，但“可汗”身上的红BUFF尚在，何遇用普通攻击对付“亚瑟”，“亚瑟”被减速。

眨眼间，雄赳赳气昂昂的“亚瑟”的动作变成了电影中的慢动作，“亚瑟”的冲锋仿佛乌龟爬行。“亚瑟”一看情况不对，急忙又想撤退。

可这并不意味着“亚瑟”可以解除减速状态。敌方射手还在继续攻击“亚瑟”，呼吁何遇“别送”的“后羿”穿的还是一套辉光之辰的皮肤，在热闹喜庆的鞭炮音效声中，“亚瑟”终于倒下了。这个人头没有落到“可汗”头上，而是被“后羿”收入囊中。

全部频道里弹出“十六夜”的发言，却直接被系统屏蔽了。全程观摩了“亚瑟”的操作，他气得想吐血，如果游戏规则允许，他真想先回城一趟，等“亚瑟”复活再杀“亚瑟”一次。

可惜不能。

孤苦无依的“阿轲”走到了己方下路河道，一只猎鹰从“阿轲”的头顶上掠过，“阿轲”的脚步停了一下。

对方看到自己了。

“可汗”这技能的作用，“十六夜”是知道的，而且之前也吃了亏，何遇也被他划入了“会玩”的玩家行列，此时被看到动向，他不得不调整一下节奏。对方毕竟是三位射手一起，而这一时间段里他竟然只杀了一只小红鸟和一只河道怪。在刚刚二路防御塔那一番打斗后，“可汗”的经济已经超过了他。其他人，包括他队友的经济，都在他碌碌无为的这段时间里追上来不少。

正面强攻三位射手？说实话，“十六夜”没有信心。他必须要靠“阿轲”的大招隐身接近，直接一套技能秒杀对方一位射手后触发大招幻舞的被动技能：击败英雄或助攻时刷新所有技能冷却时间。这样“阿轲”才能循环攻击，将三位射手全部杀死。

所以，“阿轲”大招三秒的隐身很关键，切入的时机也很关键。

对方已经看到了自己，埋伏，回城，冲过去都不是最好的选择。应当从下方迂回，这样对方撤退的话自己可以在草丛中蹲到他们，就算对方不撤退，自己沿己方下路向上，正好绕到他们的后方。

“十六夜”再一次认真思考后，让“阿轲”调整了路线，不从己方蓝区直接冲向对方三位射手，改从下方迂回。钻进河道草丛中后，他趁没有人过来，立即开启了大招，直接冲向了对面的草丛。

没人，还是没人。

两片草丛被“十六夜”迅速搜了一遍，没有目标，这让他有些惋惜刚刚使用的大招。不过不要紧，藏在这里，对方撤，可埋伏；对方不撤，等一下大招的冷却时间，直接从后面包抄。

“十六夜”到底是在钻石段位徘徊太久的玩家，他已经忘却了一点。

倔强青铜段位的玩家要撤退，从来不搞这么多麻烦事，他们从来都是从原地点回城。会躲在路边草丛回城的，那都是有故事的青铜。

“阿轲”接近了？他们根本不知道。“可汗”用猎鹰照出来的视野从来就只有何遇一个人在关注而已。

“鲁班七号”和“后羿”背后的玩家纯粹是因为自己状态不太好，所以一起点了回城，至于眼下是继续推进的好时机这一点，他们也一样不知道。

至于何遇，他已经放弃了和这场的队友进行沟通。在他看来，倒是对方的“十六夜”比较好交流一些。自己方才假装走向己方上路，他就真追过去了。眼下从猎鹰照出的视野里看到“阿轲”的位置，何遇的“可汗”果断向上进入了野区，继续发育。

第19章
游戏结束

为了不被对手察觉自己的行踪，“十六夜”甚至躲避了小兵的视野，一直在草丛里猫着，耐心守候。

一秒、两秒、三秒……

“十六夜”度“秒”如年，却始终不见对方任何一位射手的身影，直至这路兵线推到了己方上路二塔，还是没有人露面。

不见人影，那应该是在暗处埋伏，想利用兵线引我现身？

“十六夜”的思考方式从逻辑上来说并没有错。兵线进塔，那肯定需要有人来守塔、处理兵线，这确实是一个埋伏，抓人的好时机。奈何对方是两个本色青铜玩家，根本不具备“十六夜”预想中的这种意识。

再加上何遇因为对自己操作没自信，并不敢和“阿轲”正面对打，甚至连单独埋伏都不敢，所以他虽然知道这是个不错的诱敌机会，却并不准备利用，反倒担心“阿轲”被兵线吸引过来，又朝野区的深处藏了藏。

“十六夜”全然不知何遇这种“又会又菜”的双重意识，只知道自己再在这里埋伏下去不是个事。看到自家“亚瑟”此时已经快到线上，“十六夜”心里顿时有了主意。“亚瑟”到线上清兵，对方三位射手肯定要出手。有“亚瑟”吸引注意力，正是他绕到后方偷袭的绝佳时机。

一想到这儿，“十六夜”急忙让他的“阿轲”开始向上移动，哪知“阿轲”刚刚从草丛中钻出来向上走了没两步，左侧突然冒出两个身影。

“后羿”？

“鲁班七号”？

他们怎么会在这里？

早知道这样，自己在草丛里多蹲一秒岂不是美妙？

“十六夜”追悔莫及，但也没耽搁操作，第一时间发动大招幻舞，“阿轲”进入隐身状态，直接朝着“后羿”“鲁班七号”冲去。这两个让他拿过两次双杀的菜鸟，“十六夜”真的没怎么放在眼里。

但是，青铜玩家虽然没有技术、意识，却有勇气。

“阿轲”是脆皮的克星？碰到“阿轲”最好绕道？这个知识点他们还没学过呢！初生牛犊不怕虎，别说才来一个“阿轲”，就是对方五个都是“阿轲”，又有何惧哉？就是一个字——干。

灼日之矢！

好斗的青铜玩家从不藏着掖着，一上来就放大招。一只火鸟从“后羿”的弓弦上飞出，“阿轲”正好冲向前，啪的一声，“后羿”的大招正好命中“阿轲”。

“阿轲”的隐身状态被打破，还眩晕了。好在“后羿”这大招是距离越远，眩晕敌人的时间越长，这么近的距离，眨眼的工夫“阿轲”就已经从眩晕的状态中缓过来了。但也就是这眨眼的工夫，“阿轲”的生命值不停地在减少，两位射手集中火力攻击也是非同小可的。“十六夜”此时哪里还有什么杀心，“阿轲”掉头就是一个二技能瞬华，借这技能的位移效果，一掠便钻进了河道草丛。“后羿”和“鲁班七号”丢失了视野，无法攻击。只是青铜段位的他们也不知道这时候该如何处理，下意识地朝草丛里追去。

有那么一刹那，“十六夜”生出了一丝反击的念头，但看看自己这半条命还有正在冷却中的技能，以及“鲁班七号”“后羿”生龙活虎的样子，“十六夜”放弃了，他操作着“阿轲”继续朝上方蓝区逃去。被两个青铜玩家这样杀退，“十六夜”的心中窝火极了。可这要怪也只能怪他太看不起人家，以为自己操作多快，笔直冲上去，也太不把青铜玩家的倔强放在眼里了。

你们两个也完了！

“十六夜”暗暗起誓。

可怜他现在连打字的工夫都没有，“后羿”“鲁班七号”还在后面紧追不舍呢！

向前走几步，“十六夜”进入了己方蓝区，一眼看去，他发现刚刷新的蓝怪竟然已经没了。当不祥的预感在心底出现的时候，他脚下炸开了一个百兽陷阱，蓝区草丛中跳出了一个骑着狼的“可汗”，有如天神下凡，大招加普通攻击二连射，连续三段伤害加陷阱爆炸，鲜红硕大的数字在“阿轲”头顶上绽开。“可汗”大招的暴击被触发，“阿轲”直接被其秒杀了。

望着倒地的尸体，“十六夜”这时总算有工夫梳理一下刚才事情发生的整个过程了。

“鲁班七号”“后羿”并没有埋伏“阿轲”，人家直接回城了。

“可汗”也没有埋伏“阿轲”，人家正在偷偷清理“阿轲”家的蓝区野怪。

所以只有“十六夜”自己一个人，在下路又是埋伏又是等大招冷却结束，期待着根本不存在的目标。最后等来了回家补满了状态的“后羿”“鲁班七号”，然后自己表演了一场隐身抬头接大招后抱头鼠窜的戏码。这时“阿轲”往己方蓝区撤退时遇到的“可汗”才是对方真正的计谋。百兽陷阱处于隐形状态，说明在两秒前它就已经被丢出来了。

怎么会是这样的?

“十六夜”打开信息面板，自己的经济已经从领先所有人1000以上，到落后“可汗”1000了。

这个数字还在继续增大，“可汗”和“后羿”“鲁班七号”相遇后，再攻二塔。“亚瑟”完全没有吸取上一次的教训，再次沦为活靶，被对方三位射手集中火力射杀。接着，对方三位射手推倒了二塔。

高地也要丢!

看看自己复活所需的时间和三位射手集中火力推塔的速度，“十六夜”估计高地塔也将守不住。更要命的是，高地塔后就是基地水晶，等对方三位射手推到基地水晶前时，“阿轲”是复活了，可三位射手中除了“可汗”的状态不太好，其他两位射手的状态都极好，“阿轲”能完成三杀吗?

如果“可汗”是一个青铜菜鸟，“十六夜”倒是有自信从“可汗”下手刷新大招被动技能，可问题是“十六夜”觉得“可汗”明显会玩，觉得“可汗”背后的何遇肯定也是玩小号的玩家。自己只是钻石段位，在青铜段位玩家面前那是掌控全场的高手，但在所有《王者荣耀》的段位中，只不过是刚刚迈过会玩的及格线的普通玩家。说不定人家是星耀段位、王者段位，甚至荣耀王者呢。

其他人呢?

这个时候的“十六夜”总算想起这不是一个人的游戏，想起他还有队友。从地图上看去，中路“安琪拉”继续狼狈着，要不是法师推塔实在没效率，己方中路一塔早就沦陷了，不过眼下也差不多了。上路倒是有机会，己方的“鲁班七号”和“后羿”眼下玩的已经是单机游戏了，完全没有人理会他们，两人带着兵线一路推进，早已推掉对方上路的二塔，眼下也是要推掉对方高地防御塔的节奏，而且看进度可能比对方还要快一些。

这样也没人去守吗？

“十六夜”的视线回到自家上路的高地塔附近，才发现“可汗”的身影不见了。

这才对嘛！

那些菜鸟只顾眼前事，可“可汗”这个高手怎么会注意不到自己家上路的状况要更危险一些呢？

只剩下这两个菜鸟的话……

“十六夜”又开始磨刀霍霍了，“阿轲”复活之后飞快冲出泉水。因为“可汗”没有参与推塔，对方两位射手推塔的效率稍稍低了点，“十六夜”的“阿轲”冲上来时防御塔犹在，这让他心里更加踏实了，“十六夜”毫不犹豫使出大招幻舞，“阿轲”隐身向前，跟着就听到一声鹰鸣。

“十六夜”整个人都不好了。

猎鹰从“阿轲”的头顶上方掠过，“可汗”也已进入他的视野，从隐身中暴露出的“阿轲”立即成为“后羿”和“鲁班七号”的攻击目标，这根本跟他中路被埋伏那次如出一辙。

可是三位射手一起发动攻击，那节奏可要快多了，更何况现在“可汗”的经济已经碾压“阿轲”，上高地没有草丛来刷被动技能的缺陷都可以无视了，一个大招、一个普通攻击，就已经能让“阿轲”痛得不能自理。“十六夜”此时若让“阿轲”立即后撤，可能还有一线生机，但是连番被“可汗”这样戏耍，他那颗最高也达到过至尊星耀段位的骄傲的心终于受不了了。

“鲁班七号”？“后羿”？

不存在的。此时的“十六夜”眼中就只有“可汗”，“阿轲”不退，反向前继续冲，他就是死也要击杀“可汗”。

只是让“十六夜”没想到的是，“阿轲”不退，“可汗”却往后退了。看到“阿轲”冲上前，“可汗”掉头就跑，一秒钟都不耽搁。

“别软弱啊！”“十六夜”不甘的咆哮声已经带着哭腔了。此时的“阿轲”夹在“后羿”和“鲁班七号”的箭林炮雨之中，一个瞬华技能还不足以移动到“可汗”的身边，眼看着是没法再攻击“可汗”了。

然而这个时候的“可汗”真的不软弱了，转身射了“阿轲”两箭，“阿轲”再一次倒下了。

“十六夜”有些绝望了，他打开信息面板看了眼，曾几何时经济领先所有人一千多的他，此时已经沦为全场经济最差的那一个了。连傻乎乎的中路“安琪拉”的经济都反超他了。

经济能不差吗？这几分钟里，他都在干什么？

他一直试图去抓“可汗”，满地图飞奔，接着，“阿轲”走向死亡。从“阿轲”在中路被击杀到现在，“阿轲”所收获的经济便只有己方红区的一只小红鸟和河道的那只小野怪。

什么叫带节奏？

从钻石段位开始，一直到顶尖的KPL职业赛事，这个词都会被频频提及。“十六夜”也听了很多次，但真让他解释的话，他也说不清楚这个词的意思。

但是今天这一局，他可以明白无误地表示：他是被带节奏了。

难受！恶心！如果再给“十六夜”一次机会，他发誓绝不会再被“可汗”牵着鼻子走。

可现在还有这个机会吗？

“十六夜”看向对方的上路，不知自家的“鲁班七号”和“后羿”能不能给他们赢得什么机会。照目前的进度来看，他们两个先把水晶推掉都说不定。“可汗”他们现在想回城，怕是都有些来不及了吧？

“可汗”没有回城，“鲁班七号”“后羿”也没有，他们推掉高地塔后，就开始朝着水晶进军了。

同一时间，“十六夜”这方的“鲁班七号”和“后羿”已经开始攻击水晶。

但是就在这时，何遇这方的泉水里摇摇晃晃地走出了一个人。

“甄姬”！

这是冲着守家去的？

何遇有点怀疑。“甄姬”在回城的时候，蓝条是空的，所以“甄姬”很有可能是回泉水补充蓝。但不管怎样，“甄姬”正好赶上了。“甄姬”从泉水里走出来，接连使出一、二、三技能，进入水晶的小兵哗啦啦地就都被清理了。

“十六夜”这边呢？从泉水里冲出来的是“亚瑟”。

勇猛无畏的“亚瑟”，也是接连放出一、二、三技能。

“十六夜”仰天长叹，发起投降。但更令他绝望的是，队友们还纷纷拒绝了！这真是求个痛快都不可以吗？“十六夜”欲哭无泪，只好眼睁睁地看着“亚瑟”又一次倒下，看着水晶爆炸。

游戏结束。

第20章
室友

赢了！

打爆对方水晶的那一瞬，何遇长长地舒了口气。对方“阿轲”虽然早已没了节奏，经济倒数第一，但始终还是何遇比较畏惧的对象。归根结底，何遇对自己的操作完全没信心，而且自己的队友也实在不像下午长平攻防战时的高歌和周沫那样，这场比赛里基本是不存在沟通的。最后还是何遇找到了一点队友的习惯和行动规律，强行跟他们配合了几次。

很累，但是也很有趣。

刚开始这局游戏时，何遇的心态是近乎爆炸的，但是玩着玩着，便不再觉得队友有多可恶，到最后，他甚至觉得这些尚在入门阶段的队友还是蛮可爱的。游戏结束后的面板中，他给队友都点了赞。队友也都不计前嫌，对“送出一血”却拿到这局MVP的他给予了充分的肯定，纷纷回赞。

何遇笑着退出了这局比赛，然后看到一条消息提示，点进去一看，“十六夜”申请加他为好友。

何遇愣了一下，还是点了同意，很快便收到“十六夜”发来的消息。

“兄弟，什么段位啊？”

“青铜。”何遇回道。

“我是问你大号。”“十六夜”说。

“这个就是大号。”何遇说。

“蒙谁啊？”“十六夜”当然不信。真正的青铜段位的玩家能像遛狗一样打乱自己的节奏？自己有这么菜吗？

“看过不少比赛，但没怎么玩过。”何遇实事求是地回答对方。

“……”还能这样？“十六夜”将信将疑，有些无语。

“你大号什么段位啊？”这下轮到何遇反问了。

“铂金吧……”“十六夜”心虚地把自己的段位说低了一些。毕竟是人家的手下败将，这时把自己段位吹得越高岂不是越丢人？

铂金吧？还发了一串省略号？

看着这有些奇怪的答复，何遇没去多想。一开始他摸不清“十六夜”是什么段位，但后来看“十六夜”的表现，也不觉得“十六夜”的水平有多高。“阿轲”在这场对局中就算被打乱了节奏，依然还是有办法快速拿回主动权的，毕竟英雄的强大优势摆在那儿。而“十六夜”在开局经济腾飞的情况下打成这样，只能说明他的实力不够。

何遇退出游戏，发现浪7小群里多了不少聊天记录。

“阵容可以的，很符合青铜段位。”

“四个人都要过去，‘可汗’要完了……”

“一血，惨。”

“两位射手都要完。这‘阿轲’会玩啊！”

“又完了……”

“哟，有点心机呀！”

……

“光知道抓人，最后把自己节奏弄乱了。”

“那时候就该收割野区，切中路，然后跟着两位射手一起推进，那样的话早就赢了。”

“一直在追着‘可汗’走，报复心有点重呐。”

“顶着两位射手的攻击还要强上，也是搞笑，心里没数的吗？”

“真是可惜了，那么好的开局。”

何遇翻了翻聊天记录，从不间断地吐槽，到最后的总结，这两人谈论的明显是自己刚刚打的那场对局。两人这是都观战了吗？但最后这遗憾又痛心的语气是怎么回事？这两位到底是哪边的？

“我说，你们是在盼着我输吗？”何遇忍不住在群里问道。

“就事论事，优势这么大的局怎么能打成这样嘛！”周沫还在诚恳地为“十六夜”感到遗憾。

“还是水平不够。”高歌说。

“我打得怎么样？”何遇还是想听听大家对他的看法。

“青铜局有什么可说的？”高歌回道。

“你们刚才明明聊得很起劲啊！”何遇道。

“无聊而已。”高歌说。

“……”

何遇一阵无语。这时，房门锁响，何遇的室友终于回来了。何遇看了眼时间，已经11点多了，再朝门口看去，一个眉清目秀的男生背着书包走了进来。看到何遇正望着他，男生主动打了个招呼：“你好。”

“你好。我叫何遇。”何遇一边应声，一边介绍自己。

“我在名录上看到你的名字了，我叫莫羡。”男生一边说着，一边走向他的书桌，将书包搁到了桌上。从他的语气中听不出多少热情，纯粹就是礼节性的你来我往。才短短两句话，就已经让人觉得不是一个特别容易接近的人。

“你这是干吗去了？”看着莫羡从书包里朝外掏着书本，何遇没话找话地问道。

“晚自习。”莫羡说。

“啥？”何遇以为自己听错了。

“晚自习。”莫羡又说了一遍，回头看了何遇一眼。

何遇肃然起敬地从床上起身。今天是报到日，都还没有正式开学。

课本发了吗？课程知道了吗？知道自习教室在哪儿了吗？这就上晚自习了？自习什么呢？

何遇朝莫羡的书桌挪了几步，探头看着莫羡从书包里掏书，一本《自然哲学的数学原理》径直进入何遇的视线。何遇不知道这是一本怎样的书，但他一扫作者——牛顿，顿时觉得有一股知识的力量扑面而来，让他钦佩不已。

自己这位室友毫无疑问就是传说中的学霸。

“你高考多少分啊？”

这类新生经常会拿来交流的问题，在这个寝室恐怕将是一个自取其辱的话题。在这种时候，去刷牙，才是一个睿智的决定。

“我先去洗漱。”何遇定了定神，朝洗手间走去。

“好的。”莫羡应了一声，继续收拾他的东西。

一直到各自躺到床上，两人才开始新的交流。

“关灯吗？”何遇问。

“好的，谢谢。”莫羡说。

交流结束，屋里陷入黑暗。何遇暂无睡意，但凡是个普通点的室友，他此时都必然要问一问对方有没有玩《王者荣耀》。但是莫羡高冷的气质打消了何遇的全部念头。他相信莫羡在自习教室孜孜不倦畅游的绝不可能是王者峡谷。

何遇打开微信，看到微信群里高歌和周沫也已经互道过晚安了，倒是何良给他发来了一条消息。

“打得不错。”

“哥，你也看了？”何遇精神一振。

“看了，节奏掌握得挺好的。”何良回道。

“还有呢？”何遇问。

“还要有？”

何遇很郁闷，虽说刚刚只是个低端局，但明明也是很有趣的嘛。怎么大家看起来都对他的表现无话可说的样子？

何遇把手机放到一旁，望着天花板。

对他而言，迈进王者峡谷的这一步像是翻开了一页生活的新篇章，同成为一个大学生一样让他憧憬。一场青铜局，从开始心态爆炸，到最后终于获得胜利，何遇感受到的乐趣其实并不只在敌方水晶爆炸的那一瞬间。他有太多以前看比赛时所没有过的新奇体验。他不知该如何描述自己的心情，此时能描述他心情的就只有一个笼统的概括——蛮好的。

带着这样的心情，何遇渐渐进入了梦乡。

迷迷糊糊的睡梦中，耳边似乎回荡起了“Penta Kill”的电子音。

第21章
新生们

一日之计在于晨。

东江大学一年一度的开学典礼定在了这天早上九点，在大操场上举行。八点半还不到的时候，操场上已是人头攒动。学校已经给各院系划分好了位置，大家都在各自寻找着自己的归属。

九点差五分，师生们已经基本就位。何遇和莫羡在这个时候才来到操场，可以说他们是在全校师生的注视下，从操场边的看台上蹦蹦跳跳朝下走着。

何遇不由得想加快脚步，同行的莫羡却依旧不紧不慢，在全校师生的注视中十分坦然地对何遇道："来得及。"

"好吧。"何遇无奈。

他与室友之间的交流还是昨晚那种"短平快"的风格，两人的对话基本可以在三句话内结束。莫羡对闲聊似乎并没有多大的兴趣，他有一种两句话内让对方不知道如何接话的强大本领。

一想到要和莫羡一起度过四年的大学生活，何遇就有些头皮发麻，他不知道自己哪天就会心态爆炸。

两人找到属于他们院系新生的位置。这是昨天刚刚报到的新生第一次被组织起来的集体碰面。有些人昨天倒是自己串门认识了一下新同学，但何遇和莫羡两人昨晚回寝室都比较迟，大家彼此陌生，甚至都不知道站在此处的学生是不是他们院系的，直至两人走到队伍的最末站定，才算被确认身份。

两人站定不到一分钟，还没来得及认识新同学，开学典礼便正式开始了。开学典礼的流程并无什么新意，像“金秋九月，丹桂飘香”这样的开场白在桂花盛开的东江市已是陈词滥调，来自本市的学生都有些恍惚了，仿佛自己并没有迈进更高等的大学学府，只是在中学时期又升了一个年级而已。

在一片并不是很热闹的掌声中，校长结束讲话了。

“下面有请学生代表，金融学院的苏格同学发言。”

典礼的下一环节是学生代表发言，这带来的反响竟然比校长讲话要热烈许多。高年级阵地把巴掌拍得震天响，不解的新生们听到这样的阵势，不用问也明白了苏格师兄在学生中的地位，都在交头接耳地打听着。

原来是他。

何遇心下默默想着。他对苏格也不过是远远地看了那么几眼，只知道苏格是东江大学王者圈中举足轻重的人物。不过游戏打得好不至于成为全校学生当中的翘楚，能作为全校学生的代表站在台上发言，足以说明苏格在各方面都很强势，绝不是“猥琐发育”的那种。

“各位老师、同学，大家好……”

“……谢谢大家。”

几次被掌声打断后，苏格终于完成了他的讲话，又在好长的一阵掌声中走下台。

典礼即将进入下一环节，新生们都开始积极地东张西望。学生代表发言之后，那就该是新生代表发言了，这种常规操作大家都不陌生，只是大家都很好奇哪位新生可以刚入学就成为数千新生的代表。

“下面有请新生代表，理学院新生，莫羡讲话。”

“啊？”其他新生还在东张西望，何遇却已经扭头惊讶地看向身旁的莫羡了。他发现自己终归还是低估了自己的室友。学霸？刚入校就成了数千新生的代表，那恐怕是学霸中的学霸。

在何遇震惊的注视下，莫羡的神情却和他早上刷牙洗脸时没什么两样。莫羡走出队列，没有在意无数投在他身上的目光，不紧不慢地上台，不紧不慢地开始了他的讲话。那镇定从容的模样，就好像是在对关灯的何遇说谢谢一样。

莫羡的讲话结束，收获的掌声不及苏格热烈，但给人留下了足够深刻的印象。不是因为他讲话的内容有多出彩，而是因为他站在台上面对上万人时的自信。

稳住，我们能赢。

不知怎地，何遇的脑海中跳出了这句话，他感觉这句话与台上莫羡的气质十分吻合。

开学典礼结束后，大多数班级都安排了班会，尤其是新生。何遇他们一起被带往了理学院的理院大楼，按照各自班级进了教室。

何遇所在的物理系新生共112人，分成四个班，占据了一层楼的四个教室。此时无论走进哪一间，都可以感觉到教室内并不太热闹的气氛，间歇性传出的掌声都透着一股没精打采和敷衍。

何遇所属的三班，大家前看后看，左看右看，几乎要在所有人脸上看出花儿来了，也没在班里找到一个女生。

是的，从来男多女少的物理系在何遇他们这一届女生人数之少达到了顶峰。据小道消息灵通的新生透露，他们这一届物理系的112个新生中，仅有两个女生，男女生比例达到了前所未有的56比1，创历史新高。仅有的两个女生还都没有分到三班。28个男生齐聚一堂，大家对所有男生的自我介绍都毫无兴趣，哪怕是刚刚作为新生代表在全校师生面前露了脸的莫羡。而莫羡能得到比较热烈掌声，只不过是因为他的自我介绍特别简短，没有浪费大家的时间。

何遇的班主任姓任，是个在读研究生，年龄不大，和全班同学一样也是个爷们。他一点也没在意学生们敷衍的自我介绍，带着一副“我就知道会这样”的神情在一旁乐呵呵地看着，等28个新生草草介绍完了一圈后站上讲台，毫不掩饰脸上幸灾乐祸的表情。

“报物理系的时候，你们就该知道会是这样的。”任老师摊了摊手，语气中稍微流露出了点同情。教室里顿时嘘声一片。

“好了，希望今天就是你们入学以后最丧的一天，希望你们未来的四年能够精彩。莫羡同学，你先临时担任一下我们班的班长，等同学们彼此熟悉一段时间后我们再来选举班干部，今天就到这儿吧。散会！”知道学生们期待什么的任老师也不啰唆，干脆利落地结束了班会，结果却发现没有学生在看他，所有人的目光都直勾勾地看着教室门口。

正因为班上连一个女生都没有而士气大跌的物理系三班的新生们，突然看到他们班的教室门口出现了一个漂亮女生，还有谁会去在意班主任的讲话？

结果倒是女生第一个对任老师的讲话作出了反应。

“完了，是吗？”她说着，朝教室里面挥了下手：“何遇，出来。”

哇！

教室里一片哗然，刚刚才做过自我介绍，大家不至于这么快就连人都分不清楚，齐刷刷地看向何遇，什么表情都有。也就莫羡还是寻常模样，但他站起了身，给坐得靠里的何遇把路让出来了。

虽然大家还不熟悉，但这种时候不起哄那可不是年轻人的风格。在一片起哄声中，何遇觉得自己也没得选，只能硬着头皮起身，仿佛逃跑一样朝门口走去。

倒是高歌，同样是被起哄的对象，却不闪不避，瞪着一屋子男生道：“嘘什么嘘？战队队友而已，有玩《王者荣耀》的同学想加入战队的吗？可以来我们浪7战队试试。”

高歌用一句话解释清楚，还不忘给自己的战队打一下广告。这一屋子新生正因为班里没女生而郁闷失落呢，突然有一个和漂亮女生共处的机会，几乎每个人的脸上都露出了跃跃欲试的表情，至于《王者荣耀》是什么这个问题，眼下对他们来说一点也不重要。

第22章

临时队友

“同学们，同学们，请先冷静一下。”讲台上的任老师看起来有些慌了，急忙说道。

接着，任老师看了一眼门口的高歌，用解释的口吻道：“我先帮你筛选一下。”

“那我就谢谢任老师了。”高歌说。

“你继续叫我师兄就可以了。”任老师似乎偷偷抹了把汗。他是毕业后选择留校的。两年前他读大四，高歌当时则是刚入校的新生。师兄、师妹就是他们那时的称呼方式了。

高歌笑了笑，也没再说什么，拽着何遇就离开了。任老师欲言又止，到最后也没说什么，只是一脸忧心忡忡的模样。下面的学生们都茫然了，一起看着任老师，等他解释。

“呃，是这样的。”任老师终于开口了，“我不反对大家课余时间打游戏，也不反对大家参与游戏相关的课外活动，毕竟这些都是学校认可的。只不过呢，如果大家想参加的话，也应该经过认真、慎重的考虑，你们刚才动的是什么心思，以为老师会不知道吗？”

下面学生听了，有正襟危坐的，有挤眉弄眼的。任老师这话就像是在说玩游戏也该认真专一，不要带着别的心思。问题是这不就是参加个课外活动吗？需要严谨的态度吗？不过，任老师马上又补充了一句：“至少你们想加入浪7战队就必须有这样的态度。”

“为什么啊？”有学生不解地问道。

“因为你们刚刚看到的那个漂亮师姐会要求你们有这样的态度，如果做不到，就会被她无情地踢出队伍。”任老师说道。

“老师，我觉得我可以。”有学生站起来，一本正经地说道。

“不信的话可以去试试。注意了，她刚才说的，也不过是‘试试’。”任老师哪里看不出这学生也是给他做戏呢，可他也不想再多说什么了。

“那何遇是怎么回事啊？”有人又问了一句。

“这我也在纳闷，临时班长，这个你回头了解一下吧？”任老师看向莫羡。

“有这个必要吗？”莫羡反问。无论是漂亮女生还是此时大家在疑惑讨论的问题，他全都无动于衷。甚至任老师让他去了解一下情况，在他看来也是多余的。

“总之，你留意一下他的情绪就是了。”任老师说道。

见任老师脸上的担忧实在不像是假的，先前那个站起来表态的男生悄无声息地坐下了，和身边的同学面面相觑着，也开始有些不确定了。

“老师，可以走了吗？”莫羡开口问道，显然，他始终都保持着自己的节奏。

“其他同学可以走了，临时班长跟我去拿一下课表，每个寝室一张，再去图书馆了解一下什么时候到咱们系领课本，然后通知同学们。”

“好的。”莫羡应了一声。其他同学纷纷站起来离开，莫羡跟着任老师去取课表，而被高歌拖走的何遇此时来到了另一间教室。

教室里有三个男生，一个是何遇已经认识的周沫，另两个在他跟着高歌进门时望了过来。高歌一挥手道："认识一下，他是何遇。"

何遇连忙朝那两人点了点头。

"李思杰，赵进然。"高歌向何遇介绍那两人。

"你们好。"何遇向两人问好。

两人站起身，朝何遇点了点头，开口说的话却是："那就算认识了呗？行了，我们就先走了。"

周沫一脸"我就知道会是这样"的表情，却还是忍不住上前劝道："至少一起打一把游戏，相互了解一下吧？"

"下回吧，今天实在没时间，约了人。"李思杰说道。

"我也是，回见啊！"赵进然说着，又冲何遇点了点头，跟着李思杰，两人就前后脚离开了。

"啥意思？"何遇一脸茫然地问着。

"我们的临时队友，会跟我们一起报名参加这学期的校际联赛。"高歌说道。

"临时队友？"

"王者荣耀社团那边说今年新加入社团且对校际联赛感兴趣的人多了许多，所以要早一点开始报名工作，还设定了截止日期，我们没时间慢慢找队友了，只能临时拉两个人，先把名报上。"周沫叹了一口气。

"靠谱吗？"不知为何，何遇突然想起了自己昨晚打青铜局时的队友。虽然最后觉得不会玩的玩家也有不会玩的可爱之处，但以胜利为目的的话，这种队友无疑会提高游戏难度。

"很显然，并不靠谱。"高歌很坦然，也很无奈。

“能这么快找来两位队友已经不错了，毕竟某人在校内王者圈的人缘是有些糟糕的。”周沫说道。

“有些糟糕？你昨晚不是这样说的吧？”何遇说道。

“我昨晚什么都没说，都是你自己的理解。”看到高歌瞪着自己的目光，周沫慌忙说道。

“先凑个数，咱们只是校园活动，规矩没那么严格，中途找到靠谱的伙伴的话是可以直接换人的。”高歌看起来没有和周沫算账的意思，接着说正事。

“万一又突然多个规则说不许随便换人呢？”周沫说。

“那你就去死！”高歌瞪着周沫道。

“关我什么事啊。”周沫一边小声嘀咕了一句，一边向何遇投去一个无奈的眼神。

“这是旨在丰富学生课余生活的活动，制定这样的规则有必要吗？哪怕是想针对我们，直接分我们一个强队把我们淘汰掉不就是了，用得着这么费心地修改规则吗？”高歌说。

“我怀疑提早报名的时间就是在针对我们，他们不想给我们凑齐五人的机会。”周沫认真分析道。

“我打听过了，今年王者荣耀社团的新会员确实暴增，而且不只是新生。”高歌说。

“为什么？”周沫不解。

“你当周进和游亚中是白来的吗？”高歌说道。

“哦……”周沫反应过来了。职业选手在他们王者圈那就是顶尖的大明星了，圈中也从来不乏追星者。周进和游亚中的到访，虽然不过短短几分钟时间，但宣传效果对于一个校园社团来说实在是太给力了。说是这学期，但其实从昨天两人过来到现在连24小时都不到呢，明星效应可以说相当惊人了。相比之下，浪7战队将宣传单贴满校园，还在校内论坛请水军顶帖的招新方式的效果就很一般了，终归还是无人问津。

“我们需要做的就是一路赢下去，为我们找到靠谱的队友争取时间。”高歌说。

周沫沉默着，脸上写着“悲观”二字。

“那两人是有多不靠谱？”何遇忍不住问道。

第23章
守株待兔

各个段位的普通玩家究竟是什么水准，其实何遇并没有什么概念。他只在职业选手的采访中，听到过记者问职业选手们“如果在游戏中单人打排位赛上分会是什么段位？”，职业选手的回答大多是随口乱说，显然并没有把这种事放在心上，何遇印象比较深的就只有山鬼战队专司辅助的选手徐鹤翔的回答，他表示“那要看抱到的大腿有多粗”。

这个回答听起来好笑，其实是相当中肯的。辅助位比较特殊，他们可以提升全队的水准，但终究不是输出最高的角色。队伍战斗力的上限最终还是要靠队友的实力来决定。徐鹤翔的回答可以说是对辅助这个位置的清晰认识。

虽然大众一致认为拥有出色的大局观和节奏感，操作也极出众的徐鹤翔即使是打其他位置，在普通玩家中也可以秒杀全场，单人打排位赛杀上王者百星都不成问题，但这终究也是指他在不打辅助的情况下。

单人打排位赛上王者百星，这便是目前大众对于职业选手实力的及格定位。至于最终能上到多少星，有人问过职业选手，最后得到的答案是：那只是时间问题，不是技术问题。

言外之意，他们虽也不敢保证能全胜，但至少可以保持超过50%的胜率，星数会保持继续上升，直至匹配机制匹配不到对手为止。

这便是何遇一直以来关注的有实力的群体。除此以外的其他玩家，对他而言都是陌生的。就在昨天，他算是亲身领教了一下青铜段位的实力，可以用四个字来概括——完全不会。

至于铂金和钻石，那个自称大号是铂金段位，ID为“十六夜”的“阿轲”，何遇觉得他算是有一些思路，至少知道自己在游戏里做什么。比起完全不会的青铜选手还是有用多了。

“应该还行吧？”于是他这样说道。

“打你昨晚那样的对局当然是绰绰有余了。”高歌说道。

“好吧，有机会一起玩一下就知道了。”何遇说。

“与其期待他们，不如马上行动起来。”高歌说。

“怎么说？”何遇问。

“我看过你们班的课表了，你下午没事，去负责守株待兔吧。”高歌说道。

“守株待兔？”何遇不解。

“其实‘待兔’是待不到的，我们得‘逮兔’才行。”周沫颇有感触地说道。

何遇反应过来，有些明白了：“就是去操场边招新，是吗？”

“意识不错，到位。”高歌夸道。

“主要是我们两个下午都有班级活动，所以你辛苦一下吧……”周沫有些不好意思地说道。

“好的，交给我吧！”何遇信心满满地道，“我虽然操作不怎么样，但要判断一个人的水平，我还是有点眼力的。”

“哦，不用那么麻烦的，看段位就可以了。”周沫说道。

“哈哈哈。”高歌毫不淑女地大笑起来，何遇在一旁一脸的尴尬和郁闷。周沫师兄吧，人很好，但就是太认真了。这种事，看破可以，就不要说破了嘛！

“来，我帮你把桌子搬过去。”周沫毫无察觉，还在好心地说道。

“哦。”何遇也只能应了声，郁闷地跟着他去了。

只是，连成员都凑不齐的战队，无论是学校还是院系都不可能给他们提供社团活动的场所的。浪7战队招新时用的桌子和板凳都是临时从理学院学生会借来的。三人一起把桌子和板凳搬去了操场边，结果发现今天其他各大社团的动作都要更快一些，道路两旁已经排得满满当当。三人无奈地走到队伍尽头，基本已经是遥看盛事的处境了。和他们临近的也都是看起来十分寥落的社团，有一个社团连负责人都不知道跑哪儿去了。

“那就这里吧，交给你了。”高歌说道。

“我试试吧……”因为受到“看段位就可以”以及目前招队友的位置的打击，何遇变得不那么自信了。

“有人注意到我们战队的时候，你问一声就行。”周沫认真地向他传授经验。

“好的。”何遇点头。

“吃饭的时候你只管去就是了，东西放这儿没事的。”周沫继续道。

“哎呀，你啰唆不啰唆，人家看着比你机灵多了。好吗？”高歌不耐烦地说道，然后朝何遇挥了挥拳，十分用力地鼓舞了两下后就转身离开操场了。

周沫也跟着走了，何遇坐在桌后的板凳上，把桌上写着“浪7战队”的名牌扶正，开始耐心地留意过往的学生。

这位置在队伍尽头的差劲之处很快就显露出来了。路过这边的同学，要么就是还没进入状态随便看看，要么就是已经加过社团了，总之概括起来就是都没兴趣了解浪7战队的同学。何遇几次发现有目光飘来，立即站起来热情招呼，但那些人都是连多问一句的心情都没有就摆着手离开了。

遭到好几个学生拒绝之后，何遇意识到了找队友的难度，再看身边的几个社团，大多没人围观。有人围观的，负责人也大多在摆弄着手机，根本没有人像他这样认真热情。

何遇起身看了看他们的招牌，负责人都不见了的那个社团，叫“烫衣社”，这是个什么社团？何遇百思不得其解。

而他旁边这位从他到这儿起就一直在玩手机，头都没抬过的，招牌上写的是“国际课程社”，这又是个什么样的社团？何遇十分不清楚。

再往前边看看，“面包皮社”“南湖村研究社”“镜面魔方社”……

看完这些同他们浪7战队一样冷清的社团，何遇的心情和昨晚刚进那场青铜局时是完全一样的：这都是啥呀？

并不是只有大学才有学生社团，但是刚从中学过渡上来的何遇这一眼看去，立马对东江大学肃然起敬了。这样稀奇古怪的社团也能被批准成立，看来东江大学的校风是非常自由开放的。

和这些社团一对比，何遇觉得他们这样一个玩《王者荣耀》的战队可以说是非常普通了，他信心百倍地重回座位，继续热情地招呼向自己投来目光的过路者。有些灰心的时候，就看一眼“面包皮社”，看一眼“南湖村研究社”，立即满血复活。

“同学玩《王者荣耀》吗？浪7战队欢迎你。”又一道目光扫来，何遇几乎是条件反射般，马上站起身来招呼道，直到话说完了才看清路过的这个人，顿时愣住了。对方身边的同伴这时早已经笑成一片。

“我没听错吧？”

“怕是没有。”

“居然有人在问王者荣耀社团的团长玩不玩《王者荣耀》？”

“是的，而且他还在很热情地邀请苏格加入他们战队呢。”

“哈哈哈，苏格，你怎么看？”

这个路过的人，赫然是王者荣耀社团的团长，学生心目中东江大学最会玩《王者荣耀》的那一位。

第24章
嘴强王者

看清对方是苏格后，其实不用其他人吐槽，何遇自己都挺无语的。他尴尬地笑了笑后说了句“打扰了”，重新坐回了他的位置。

苏格却没有马上离开的意思，饶有兴趣地看了何遇两眼后道：“你就是跟高歌、周沫一起打长平的那个新生？”

“是我。”何遇点点头。

“我听说你玩得不错。”苏格说。

“谁说的？”何遇眼睛一亮。从他正式开始玩游戏以来，听到的基本都是些比较保留的正面评价，而他自己心里也有数。此时突然听到有人对自己似乎有个比较直白的不错评价，他不免有些激动。

他这一激动，苏格倒是有点跟不上他的节奏了。张承浩他们其实也没说这个新生有多强，只是说他“比较会”，所以苏格这也不过是一句非常普通客套的夸赞，连听到这样的话都会激动的人，那得是什么人？应该是那些从来没被夸奖过的人吧？

这样想着，苏格觉得自己还是弄清楚一些比较好，于是自然而然地问道：“你什么段位啊？”

“啊……哈哈，这个问题就比较复杂了。”何遇顿时又尴尬了。要说自己是青铜段位，他是绝对不服的，可就游戏里的段位来说，目前才打过一局排位赛的他，确实是青铜段位无误，而且还是青铜段位中的底层，青铜三。

“复杂？”苏格完全不明白何遇在说什么。

“呃，我其实是比较懂这个游戏的，不过因为没怎么玩过，所以操作有些菜。”何遇解释道。

苏格听完笑了，点了点头说：“我明白了。”

“你明白了？不愧是王者荣耀社团的团长，很强嘛！”何遇惊喜。

“哪里哪里，你这样的玩家其实也不算少啊。”苏格说。

“是这样的吗？”何遇疑惑，他觉得自己应该算是比较另类的，没想到自己这样的玩家竟然不少。

“是啊，我们通常称呼这类玩家为——嘴强王者。”苏格说。

“啊，这不至于吧。我觉得我想打到最强王者可能还是需要练一练的。”何遇急忙道。

“哈哈哈，你听错了，苏格说的不是最强，是嘴强，嘴强王者就只是嘴上比较强而已。”这次苏格没说话，他身边的同伴代劳，笑嘻嘻地指着自己的嘴巴解释道。

“我就知道和你们说不清……”何遇无奈地说。

“那不要说了，我们一起开一局吧。”苏格掏出手机道。

“行啊，我们先加个好友？”何遇问道。

“不用了，我在附近的人名单里找你，你的ID是什么？”苏格问道。

“‘何良遇’。”何遇说道。

“何良遇”？这个ID让苏格微微怔了一下，但苏格也没想太多，开了一局匹配赛，在附近的人名单里找到了何遇的账号，这下他一眼就看到了何遇的段位，顿时神情复杂。

这时，苏格身旁的同伴也纷纷凑上来看，他们看过之后，个个都笑了出来。

“果然是一个比较复杂的段位啊！”其中一人阴阳怪气地说道。

“我说了我玩得比较少嘛。”何遇知道进了游戏对方自然会看到自己的段位，早已做好了心理准备。

“青铜三，这得玩得有多少啊？难道你就打过一两局吗？”对方继续笑道。

“你说对了。”何遇点了点头。

苏格却没再多说什么，只是向“何良遇”发起了邀请，他身边的几个同伴也纷纷掏出了手机道：“带我带我，让我们都抱一下这位嘴强王者的大腿。”

几人相继进了游戏房间，何遇看了看他们的ID，发现他们的ID都是配套的。前缀名是“Suger”，看来这就是他们的战队名了。除了知道苏格的ID是“Suger·定风”以外，其他三个“Suger·良晨”“Suger·白狐”“Suger·老闲鱼”的ID，何遇都对不上人，但眼下这也不重要了，游戏已经开始，他们已经进入了英雄选择界面。

四个人都没先选，都看着何遇，等他先来。“那我就不客气了。”何遇说着也不含糊，直接选定了“可汗”。

区区青铜段位，居然敢选这么一个高难度的英雄，苏格四人互看了一眼后，其中两人又笑出了声。

“我来打辅助吧。”苏格倒是没笑，他选择了英雄“苏烈”。

“我上单。”

“我打野。”

“那我中单。”

其他三人也各自选定了位置。最后“Suger・良晨”选定了“花木兰”，“Suger・白狐”用“裴擒虎”打野，“Suger・老闲鱼”选定了“诸葛”。

“怎么开？”“Suger・白狐”问道。

因为位置分配和最终英雄的选择，何遇总算把三个人分清了。当然真名何遇是不知道的，只认得他们游戏中的ID。

“反呗。”“Suger・老闲鱼”说道。

四人的交流十分简短，显然平日里彼此已有默契，不用说太多，何遇在一旁听着不甚明了，只觉得自己仿佛是一个局外人。不过他也没有多问，他相信凭自己的意识，只要看过他们的举动就足以推断出他们的思路，到时他跟上他们就是。

比赛很快开始了。“Suger・良晨”的“花木兰”穿过蓝区走向上路。苏格的“苏烈”、“Suger・白狐”的“裴擒虎”和“Suger・老闲鱼”的“诸葛”一齐向中路走去。

“对方也是五人开黑的话，说不定也有套路。”苏格说道。

“嗯。”其他三人都应了声。何遇没吭声，默默地让他的“可汗”跟着三人一起往中路移动。

“他们来反蓝了。”“Suger・良晨”突然说了声后，“花木兰”退回蓝区，从蓝区周围向上路移动。

“走。”苏格说了一声，“苏烈”开始向对方蓝区前进，“裴擒虎”和“诸葛”跟上，何遇见状也让他的“可汗”跟了上去。

对方蓝区无人，何遇他们飞速清理着野怪。

“我偷到一个！”这时，“Suger・良晨”突然叫了一声。对方人多势众，他没有试图守住蓝区。不过“花木兰”在外围伺机而动，最后用一个投掷轻剑的二技能旋舞之华甩出短剑，抢下了一只小野怪的最后一击，算是稍微挫了一下对方的攻势。

何遇查看了一番视野中所显示的形势，正要讲话，苏格却已抢在他之前开口：“他们可能在偷红，包他们。”

何遇一愣，这正是他观察之后做出的判断，可苏格看起来比他先一步察觉到了。“苏烈”走在最前面，率领着清扫完对方蓝区的人马返回己方红区。众人很自然地分成了两组，何遇看了下后，跟在了只有一人的一边，两个小组分别从左右两边返回己方红区，果然堵住了对方正在偷红的上单和中单。四打二，何遇这边毫无悬念地拿下了两个人头。

“进攻他们家红区，‘花木兰’也一起。”苏格叫道。

“我早就准备好了。”“Suger·良晨”说着也开始朝对方红区移动。五人齐齐冲上，最后又在对方红区收获了一个人头，并转身围攻对方下路一塔，五人两面包抄再次拿下一个人头，跟着又一转身，顺势将暴君收入囊中，这时对方蓝区已经刷新，于是五人又一次发起进攻……

整支队伍的节奏相当好，经济越来越高，打团越来越容易。何遇呢？他的“可汗”就这样跟着大家的英雄走，他引以为傲的意识在这一局里也就只是保证了他没有出什么错。至于贡献，何遇自己都不觉得自己有。他占据的是中心位置，可这一局他相信他的输出不会太高，更大的可能是很低。他甚至觉得这一局有他没他其实都无所谓。这感觉就和他刚开始听不懂苏格几人沟通开局时的一样——他身处在这个团队，却只是个局外人。

第25章
指挥才能

胜利!

8分41秒，何遇和Suger四人组拿下了这局匹配赛的胜利，但是这和他无关。

赛后的数据报告也很清晰地呈现出了这一点——“可汗”的伤害占比10.3%。

作为输出位，通常都要打出30%以上的伤害占比，10.3%这个数据都不配参与及格或不及格这类的讨论。在过去的网游中，输出位打成这样叫划水。而在《王者荣耀》中，输出位打成这样叫“躺赢”。

除此之外，何遇的“可汗”还送出了全场已方的唯一一个人头，让原本能让对手拿不到一个人头的完美对局有了瑕疵。

Suger战队的四人一齐看着他，“Suger·良晨”“Suger·白狐”“Suger·老闲鱼”三人笑嘻嘻的，苏格则是拍了拍何遇，云淡风轻地说了句“加油”。

比起挖苦，这样云淡风轻的一句话或许才是最伤人的。这是一种居高临下的怜悯，连一分情绪都不舍得给。

何遇却也只是笑了笑，说：“让你见笑了。”

“现在浪7凑齐五人了吗？”苏格看了一眼桌上的招牌问道。

“凑齐了。”何遇说。

“祝你们取得好成绩。”苏格点点头道。

“我们尽力而为。”何遇说。

“噗！”苏格身边的“Suger·老闲鱼”又笑出了声，但他马上朝何遇竖起大拇指道，“加油！”

“谢谢。”何遇当然听得出对方这声鼓励中暗含的讥讽，却像不知道似的道了一声谢。

Suger战队的几人随即离开，一路有说有笑，时不时还会回头朝着何遇这边指指点点一番。何遇目送他们离开，看到他们这副模样，没生气，反倒又笑了笑。

不清楚他们的风格，不知道他们的套路的情况下，何遇只能全凭意识判断他们的意图来配合他们，自己能做到这种程度，何遇对自己还是满意的。算上昨天那场长平攻防战，这才是他玩的第三局《王者荣耀》。Suger战队四人账号的段位都是最强王者，虽然是与自己这个青铜段位的账号一起组队，可他估摸着对方的段位总归也不会差到哪儿去，所以这应该算是一场高端局。就自己现在这操作水平，在高端局能打成这样，他觉得自己还是挺不错的。

至于自己丢掉的那个人头，虽然他们嘴上没说，但他看他们的神情就知道他们是在嫌弃这个失误。可他们有什么好嫌弃的？还是因为他们终究没把自己当作并肩战斗的同伴看待吧。

何遇正想着，手机突然响起，何遇拿起一看，是他们的浪7三人群又有消息了。他进去一瞅，便看到高歌在质问他。

“让你招新人，你却在偷懒玩游戏啊？@何遇”高歌还发了一个“怒气”的表情。

“你如果没有也偷着玩游戏，怎么会看到他……”永远正义的周沫发了一个“流着汗”的表情。

“不过那个人头送得不错，接了对方好几个关键技能。”高歌忽而又转口说道。

“嗯，如果不是何遇牺牲了自己的英雄的话，那局可能还要多打两分钟。”周沫也说道。

何遇心头蓦地一暖。

这才是我的同伴，总在关注着我在游戏中的表现，而且信任我。正是因为如此，他们才能看出我不是因为失误才丢掉了那个人头，而是因为我发现自己打不出什么伤害后，在团战中果断上前承受伤害，用自己脆弱的射手身板骗掉了对方好几个关键技能，这才让Suger战队的四人十分畅快淋漓地团灭了对方，然后一举拿下了对方的高地。

还是你们懂我啊！

何遇心下感慨，正准备抒发两句，高歌和周沫却继续聊了下去。

“不过除了这一点，何遇真的就一无是处了。作为输出位，他竟然只有10.3%的输出……”高歌说道。

“呃，那局毕竟是高端局嘛，我查了对方五个的段位，三个王者两个星耀，现在又是赛季初，他们的账号可以说含金量很高了。”周沫说道。

“能被苏格他们四个人打败，对方恐怕不是什么团队。”高歌说。

“何遇也算跟上苏格他们的节奏了，‘可汗’要打出高额输出毕竟有难度，何遇还需要练习。”周沫说。

“我谢谢你们啊……”何遇终于看不下去，跳出来发言。

高歌很直白地指出了何遇的不足，周沫看似在维护何遇，但从某种意义上来说等于在认同高歌的观点。何遇心想：自己在现阶段想听到一句纯粹的夸奖看来是很难了。

“你怎么跟他们凑一块儿去了？”这时，高歌问道。

“他们从我面前路过，我没看清，我邀请苏格加入浪7战队来着……”何遇回答。

“可以啊，那他有没有答应？”高歌问道。

“……”对于高歌这个明显在调侃的问题，何遇只能用沉默来回答。

“那后来你们怎么又一起打游戏了？”周沫继续好奇地问。

“他们问我什么段位，我说这个很复杂，一时说不清，他们就恳求我表现一下，所以我就表现了一下。”何遇说道。

“你那叫表现？你那是表演吧？”高歌回道。

“就何遇目前的水平来说，他方才应该算是很努力地表现了吧？”周沫说道。

自己很努力地表现，最后就表现得像一个演员？

偏偏周沫师兄总是这么中肯，让何遇都无力辩驳，他只想告诉周沫师兄，无心插刀往往插得更深啊。

早已走远的Suger战队的几人，此时聊天的话题却还在围绕着何遇展开。他们嘻嘻哈哈地嘲笑着，只是他们嘲笑的对象已经换了一个人，不再是何遇，而是昨天因为何遇的加入被打败了的张承浩三人。

“能被这样的菜鸟打败，皇朝的那几个真够可以的。看来这学期的冠军还是咱们Suger没跑了。”“Suger·良晨”说道。

“你们真觉得那个‘何良遇’很菜吗？”一路上都只是静静听着几人嘻嘻哈哈的苏格，这时忽然来了一句。

“呃，当然也不能说他特别菜，毕竟我们没怎么带他，但他还是能跟上咱们，说明他的意识还是可以的。”“Suger·良晨”认真了一些，说道。看苏格的语气比较认真，几人也收起了玩笑的心情。

“如果他是我们的对手呢？是不是他每一次都能看穿咱们的意图？”苏格说道。

“这要看对方有没有给足够的视野了吧？”“Suger·良晨”说。

“如果他自己就是负责探视野的辅助呢？”苏格又道。

所有人都不说话了。

如果这个“何良遇”就是辅助，他知道该去哪儿探视野，然后通过自己的观察判断对方的意图，然后调度全队……

“千军易得，一将难求。但在将才之上，还有帅才。如果把我们这些玩家比作千军万马，那么职业选手就可以称为名将了。在比赛中负责调度这些名将的指挥就是更加稀有的帅才。KPL一共有12支职业队，据我所知，真正有水平的指挥不超过四个，你们说，这样的才能有多稀缺？”苏格说。

“是哪四个？”“Suger·良晨”好奇地问道。

“微辰战队的上单杨梦奇，天择战队的中单周进，一时光战队的打野李文山，还有山鬼战队的辅助徐鹤翔。”苏格说道。

第26章
有点在意

“杨梦奇？”

“李文山？”

对于苏格数出的四个人，大家都不陌生。其中，周进和徐鹤翔都可以说是《王者荣耀》里在指挥一位置上的顶尖高手。可若说杨梦奇和李文山是高水平的场上指挥，他们总觉得有些气质不符，尤其是上单选手杨梦奇，他将“关二爷”这位英雄操控得出神入化，他游走支援时的那句“小的们莫慌，爸爸来了”可说是职业圈中最为脍炙人口的口头禅。至于指挥才能，说实话，他们真的没看出来啊！

苏格显然也知道几人疑惑的点在哪里，他笑了笑，继续说道：“杨梦奇的怪话是多一点，可他游走支援和把握时机的意识都是一等一的，他的怪话……姑且当是他的指挥艺术吧。”

“至于李文山，你们是看多了他的优秀操作，觉得他不可能再分心指挥了吧？让他再分心关注全局的细节确实不太可能，所以一时光战队的场上指挥另有其人，但是他会在关键时刻发声，而他的发声才是一时光制胜的关键。”苏格接着说道。

“这样啊……”其他几人纷纷说道。他们也会看KPL，但是选手在场上的交流观众是听不到的，这也一直是粉丝们比较热衷于讨论的话题。苏格在比赛前夕能把天择战队的周进请到校园为社团站台，可见他们二人的关系不一般，苏格知道一些职业圈里不为外人知的内幕倒也正常。

“那这个‘何良遇’难道能和这四位比？”“Suger·良晨”有些不敢相信地问道。

“那当然不能，我只是说他似乎有这方面的能力，他的意识看起来还是不错的。”苏格说道。

“原来也就是不错吗？”“Suger·良晨”笑了，他们都熟悉苏格的说话风格，苏格通常不会吝啬溢美之词，他口中的“不错”基本都是以礼貌客套为主。

“是真的不错。”谁知这次苏格竟然又认真地解释了一下。

“哦，那需要我们注意吗？”“Suger·良晨”问道。

“这还得看浪7的另外两人是谁。”苏格说。

“照惯例，其余的人都是他们找来凑数的吧？”“Suger·良晨”说。

“我们去看看报名表吧。”苏格说。

王者荣耀社团是东江大学的热门社团，学校自然给予了很多赞助和福利。仅专门用来处理日常事务的活动室就有好大一间。苏格几人到时，活动室里正忙得热火朝天。此时正值参赛报名期间，有大量的名单需要整理记录。

不过大家看到社长进来，都放了放手头的事，一齐看向苏格。

“大家继续忙吧。”苏格笑道。

大家也没搭腔，只是继续埋头忙碌起来。苏格扫了一眼，找到张承浩的身影后走了过去。

“承浩。”

“啊？”正在摆弄着电脑的张承浩听到苏格叫他，抬起头来。

“浪7战队报名了吗？”苏格问道。

“浪7？”张承浩的脸上微微露出一丝慌乱，但他马上掩饰住了，假装疑惑地道，“没注意啊，我查一下。”

“你怎么会不注意浪7呢？”苏格笑道。

“报名的队伍太多，我太忙，真顾不上去关注他们了，我查一下啊。”张承浩说着转过头，在电脑上搜索了一下，很快，已经报了名的浪7战队就被他搜索出来了。

“有了。”张承浩说道。

苏格凑上去看浪7战队的报名名单。高歌、周沫他都不陌生。何遇？想到“何良遇”那个ID，苏格马上也对上了号。

至于其余两人……赵进然？李思杰？

东江大学王者圈中的高手基本都是王者荣耀社团的成员，没有苏格不知道的，除非是刚入校的新人。可浪7战队的这两个队员的资料里写的是三年级学生，毫无疑问，这又是高歌为了凑齐五人不知怎么寻摸来的凑数者，这样的事已经不止一次两次了。

“这个何遇，我们刚刚和他打了一局。”苏格说道。

“哦？”张承浩愣了一下，然后看了一眼苏格的身后，苏格这所谓的“我们”可是Suger战队的主力，代表了东江大学王者圈实力的顶峰啊！

“他怎么样？”张承浩不由得接着问道。

“有点意思，但我也不能完全确认。”苏格说。

“他很难缠吗？”张承浩问道。他此时的心情很复杂，一方面，他不希望浪7战队加入强者，另一方面，如果何遇的实力很强，那么他们那次败给浪7战队的长平攻防战也就显得不那么难以启齿了。

浪7在东江大学贴得到处都是的招新广告还没给他们引来队员，皇朝被浪7随便带个菜鸟击败的事倒是传了出去。今天早上开学典礼，张承浩就发现有人面带笑容对自己指指点点，这些人总不可能是在夸他站姿不错吧？

张承浩已经下定决心，一定要在校际联赛中狠狠击败浪7一回。浪7那边刚报了名，他第一时间就知道了他们的阵容，赵进然？李思杰？这两个让苏格茫然的浪7成员，他都已经打听完毕了，一个是铂金段位，一个是钻石段位而已。

即使是在东江大学的王者圈，能称得上强队的那也都是有五位王者段位成员的队伍。浪7带着这么两位拿来凑数的成员，着实让他松了一口气。可眼下照苏格的意思，那个何遇似乎是一个很棘手的对象。凭长平攻防战短短一局，说实话他还真的无法判断何遇的实力。

“没有，他是当我们队友打了一局。”苏格说道。

“队友？”张承浩茫然了。

“他声称说不清自己的实力，所以我就让他和我们一起打一局看看。”苏格说。

“那最后他的表现如何呢？”张承浩问。

“10.3%输出的‘可汗’。”苏格说。

“这……”张承浩更不明白了，以何遇这样的表现，苏格到底在在意什么？

“不过他的意识还是不错的。如果你再遇上他，还是多注意一些，尤其是当他打辅助的时候。”苏格说。

“辅助吗？”张承浩挠了挠头。他清楚辅助玩得好能给队伍带来怎样的帮助，所以自己应该思考一下针对辅助的作战计划吗？张承浩心里已经开始构思起来。

“现在有多少队伍报名了？”苏格话锋一转，问起王者荣耀社团的公事了。

“到目前为止已经有216队报名了，这才是第一天，到截止日，报名的队伍肯定比上学期要多。”张承浩说道。

“大家这么积极踊跃，我们的工作也要跟上啊，大家一起努力。”苏格说着，便同他的队友一起投入到整理报名战队的名单的工作中去了。

第27章 招新难

何遇目送苏格一行离去，又看了一下微信群里高歌和周沫的讨论，心情只能说是喜忧参半。

喜，是因为自己对苏格等几个王者玩家套路的判断基本没有出错；忧呢，是因为他就像高歌和周沫说的那样，判断是对的，但除此之外，他真的一无是处。作为输出位，在一场己方把对方从头碾压到尾的顺风局中，他的输出只占10.3%。其实不用别人提醒，他自己也很清楚自己有太多做得不到位的地方。至于他那骗技能的操作，也不是什么决定胜负的关键操作。讲得难听一点，那大概也就是一次成功的废物再利用吧。

自己的技术还差得很远啊！

何遇从亲自接触游戏起，尤其是和苏格他们这些高手组了一局后，对自己的认识就越发清晰起来。

不过，提高技术没有任何捷径可走，需要的就是大量的练习。当然，在高端局中练习，所得到的效果会更好一些。刚刚这一局匹配赛和昨晚的那局青铜排位赛相比，何遇能感觉到二者之间的巨大差距。至于青铜段位的排位赛怎么打，何遇其实已经看出来了，不需要什么操作，意识也只需要一点，那就是发育。

一想到这儿，何遇就有些心痒了。何遇看看旁边，南湖村研究社的同学已经神秘消失，还守在座位上的自己已经非常尽职尽责了，或许可以……打一局游戏？

何遇做贼似的扫了左右两边一眼，眼下没什么学生路过，他终于拿起手机开始了一局排位赛。

一切正如他所料，对于他这么一个对《王者荣耀》有很深研究的人来说，即使操作不行，在青铜段位的排位赛中驰骋也并不是什么难事。只凭有意识地发育这一点，几分钟后，何遇的“可汗”就领先了全员一个大件装备，然后“可汗”三线游走，遇到对方哪位英雄就杀哪位英雄，再加上明确的推塔意识，9分21秒时，对方宣布投降。

13—0—3的比分，51%的伤害占比，这一局比赛的最终数据十分可观。何遇没有骄傲，只是不由自主地点了再来一局的按钮而已。

于是第二局、第三局、第四局……

接连不断的胜利，接连不断可观的数据。何遇的段位如火箭发射一般地上升着，很快他的段位就到了青铜一的三星，再胜一局他就要到白银段位了。

这时，何遇突然看到高歌、周沫两人朝他这边过来了，他急忙退出游戏，正襟危坐，脸上露出亲切又温和的笑容，看着来往的学生。

“这也要演？”走到何遇跟前的高歌问道。

“呵呵……”何遇只能傻笑，知道自己一直在玩游戏这事已经被发现了。高歌和周沫这两位队友对他这新人实在是关爱有加，时时注意着他。

“青铜局对你来说没啥难度吧？”周沫说道。

“嗯，只要注重一下发育就可以了。”何遇说。

“其实一直到铂金段位，基本都是这样的。这些段位的玩家发育的意识都不算很强。”周沫说。

“这样啊，那我应该挺快就能打到钻石段位吧。”何遇说。

“呵呵。”高歌笑着。

“师姐有什么指教？”何遇觉得高歌的笑容里似乎隐藏着深意，急忙问道。

“你自己多玩玩也会发现的，我就是给你提个醒。射手想继续驰骋下去，即使是在低端局，也会比较考验操作。”高歌说道。

“那正合我意。”何遇说。

“去加油吧，这里交给我们。”高歌挥手示意何遇起身。

“师姐，我说句实话，坐在这里似乎没什么效果啊……”何遇一边起身一边说着，他的目光不由得又扫了一圈周围的那几个奇葩社团。

大家这半个下午的遭遇都很类似，社团会引来一些好奇的目光，但基本上都没有新成员加入。那几个奇葩社团的情况比起浪7战队可能还好一点。浪7战队上面可还顶着一个在东江大学无比光鲜、连职业选手都能请来做活动的王者荣耀社团。对于浪7战队的招新，东江大学王者圈的高年级学生都不以为然，新生则觉得莫名其妙。而且何遇也注意到了，浪7战队并不是无人关注，即使藏在这么偏僻的角落里，王者荣耀社团那边仍时不时会投来打量的目光。也不知高歌当初到底嫌弃过多少人，以至于浪7战队会这么被针对。

“聊胜于无吧。”高歌说着，语气中也有几分无奈。

“那我先走了。”

“去吧。”

何遇离开了，走了一段路后忍不住回头看了一眼，他看到高歌一扫之前和他说“聊胜于无”时的无奈神情，同周沫一起很认真、很用心地招揽着过往的学生，一时间心中五味杂陈。像高歌、周沫这样认真对待游戏的人，为什么会被排挤到这种程度？他有些想不通。

自己也该多用用心，努力帮浪7战队物色一下人才。

何遇一路都在琢磨这个问题，不一会儿就走到了自己宿舍楼下，迎面走出来两人，何遇一看，虽然还叫不上名字，但是这两人是自己的同班同学无疑。两人也认出何遇，笑着朝何遇点了点头算是打招呼，何遇也一边笑着点头回应，一边脱口问道："同学，玩《王者荣耀》吗？"

何遇这突如其来的问话让两人愣住了，但他们很快就摇了摇头道："不玩。"

"哦，哦。"何遇点点头，没再说什么，双方就此告别。那两人也无非是狐疑地回头多看了何遇两眼，何遇这时却已有主意上心头。同班甚至同系的同学，这近水楼台先得月，自己完全可以直接上门问一圈嘛！以《王者荣耀》受欢迎的程度，何遇相信自己这一百来号同学里肯定是有受众的，说不定自己就能找到合适的人拉进浪7战队呢。

如此想着，何遇已经到了三楼，他们物理系的大一新生都是住在这一层的。不过除了自己班，他对其他三个班的学生甚至都不眼熟呢。

不过何遇只是稍稍犹豫了一下，便敲起了房门。

"同学，玩《王者荣耀》吗？"何遇进门的第一句都是这句话，大家虽然很惊讶，但基本都会如实作答。不出何遇所料，以《王者荣耀》的受欢迎程度，物理系一百来号的男生里还是有不少玩家的。只是接下来的招揽就很不顺利了。有关战队的邀请，大家大多都是疑惑着摇头，还有一些同学已经加入王者荣耀社团了。

何遇一问之下才知道，就在昨天他跟着高歌、周沫满校园张贴招新海报的时候，人家王者荣耀社团就已经利用人多力量大的优势，拿着社团宣传单，挨家挨户地走了一遍了。有兴趣的同学当时就已经被王者荣耀社团招揽了；没兴趣的，也不至于放着大社团不入，莫名其妙地加入一个小战队吧？

想找到队友还真是难啊……何遇心中叹息，有些无力地回到了自己的寝室。

新的学期就这样正式开始了。

一周下来，何遇将同班同学算是认识了个七七八八，不过更熟悉的还是高歌、周沫这两位浪7战队的队友，甚至连何遇班上的同学都认识这两位了——当每天课程全部结束的时候，或者高歌，或者周沫，或者两人一起，总会准时出现在他们教室的门口，然后把何遇带走。

“我们是去训练。”何遇开始还向同学解释，几天下来大家也都习惯了。对于需要队员如此认真勤奋训练的社团，大家都有些惊恐。

至于班上几个玩《王者荣耀》的同学，在这一周里也从王者荣耀社团或院系里听说了一些浪7战队的情况，再到看高歌时，已经不把她当美女了，纷纷露出敬而远之的神情。他们倒是同何遇一起打过匹配赛、排位赛，但他们的操作很快便让何遇断绝了要把他们发展成队友的心思。

第28章
铂金段位

这天照旧是下课铃一响，三班的门口就出现了高歌的身影，她倚着门框，一副严防死守的模样。

“至于吗，师姐？彼此之间能不能多点信任？”走向高歌的何遇有些无奈地说道。他没有过要缺席训练的心思，结果高歌总是一副防着他，怕他逃走的样子。

“我只是路过，顺便督促你珍惜时间。”高歌说。

“下次请直接路过。”何遇说。

“少废话了，快点走，今天我们五个人一起训练。”高歌说道。

“五个人一起？”何遇眼前一亮。自打开学那天之后，何遇就再没见过那两位所谓的临时队友，高歌也没有那把两人拉进浪7战队的微信群，何遇眼下都有些想不起来那两人叫什么名字了。但是深知这游戏中团队合作很重要的他对于这两人一直不跟他们一起练习还是挺担忧的，今天这两位临时队友竟然肯屈尊跟他们一起组队练习，可以说让他又意外又惊喜了。

“是啊，所以你还不动作快一点？两位大爷等久了可能就不伺候了。”高歌说道。

“走走走。”何遇马上加快了脚步。

学校没有提供浪7战队活动的地方，因此高歌他们每天都在寻找各种不会被人打扰的地方。今天的训练，他们又是借了院学生会的办公室。何遇和高歌到的时候，那两位果然已经等得不耐烦了，何遇在门口就听到周沫苦劝两人的声音。

高歌皱了皱眉头，脸上闪过一丝厌烦，抬手便推开了房门。

“来了，我们开始吧。”像是没听到之前屋里在说些什么，高歌大声地宣布。

“两位师兄好。”何遇一进来便朝这两位临时队友问好。至于周沫，何遇已经和他很熟了，不需要如此多礼。正苦劝两个临时队友的周沫看到高歌和何遇进来也松了一口气，扭回头又冲着两个临时队友道：“看吧，他们这不来了嘛。”

“那就开始吧。”两个临时队友的其中之一说道。何遇认真地想了又想，还是没能想起这二位的名字。

“我们先一起打一局匹配赛吧。”高歌说道。

“开。”两个临时队友之中的另一个人说道。

周沫飞快建了游戏房间，逐一邀请四人进入。何遇虽然想不起来这两人的名字，但总算在游戏里看到了他们的ID，一个叫“夜魔神”，一个叫“轻骑舟”。

两人的段位却不是之前周沫说的铂金段位和钻石段位，如今两人都是钻石段位，“夜魔神”是钻石三，“轻骑舟”是钻石五。

这当然算不上多么了不起的段位，但也足够让何遇肃然起敬了。倒是那两位看到进队伍的“何良遇”的段位才铂金一，顿时露出轻蔑的神情。

何遇经过这一周的单人排位训练，目前的段位就停留在铂金一。冲击钻石段位已有三天，他却还一直都没有成功。高歌告诉他，射手想要驰骋会考验操作，随着段位的提升，他已经慢慢体会到了。

在前中期，何遇凭借出众的发育意识带来的经济碾压通常都顺风顺水的。可进入到中后期，当游戏中的双方开始频频团战时，不管是低段玩家这说不清到底是会还是不会的意识还是其勇猛的操作都让他吃尽了苦头。

面对何遇操作的“可汗”凭经济优势带来的高伤害，他们依然不顾一切地向前冲；而何遇这时反应稍慢或是走位稍有不慎就会被推倒在地，可谓是，经济再高，脆皮也怕群狼菜刀。

想在这样的混战中生存并解决掉对手，需要出色的走位，何遇目前有这样的意识，但是他操作时仍无法做到这么精准，于是他果然遇到了高歌所预见到的问题。何遇自己也思考过，如果在这种情况下，他选择生存能力比较强的战士，再加上他日常拥有的经济优势，恐怕就不至于这么狼狈了。而脆弱的射手在没有足够精准的操作的情况下，就很容易死于这样的混战之中。

这个段位的玩家已经熟悉了游戏规则，虽然在意识和操作两个方面还谈不上有多强，但总有那么几个自己熟悉的英雄。

他们单兵作战时已经有一定的思路和章法，团战时就算没什么配合，只是拿出自己熟悉的英雄的常规打法，五人一起来疯抢“可汗”的人头时，何遇通常都是招架不住的。

想解决这个问题，在不指望队友的情况下，没有别的办法，只能练习。

通过成百上千乃至更多局的练习，将脑中的操作练成下意识的反应，形成肌肉记忆。这是一个日积月累的过程，没有捷径，也无止境。何遇向何良请教后，得到的就是这样一个答案。

所以何遇唯有继续练习。这些天，他开始将深渊大乱斗加入到自己的游戏内容中，只为磨炼自己在混战中的反应和操作。

深渊大乱斗这个只有一条兵线、五对五的游戏模式，可以说玩家的英雄从头到尾都在进行团战，何遇感觉挺适合让自己练习操作的。

何遇的努力，高歌和周沫都看在眼里，他们俩私下一致认为，如果不是何遇在排位赛中执着于用难度较大的“可汗”来磨炼自己，眼下早就升上钻石段位了。

而何遇所拥有的意识，其实在高端局中更有用武之地。低段玩家那些错误的习惯和操作，用正确的游戏意识去判断反而容易出差错。

就比如，何遇使用“可汗”的二技能百兽陷阱去限制对手走位，结果对手经常不走位，只是站着不动狂甩技能，于是何遇这凭预判施展的二技能反倒像是丢歪了一样，十分尴尬。

这种不怕对手强、反怕对手弱的状况肯定是不会持续太久的，所以高歌和周沫都是当笑话看，并不怎么担心。眼下看到李思杰和赵进然因为何遇的铂金一段位就有些看不起何遇，两人互看了一眼，都在心中暗笑。

他们有信心，在他们两个王者段位的账号拉高了难度的匹配赛中，更加如鱼得水的一定不是李思杰和赵进然这两个钻石段位的玩家，而是何遇这个铂金一段位的“新手”。

第29章 位置

比赛进入英雄选择界面。何遇没有急着下手。虽然在排位赛中他尽可能地使用“可汗”来打野或者走下路，但有时为了避免阵容太过极端，他偶尔也会用一些别的英雄。

再加上深渊大乱斗这个模式内玩家是随机选择英雄的，想要更换英雄的话需要花费钻石。何遇这个游戏账号是新号，可没多少钻石供何遇花费，何遇也是乐得在这个模式里尝试不同的英雄。

眼下并肩作战的是将要一同参加校级联赛的队友，大家都想获得胜利。而何遇也很清楚，以他现在意识不错、操作不行的情况，打辅助其实是他对队伍帮助最大的选择，所以到底选择什么位置，他还是要看队伍的需要。

何遇考虑得细致，李思杰和赵进然这两个临时队友却很干脆。进入英雄选择界面三秒不到，两人便已经“咣咣”两声选择完毕。李思杰选择的是法师“诸葛”，赵进然选择了刺客“阿轲”。速度之快，让何遇感到自己仿佛回到了青铜局。

而在看过两人的选择后，何遇更是愣了一下，望向高歌。他清楚地记得高歌和周沫两人的位置分别是中单和上单，眼下李思杰选择的“诸葛”

已经占了中单位，那高歌怎么办？

“我打辅助。”看到何遇望向自己的高歌说道。

“那我呢？”何遇问道。

“你？你不是用‘可汗’吗？”高歌说道。

“哇！”没等何遇回话，李思杰和赵进然两个就先惊讶地怪叫起来，“居然玩‘可汗’，你行不行啊？”

两人看起来还是有点游戏知识的，知道“可汗”是一个操作难度高的英雄，看到何遇区区铂金段位竟然要做出如此选择，两人的脸上写满了“不信任”三个字。

“打完你们就知道了。”高歌淡淡地说道，而后便选出了她要用的英雄“飞”。

“飞”是一个防御能力很强的坦克型辅助，保护队友的能力尤其出类拔萃。高歌选择“飞”，保护何遇的“可汗”的意图再明显不过。只是李思杰和赵进然两个也看不出来，不以为然地撇了撇嘴。这时周沫也选择了他要用的英雄“邦”。

“邦”也是一个坦克型英雄，能抗伤害，有控制技能，再加上大招统御战场的传送能力，让他拥有了全图支援的能力，2.2秒的时间他便可到达地图上己方任意一位英雄所在的位置。

高歌和周沫的选择，都不像是他们临时起意。何遇正思考高歌和周沫想玩什么套路时，李思杰的手机忽然响了起来。

“喂？什么？真的吗？”

“好的，我们马上过来。”

李思杰挂掉电话，却没有及时切回游戏画面，他一把抓住赵进然，激动地道：“老大晚上约了梦婕她们寝室联谊，让我们赶紧去！”

“那还说什么废话！”赵进然听完顿时也很激动，把手机揣进口袋就要出门。

“喂，你们俩！”周沫多好说话的一个人，看到两人眼下这举动，脸上都有怒气了。

李思杰和周进然看来却是连些许节操都没有了，脸上并没有任何不好意思的神情，李思杰嬉皮笑脸地说：“哎呀，今天我们俩确实是突然有事，改天，咱们改天再练习吧。”

“还改什么天，校内联赛没几天就要开始了！”周沫气结。

赵进然没接到电话，此时看来反倒更着急，脸色都不怎么好看了，他朝着何遇努了努嘴说：“那也不打紧嘛，咱哥俩的水平你还是清楚的，我们再不济也不会连个铂金段位的都不如，不是吗？你们好好练练他。”

“何遇的真实水平可不只是铂金段位！”周沫叫道。

“是不是真的？那咱们就抱他的大腿了，谢谢啊！”赵进然听了却并不相信，为了脱身也不和周沫争辩，一边说着，一边就已经去拉房门了。

“大家比赛见。”李思杰跟上，干脆就把比赛前说好的练习全给推了，跟着赵进然出了门。

匹配赛这时已经进入到了读取界面，“夜魔神”和“轻骑舟”加载游戏的进度条纹丝不动地停留在了1%。二人的账号被系统强制进入游戏以后，立即就有了他们离开游戏的系统提示。

何遇看看周沫，又看看高歌。

周沫一脸的愤愤不平，倒是平时看起来脾气比较大一些的高歌，此时却面无表情。

“这还怎么打？”周沫嘀咕着。

“试试喽。”高歌说道。

三人的英雄出发，各走了一路。高歌的“飞”这下也顾不上去当辅助了，成了一个中单。系统提示要不要让掉线的队友跟随，三人很默契地都没有理会。而后对方很快也发觉了何遇这边有两人掉线，早早地就开始团战。何遇这边只凭这三位英雄可以说是没有什么太强的抵抗能力，节节败退，连可以发起投降的六分钟都没坚持到，便输掉了这一局。

屋里继续着低气压。周沫一脸郁闷，高歌依旧面无表情。何遇习惯性地看了看最终的数据后，终于还是忍不住问出了之前听到时就立即想问的问题。

“周沫师兄。”他叫道。

“嗯？”周沫闷闷地应了一声。

“你刚才说我的真实水平不只是铂金段位，那你觉得我应该是什么段位呢？”何遇问道。

“啊？”周沫完全没想到何遇还在关心这个问题，一时间都没反应过来。反倒是一旁的高歌接过了话道：“打ADC，你就是铂金水平，但将英雄换成容错率高一些的战士，我觉得你打到钻石段位的问题不大。”

“我也这样认为。”何遇连连点头。

“我还没说完。”高歌说。

“你继续说，继续说。”

“你如果打野，那么这得看你用什么英雄。考验操作一些的英雄，比如‘露娜’‘百里玄策’，我估计你如果用这些英雄打野，那么你连铂金段位都打不到。不过相对简单一些的，像‘兰陵王’‘娜可露露’这种容易撤退的英雄，你熟悉一下，用这些英雄打到铂金段位的问题不大，说不定能上钻石段位。”高歌说。

“有道理。”何遇继续点头，他也是懂这游戏的，听完高歌说的，自然也有自己的分析和判断。

“你如果打中单，也是同样的道理。比较考验操作的英雄，如‘貂蝉’‘诸葛’之类的，你暂时也没戏。不过远程炮台类的话，凭你的意识和判断，说不定会比战士和刺客更出色一些。”

何遇想了想，再次表示赞同。

“再就是辅助了。”高歌接着说道，然后就看到何遇精神一振。

“看来你也知道，其实以你目前的情况，打辅助是最合适的。”高歌笑着道。

“是啊。”

“不过辅助的问题是没办法一个人带出节奏，所以大部分时候还是要靠队友配合。当然，一个优秀的辅助总归是能将队伍的胜率提高不少。所以我认为，你打辅助的话，或许已经能够打到王者段位，但是在王者段位能得到多少星，我就说不准了。毕竟在那种水平，我也还是一个学习者。”高歌说道。

“这样啊，那在接下来的比赛里，我要打辅助吗？”何遇听得心潮澎湃。对于位置他并没有特别的偏好。用“可汗”纯粹是为了练习操作，但是在打比赛时，他希望自己用的是对队伍贡献最大的那一位英雄。

谁知高歌却摇了摇头道：“不，你打ADC。”

“啊？为什么？我打辅助不是会更强一些吗？”何遇说。

“因为没人打ADC。”高歌说道。

第30章
高段练习

没人打ADC？

这话扔在何遇刚刚走过的青铜、白银、黄金、铂金局里必然是没人信的。据何遇的经验：第一，从来不缺射手；第二，经常会有两位射手；第三，偶尔会有三位射手；第四，甚至有过五位射手；第五，在发生第二、三种情况时，有很大的概率，在选择英雄的界面时，队伍里会爆发争吵。

结果到了浪7战队这边，居然没人打ADC……何遇觉得浪7战队招新人的时候，真该把这句话当成最重要的宣传语。这句话肯定比“随便带个菜鸟路人，便可碾压皇朝战队”之类的宣传语更吸引眼球。

“对了。”听到没人打ADC，何遇又想起一件事，他看向高歌，“师姐，你不是打中单的吗？怎么打起辅助来了？”

“因为李思杰只会打中单。”高歌说。

“好吧。”何遇表示服气。

其实普通玩家大多不是只会玩一个位置，但他们的选择首先会遵从自己的喜好，有些人有自己喜欢的位置，有些人有自己喜欢的英雄。喜好的位置可以不局限于某一位英雄，喜欢的英雄可能分布在五个位置，所以普通玩家最终常玩的位置通常不止一个。再加上普通玩家大多不像职业选手有固定队伍和固定搭配，只会玩一个位置的话，如果与随机匹配到的队友位置重叠就很难办了。所以无论是从以个人娱乐为主的喜好角度，还是从追求胜利的实用角度而言，掌握一个以上的位置会给玩家带来更好的娱乐体验感。

不过何遇看了很长时间的KPL，职业选手在队伍里通常都有专门的游戏位置，而他们之后都会围绕打这一位置的不同英雄来进行练习，从而加深自己的英雄池，为战队的阵容搭配提供更多的选择。所以当何遇听到有人只会中单时，他还是能接受这种情况的。

其中，英雄池在游戏中用来形容玩家可以熟练使用的英雄多寡。英雄池深，代表玩家可以熟练使用的英雄多，反之亦然。

当然，“只会”一词放在职业选手身上，那就是“专精”。凭他们对游戏的研究和理解，几乎不存在普通玩家“完全不会某个位置”的情况。

“这样的话，我们的队伍能走多远呢……”看着眼下的队伍状况，何遇忍不住问道。

“走一步算一步，我们尽力而为吧。”高歌说道。

“真希望战队能再有两个靠谱的队友！”周沫感慨道。

“‘再有’？师兄的意思是我已经算靠谱的队友了吗？”何遇笑得有点合不拢嘴。

“你的关注点总在这些地方吗？”周沫有点哭笑不得，随即看向高歌。高歌微微笑了笑后点头道：“目前看来，你还算靠谱。”

“谢谢。”何遇顿时更开心了。这下周沫可就没话说了，哪怕是前面有一个“目前看来”这样的限定词，这句话也是周沫在这四个学期以来第一次从高歌口中听到的认同。在此之前，在浪7战队尝试过的人的数量没有一百也有几十，别说认同，就是高歌的笑容他们都很少见到，否则，高歌在校内王者圈的名声何至于被传得那么可怕？

而现在，他们终于有一个被高歌暂时认同的队友了。一想到这里，周沫忽然就没有那么垂头丧气了。相比起以前，现在的情况已经好很多了。上学期的时候，不仅高歌玩不了中单，周沫也因为临时找来的队友一定要玩上单而不得不让出上单的位置，最后在打野位上玩得很差，羞愤得差点当场卸载游戏。所以，比起以前，现在的情况真的已经很好了。

周沫精神一振，立即就又组建了游戏房间，他邀请高歌和何遇，道："那就我们三个人一起来打匹配赛练习一下吧。虽然常说匹配赛和排位赛不是一个游戏，不过，让我们俩开小号陪你去打铂金局排位赛的练习效果怕是还不如我们两个王者带你打匹配赛。"

"我可以借一个账号跟你们一起打排位赛练习啊！"何遇说道。

"哦，你借得到？"周沫惊喜地道。

"你是不是傻了？"高歌白了周沫一眼，随后朝何遇点了点头，道，"你去借吧。"

"嗯？哦！"周沫这时也反应过来了。人家可是有一个前职业选手的亲哥哥，王者段位的账号算什么？就是没有，何良也可以分分钟给你打一个王者段位的账号出来。一想到这儿，周沫真是羡慕极了。他感觉何遇就像是武侠小说中那种有底蕴有传承的世家的儿子，姓氏一定都是好听的复姓，比如南宫、慕容、上官之类，出场都带特定的背景音乐。

"哥，借一个游戏账号给我。"何遇这时已经给何良发去消息了。

"嗯？"何良回复。

"我想用高段位的账号跟队友一起去打高段位的排位赛练习一下。"何遇说。

"加油。"何良也不多问，跟着便发了一组账号、密码。

何遇退出了自己的账号，登录了哥哥给自己的账号，ID为“良风有幸”。这是何良自己的私人账号，早在他进入职业圈前就在用了。他成为职业选手后，正式比赛所用的账号都是KPL方面提供的比赛服专用账号，他在那时把自己的ID改成了“良风”。退役后他曾向何遇自嘲，自己或许是改错了ID，把“有幸”两个字去掉，那不就成了“不幸”了吗？

何遇当时没笑出来，此时看到哥哥这个还带着“有幸”二字的ID，他的心里也不由得有点泛酸。他又特意切出游戏，点开微信，回了哥哥一个“努力”的表情。

“ID‘良风有幸’，加一下好友。”重新切回游戏的何遇说道。

“好的，好的。”周沫动作飞快。他对职业圈和职业选手可是特别向往的，何良虽然是前职业选手，但能加这么一个好友，周沫依然很激动。

“好了。”通过了高歌和周沫的好友申请后，何遇说道。周沫这边早已建好了游戏房间，开始邀请二人。

游戏眼下刚开始了新的赛季。每赛季结束后，玩家的段位都会有一定幅度的掉段，让玩家重新上分。高歌和周沫的账号都刚打上王者段位，何良大概还没在新赛季玩过几局游戏，此时他账号的段位是至尊星耀三。

虽然这是一个非王者段位的账号，但并不影响它和两个王者段位的账号一起组队。等高歌和何遇都进了游戏房间后，周沫立即点了开始按钮。

“现在是赛季初，王者段位的还不多，说不定我们会撞到认识的人。”看到等待时间有一点长，周沫说道。匹配队友的时间较长意味着此时准备打排位赛的玩家并不是很多。

“咱们认识的那些人大概都会五个人一起打排位赛吧。”高歌说。

“也是。”周沫说道。除了他和高歌，校内哪个王者段位的玩家还没有固定的五人队？而校内王者段位的玩家不太可能像他们这样三人组队打排位赛。

“我们练我们的。”高歌说。

“嗯。”何遇和周沫一起点了点头。等了一会儿，他们终于进入了比赛。钻石段位以上的排位赛就是征召模式了，有BP规则，虽然和职业比赛稍有不同，但何遇还是习惯多了。有BP环节，那玩家在选人阶段就要有一些针对性的思考了。结果高歌和周沫看起来却没理会这么多，处于一、二楼的两人不抢输出位也不抢打野，一个玩“邦”，一个玩“飞”，延续了他们之前练习局时的选择。

“我选‘可汗’吗？”三楼的何遇问道。

“嗯。”高歌点头。

于是三楼的何遇选定了“可汗”。留给四、五楼队友的就是中单和打野了。四楼和五楼的队友也没说什么，最后四楼选了“拳僧”，五楼选了法师“貂蝉”。

对方五人的阵容这时也已经敲定：上单“哪吒”，中单“良”，ADC“孙尚香”，辅助“鬼谷”，打野“雅典娜”。

“你怎么看？”高歌问何遇。

“打后期，我觉得我们优势要大很多。”何遇说。

“期待你的表现。”

“我会加油的。”

阵容敲定，系统进入最终的倒计时后开始载入王者峡谷地图，对方五人的ID纷纷呈现在三人眼前。作为物理系大三的学生，高歌立刻注意到了对方“雅典娜”的ID。

“‘薛定谔的猫’？”她嘀咕了一下。

第31章

薛定谔的猫

“薛定谔的猫”是物理学家薛定谔提出的一个著名的思想实验。物理系的大三学生不至于对这个名词陌生。不过注意归注意，高歌倒也没有因为一个ID就产生过多的联想。

游戏里的ID千奇百怪，由来更是五花八门。ID叫“薛定谔的猫”的玩家不一定对量子力学感兴趣，也可能只是因为喜欢猫。ID叫“君莫笑”的也不一定读过《凉州词》，也可能是看过《全职高手》。

比赛很快正式开始。

这局排位赛可就与何遇到目前为止经历过的低段位的排位赛不一样了。玩家该有的意识都已具备，哪怕是陌生人也会有一些基本的默契。

“你先自己走。”高歌对何遇说了一声后，“飞”并没有跟着“可汗”去下路，而是跟着己方的“拳僧”去了己方蓝区。“拳僧”也是心领神会，知道“飞”过来是防止对方反蓝。不像何遇目前在低端局中遭遇的那些打野，一旦有己方英雄跟着他进野区就疯狂点撤退，生怕被分走了野怪经验……

这时上路周沫的“邦”已经占据了河道视野，中路的“貂蝉”也会玩，躲在中路草丛，给了队友中路野区隘口的视野。如此一来，对方如果反蓝，无论走哪条路线都会被发现。守了30秒后，没有发现对方英雄从两条路线出现，高歌已经准备撤离，何遇忽然来了一句："小心暴君坑。"

"哦？"高歌听何遇这一声提醒，也警觉起来。对方打野是"雅典娜"，ADC是"孙尚香"，"雅典娜"的二技能贯穿之枪和"孙尚香"的一技能翻滚突袭都可以让"孙尚香"移动穿墙。这两位英雄若是要进攻对方蓝区，可以不走左右隘口，而是直接翻过暴君坑的围墙切入。

本准备撤走的高歌如此一想，立即让她的"飞"朝上方移动，结果对方英雄并没有从暴君坑翻墙过来，而是出现在了中路"貂蝉"盯着的那个路口。

不好！

高歌心里生出这一念头时，中路"貂蝉"也已经意识到情况不妙了，急忙向后撤退，结果对手已经猜到"貂蝉"在草丛中，"鬼谷"直接闪现跳进了草丛，玄微子刚好集结完毕，"鬼谷"将"貂蝉"拉了回来并让"貂蝉"眩晕了一秒。"雅典娜"早用贯穿之枪蓄好了一个枪刺，猛地冲了上来，"孙尚香"也用了存好的翻滚突袭技能，一炮加一次普通攻击打了上来。

这两位英雄的技能都可以提前释放，卡一下冷却时间的，这两位英雄发起攻击时，技能已经冷却完毕，两位英雄又一起发动了攻击，再加上对方有中单"良"帮忙，近在咫尺的"飞"想去支援也已经来不及了，"貂蝉"几乎是在刹那间被击杀的，一血被对方打野的"雅典娜"拿下。而对方几乎没有遭受任何损失，高歌见状也不敢让"飞"再上前，眼睁睁地看着对方打野、辅助和中单一起溜向了对方的红区。

"不好守。"何遇说道。

"弃了。"高歌很无奈地道。

“貂蝉”阵亡让对方获得了暂时的人数优势，对方这轮针对野区的进攻，高歌他们已经没办法防守了。打野“拳僧”发起集合讯号，开始向上方移动，“拳僧”是想趁对方针对己方野区时反攻对方野区，对方的下路此时只有一个“孙尚香”。

“哇，你们这样打，他们会来抓我吧？”何遇叫道。

己方“貂蝉”阵亡，己方其余三位英雄在上路集结，下路的“可汗”顿时十分孤单，在这种情况下，“可汗”就是死守在防御塔下都没有用，对方人多势众，配合己方上单的话足足有四位英雄在这一侧，越塔强杀一个“可汗”简直易如反掌。

意识到这一点的何遇立即让他的“可汗”向二塔的方向移动，想在对方开始围剿他之前躲起来。只要他躲过这么一段时间，对方不可能一直在这里蹲守，只能各自散去。

“很有灵性嘛。”看到何遇的“可汗”在向后方撤离，高歌由衷地赞扬了一句。

“还好，还好。”何遇谦虚了一下，哪知话音方落，上方隘口突然蹿出了“雅典娜”的身影，没等何遇做出反应，一记贯穿之枪强化后的枪刺就已经刺到了“可汗”的身上。

何遇顿时感到了绝望。眼下这状况别说是他了，就是顶尖的职业选手来操作，也没有办法让一个刚刚达到二级的“可汗”在“雅典娜”已经突进的情况下逃跑或反击。

闪现吗？

这念头在何遇脑中只闪了一秒便被他否定了。“雅典娜”的技能机制不是“可汗”光用闪现就可以摆脱的，更何况眼下“薛定谔的猫”的操作极其流畅娴熟。“雅典娜”的枪刺刚刚命中，冷却时间已结束的贯穿之枪便已经施展出来，眨眼的工夫又是一记枪刺扎来，跟着一技能神圣进军把“可汗”击退两步，同时减少了贯穿之枪四秒的冷却时间，接着……

没有“接着”了。可怜此时的“可汗”连“雅典娜”一套完整的连招都接不下来，被神圣进军突进命中后就已经倒地。“雅典娜”施展着刚冷却好的贯穿之枪迈过“可汗”的尸体扬长而去。

“这个人好厉害啊……”何遇对高歌说道。

“‘可汗’被‘雅典娜’突击中是没有任何胜算的。”高歌这样对何遇说道。

“我知道，但我觉得我刚才无论是遇到什么英雄恐怕都没有胜算。”何遇说道。

“对方这么秀？那我倒想领教一下了。”高歌说完这话的时候，他们也已经搜刮完了对方红区。虽然红怪早已被击杀，但能拿两个小怪兽也是聊胜于无。对方的“孙尚香”也是孤身一人，不敢来野区防守，只在塔下徘徊着。

“我们上吗？”高歌问周沫。

“看‘拳僧’。”周沫说道。

话音刚落，“拳僧”已经给出了发起进攻的讯号。于是周沫的“邦”站位塔前，高歌的“飞”和打野“拳僧”绕向塔后。

“我先扛塔。”周沫说着开启了“邦”的一技能霸业之盾，一面护盾笼罩住了“邦”；跟着二技能双重恐吓开启，“邦”蓄力朝着塔下冲去。

技能双重恐吓命中目标是有眩晕效果的，塔下的“孙尚香”开始疯狂走位让周沫无法轻易出手。塔后高歌的“飞”和打野“拳僧”就在这时冲了进去。“飞”使出一个二技能守护机关，又为队友加上了一面护盾，“拳僧”则施展了一技能真言·无相，一记冲拳轰中了“孙尚香”，造成

0.5秒的击飞效果。

周沫也看准了这次机会，“邦”蓄力结束的双重恐吓终于释放出来，一剑劈中“孙尚香”，造成一秒眩晕。

这样连续的控制让“孙尚香”毫无还手之力。“邦”飞快引爆了霸业之盾的护盾，“拳僧”一记真言·明王，五拳连锤，“孙尚香”毫无悬念地被击杀了。

“还好我们换到一个人头。”周沫说道。

“可我亏了兵……”何遇说道。

“孙尚香”是在清完了这拨兵线后才被他们越塔围杀的，何遇的“可汗”却因为想躲围杀还没去清兵。一拨兵线差不多相当于一个人头的经济。双方看似各丢了一个人头，但考虑到这一拨兵线，何遇他们差不多可以算是死掉了两位英雄。

“不急，我们慢慢来。”高歌说道。“飞”和“拳僧”一起朝下路转移。对方的中单“良”这时已经回到中路，上单则带着兵线在推塔，打野和辅助却暂时不知所踪。

第32章
重要的蓝BUFF

“你小心。”看到“可汗”复活，高歌提醒了何遇一声。目前小地图上不见对方打野和辅助的身影，因此不排除这两位英雄在“可汗”奔赴线上的途中埋伏的可能。

“‘雅典娜’应该是去拿蓝BUFF了吧？”何遇猜测。“雅典娜”攻击对方英雄靠的是连续不断的技能、走位加枪刺突击，法力消耗快，技能冷却的时间越短越好，所以“雅典娜”是一位相当依赖蓝BUFF的英雄。“薛定谔的猫”开局便让“雅典娜”拿了红BUFF，然后让“雅典娜”冲进何遇这边的红区，继续拿下红BUFF，一直没去拿蓝BUFF，此时，“雅典娜”的法力照理应该所剩无几了。

但是想到这儿，何遇微微怔了一下。“雅典娜”最近一次应该就是在击杀他的“可汗”消耗了蓝，当时，“雅典娜”的法力还有多少呢？

何遇并没有留意这一细节，只是多年观看比赛养成的习惯让他脑中依稀对此留存了一点印象。“雅典娜”击杀了他的“可汗”后，蓝条上似乎还有一点蓝？所以“雅典娜”埋伏他的“可汗”还是有可能的。

何遇没有继续猜想下去，他选择用“可汗”练手，很大一部分也是因为这位英雄的一技能鹰眼可以让他的意识有更大的发挥空间。“可汗”走出泉水时，一只猎鹰已经放出，直飞对方蓝区，这一路的视野顿时被照亮，结果猎鹰发现对方蓝区的蓝怪竟然还好端端地蹲在那里。

己方“拳僧”一看对方蓝怪竟然还在，顿时有点兴奋了，立即给出标注示意大家一起去抢这蓝BUFF。对于一个己方野区已被清空的打野来说，这个时候的处境是比较尴尬的，因为他处于一种无事可做的阶段。此时发现对方的蓝怪竟然还在，这对他而言无异于发现了新大陆。

“你也来。”高歌对何遇说道。

“哦。”于是何遇的“可汗”没走下路，而是调转方向去和队友会合。如此他避开对方的埋伏，与队友一起进攻对方蓝区，或许可以一举扭转开局落后的局面。

这个思路是没有错的，可何遇总觉得有什么地方不对。这局已经算是高端局了，所有人都应该深知这是一个推塔游戏，而不是杀人游戏。杀人不是最终目的，只是获取最终胜利的方式之一。眼下再埋伏自己真的很重要吗？就算再杀他一次，“雅典娜”势必也会耗尽法力。然后呢？回城去补状态，还是再回蓝区靠普通攻击慢吞吞地拿蓝BUFF？无论哪种，都会浪费不少时间，让“雅典娜”的节奏被迫中断，绝对不是明智的选择啊！

蓝BUFF！

“雅典娜”这个时候最重要的事就是尽快获取蓝BUFF，这样“雅典娜”才能继续舒服、流畅地带领全队的节奏。这个道理，看来这个“薛定谔的猫”不懂呀！

这也是何遇长期看比赛养成的习惯。眼下，轮到自己打比赛了，他还有心思为对手感到遗憾呢。

他拉动视角看了一下中路，对方的“良”退守塔下，己方的“拳僧”正迈着欢快的步伐朝着对方蓝区冲去，河道里的草丛似乎都感受到了他的雀跃，轻轻摇曳着。

你丢掉的可不只是一个蓝BUFF呀！何遇心里还在感慨，但是紧跟着，他就注意到了“拳僧”的脚下。

一圈蓝色的光环，正是“拳僧”在击杀了己方蓝怪后收获的蓝BUFF，此时已经差不多要消失了。

蓝BUFF?

嗯?

蓝BUFF!

“小心草丛！”何遇突然叫出声，与此同时，轻轻摇曳着的河道草丛中，“雅典娜”已经猛然冲出!

枪刺!

早已准备好的一记枪刺猛然扎中了“拳僧”！

“拳僧”的反应也不慢，立即就想使出技能真言·无相。可是“雅典娜”的身旁还跟着冲出了一道虚影，正是施展了一技能的“鬼谷”，“鬼谷”同时开启二技能万物有灵，这时玄微子正好集结完毕，“拳僧”没来得及用技能便已经被拉扯，被眩晕了。“雅典娜”又以技能贯穿之枪一步跳开，跟着反身便是又一记枪刺，在破空声中再次狠狠地扎到“拳僧”的身上。

守护机关!

高歌的“飞”比“拳僧”慢了几步，也正是这几步让“飞”逃过了“鬼谷”的控制。此时，“飞”使出二技能，先给“拳僧”加上了一面护盾，跟着便是一技能画地为牢，“飞”挥出手中长矛，想把“雅典娜”和“鬼谷”都驱赶开。

结果，“鬼谷”被这蛇矛给扫开了，“雅典娜”却在这蛇矛扫来之前先使出了技能神圣进军，手举着盾牌将“拳僧”朝自家中路的塔的方向顶过去。

神圣进军可以为“雅典娜”生成一面持续一秒的护盾，有这护盾在时，“雅典娜”可以免疫所有控制效果。“飞”画地为牢的蛇矛正好扫到这护盾上，击退无效！

真言·无相！

“拳僧”这时终于从万物有灵的眩晕中清醒过来了，愤怒地挥出了先前没能出手的这记冲拳。结果“雅典娜”再次赶在了“拳僧”前面，被神圣进军减少了冷却时间的贯穿之枪再次出手，“雅典娜”先一步跳开，“拳僧”这记带击飞效果的冲拳很遗憾地打了个空。

结果这“拳僧”的操作倒是一气呵成，技能真言·无相虽打空，二技能真言·明王却已经跟上，他对着空气挥出了五拳，在空中写出了大大的“尴尬”二字。

就在这时，“雅典娜”的第三记枪刺已呼啸而至。

这一击枪刺触发了贯穿之枪的被动效果：连续三次对敌方英雄使出枪刺将贯穿该英雄，造成目标已损生命25%的物理伤害！伤害达到了一个新的高度。“拳僧”可不是脆皮英雄，释放技能可获得真言效果，每层都可增加80点物理防御。奈何这番交手接连被控制，等“拳僧”技能出手时，“雅典娜”两记枪刺加一个神圣进军的技能都打完了。而“拳僧”身上一直带着的，却是“鬼谷”的一技能先知·神隐，降低了“拳僧”25%的物理和法术防御……

等“拳僧”打出两层真言防御，等“飞”的守护机关落到他身上时，“拳僧”该承受的伤害其实都已经承受了。最后这记贯穿之枪的第三记枪刺又带有超高的被动伤害，直接将“拳僧”扎倒在地。

蓝尽！

将“拳僧”击杀的“雅典娜”彻底耗尽法力，“拳僧”身上原有的蓝BUFF这时却已被“雅典娜”获取，“雅典娜”飞速恢复着法力，手提长枪站在中路。己方的中单“貂蝉”本想冲出塔支援队友，此时果断使出一个二技能后移，重新撤回了塔下。

撤退。

高歌发出了信号。

“‘薛定谔的猫’确实很强。”她对何遇说道。

这个名叫“薛定谔的猫”的玩家到底有多强，接下来的12分钟里，何遇、高歌和周沫才真正领略到。

因为蓝BUFF对“雅典娜”来说确实很重要，没有蓝BUFF的“雅典娜”在很多玩家眼中根本是没有办法玩的，所以在从“拳僧”身上拿到蓝BUFF后，这个“薛定谔的猫”才真正开始他的表演。

第33章
强无敌的对手

首先是己方上路。看到“雅典娜”过来游走，周沫故意让自己的“邦”在塔外晃荡。他倒是没想着能击杀“雅典娜”，只是仗着自己是一个坦克英雄，想领教一下连何遇和高歌都认为“很强”的对手的实力。他觉得凭借“邦”的技能和生存能力，他还是可以做到在发现情况不对时及时抽身退走的。但是当他施展“邦”的二技能双重恐吓，“雅典娜”却以一个恰到好处的贯穿之枪走位避开时，周沫便知道自己错了。

长枪狠狠地扎在了“邦”身上，跟着神圣进军的突进让周沫眼看着自己的“邦”与自家的防御塔渐行渐远。他慌忙开启霸业之盾，只为多抵消一些伤害，“雅典娜”却已经又以一个贯穿之枪拉开了和“邦”的距离，威风凛凛地堵在了“邦”的退路上。

闪现！

周沫立即施展了召唤师技能闪现，“邦”瞬间移动到了“雅典娜”的身后。

“唉——”然后他就听到身边两个家伙齐齐发出一声叹息。

“闪现用早了。”

伴随着何遇的点评，“雅典娜”枪刺出手，破空的呼啸声让人心悸，

“邦”的霸业之盾瞬间便被击破。

但是闪现终究还是拉近了“邦”和防御塔的距离，此时“邦”离防御塔已经没剩几步了，生命值还有挺多，看起来安全得很。

可惜与那记枪刺一起命中“邦”的还有召唤师技能寒冰惩击。

寒冰惩击有两秒50%的减速效果，再加上“雅典娜”身上红BUFF的效果，此时“邦”逃回防御塔的速度慢得周沫恨不得抽两鞭子。

“雅典娜”却已在原地高举起了盾牌，将自己包裹在了圣光之中。“雅典娜”使出大招敬畏圣盾，立于原地获得一个可以抵免伤害的护盾，1.5秒后圣盾碎裂，对“雅典娜”攻击范围内的敌人造成伤害并减慢敌人50%移动速度。

通常状况下，1.5秒的时间是足够“邦”逃出“雅典娜”这圣盾碎裂的伤害范围的，可眼下“邦”被减速两秒，慢如乌龟的移动速度让周沫绝望得眼泪都快掉下来了。他只能眼睁睁地看着他的“邦”被溅了一脸的圣盾碎裂后的圣光，受了伤害又被减速；更要命的是，“雅典娜”的大招和一技能一样，一旦命中目标贯穿之枪的冷却时间就会减少。

于是又一记贯穿之枪，让“雅典娜”紧随在“邦”身后，紧接着自然是毫无悬念的又一记枪刺。这已是“邦”受到的第三记枪刺，贯穿带来的斩杀效果让周沫的心彻底凉了。“邦”还没死，而且也终于跑回了塔下，但是这已经没有什么用了。

拥有蓝BUFF且已达到四级的“雅典娜”技能循环只会更加连贯，此时一技能神圣进军的冷却时间转眼就过了，“雅典娜”直接追到塔下，神圣进军突向“邦”，于是贯穿之枪的冷却时间又结束了，“雅典娜”追击，枪刺……“邦”终于倒在了塔下，“雅典娜”转身走人。神圣进军撑起的护盾帮“雅典娜”抵挡了一次防御塔的伤害，最终“雅典娜”也没受多大损伤，就这样单刀匹马地杀了“邦”。

“薛定谔的猫”果然很强。

这话高歌刚刚已经说过一遍了，再重复就有些没新意了。周沫端着手机，神色尴尬，不知说什么好。“雅典娜”的表演却刚刚开始，击杀“邦”后的“雅典娜”转而攻打暴君。高歌倒是猜到了这一点，却也无计可施，“飞”在一边徘徊，试图干扰一下。“雅典娜”却理都不理“飞”，配合着“孙尚香”，当着高歌的面就把这暴君给击杀了，跟着转身朝下，又是当着高歌的面，直接就要再攻打“飞”家的蓝区。

蓝区的蓝BUFF此时刚刚刷新，“雅典娜”无疑是将时间都算好了。“雅典娜”从隘口突进，“孙尚香”也从暴君坑外翻墙过来跟上，中路“鬼谷”和“良”的身影也同时出现。

“良”的身上竟然还带着蓝BUFF!

看来“雅典娜”没去打自家蓝区野怪，全部都让给自家中单了。“良”眼下也已经到了四级，可以用大招言灵·操纵强行控制目标两秒。这让高歌一点防守的心思都没有，直接发起了撤退的信号。

复活赶来拿BUFF的“拳僧”却还有点不死心，跑去野区挣扎着看了几眼，见到对方的阵势后，也一言不发地溜走了。倒是中单“貂蝉”，作为一个同样极度需要蓝BUFF的英雄，对蓝BUFF的渴望自然也是非比寻常，“貂蝉”偷摸着从塔下钻进草丛，想试试看能不能抢到最后一击，结果最后一击打了个空，飞出的花球同“雅典娜”的枪刺一起冲回了“貂蝉”的怀抱。

“貂蝉”慌忙用二技能位移跳回塔下，“雅典娜”紧追不舍，直接追进塔来。两个美女英雄在塔下你跳完了我来跳，仿佛在表演。只是没多久演出就已经结束——以“雅典娜”迈过“貂蝉”的尸体离开谢幕。

“我们挡不住了……”高歌叹息道。从对方杀暴君，到对方进攻蓝区，再到越塔强杀“貂蝉”，高歌的“飞”始终都在附近，奈何没达到四级，什么也做不了。

欺负完“貂蝉”的“雅典娜”随后开始入侵何遇这方的红区，“鬼谷”看起来已经成了“雅典娜”最忠诚的小弟，紧随左右。

“到你了。”像是发布死亡通知书，高歌对何遇说道。

“‘雅典娜’的状态不是很好。”何遇说道。毕竟刚刚“雅典娜”是越塔强杀“貂蝉”，“雅典娜”此时的生命值不到一半。

“你有想法？”高歌问他。

“没有想法。能让我和‘哪吒’安静地对线，我就谢天谢地了。”何遇说。

“别做梦了，你等着死吧。”高歌说。

“师姐你就这样眼睁睁地看着吗？”何遇一脸绝望。

“我是真的没有办法。”高歌也很无奈。己方从射手到打野到上单再到中单挨个被“雅典娜”拿人头，可以说是集体爆炸。高歌看不出眼下可以从哪个点扭转局面。“貂蝉”和“可汗”都是比较需要发育的后期英雄，但从这“雅典娜”的举动来看，显然“薛定谔的猫”并不准备打后期。“雅典娜”越塔都要强杀“貂蝉”，接下来怕是也不会放过“可汗”。两个输出位被打废，就算“飞”和“拳僧”达到四级，能在团战时打出完美的控制，可在输出位跟不上的情况下也于事无补。己方可能的胜机，都被“雅典娜”彻底摧毁了……

第34章 煮熟的鸭子

高歌意识到的问题，其实何遇心里也是挺清楚的，但正是因为这样，他才觉得压力大。

他的意识在高端局更有发挥的空间?

话是这样说，可事到临头，没有人比他更清楚：没有合格的操作，意识再好，也根本没有发挥的余地。

就比如先前“可汗”丧命的那一次，“雅典娜”的枪刺攻向他的“可汗”时，思考后再作应对？根本没有这样的时间。在那一瞬间，何良告诉他的才是真理：将操作练成肌肉记忆，练成下意识的反应。

慢悠悠的意识决断，在大节奏上可以起到作用，可在这种短兵相接的时候，意识不仅要反应出来，还要下意识里就能根据经验和意识做出正确判断；更重要的是，这个判断不是只要在脑中过一下就行，而是要同时体现在操作上。

何遇现在便只停留在前半部分，他只有下意识的判断，他的判断与他的操作是分离的，等他准备动手的时候，他已经错过了最佳时机。

偏偏现在队伍需要他站出来。局面如此被动，作为输出位，他不能犯丁儿点错。

可眼下已经不是犯错不犯错的问题了，侵入红区的对方打野和对方辅助，转眼就会来下路杀“可汗”。对方上单“哪吒”显然已经收到了信号，就在塔外兜圈。这种时候一个“可汗”，纵然有防御塔庇护又能做什么呢？

回城？那需要读取进度条，怕是已经来不及了。

再像上次一样向二塔撤退？

在同样的地方跌倒两次，那还算什么高端意识。

没有办法逃走，自己就只能在塔下与敌人周旋。操作不是自己的长处，这种时候，自己要先一步想清楚对方会用什么样的方式来攻塔。

“哪吒”在塔外卡着兵线，无疑是在等打野和辅助的信号，然后先放兵线进塔。兵线进塔承受火力的瞬间，对方应当是先由“鬼谷”使出一、二技能后进塔。“鬼谷”使出二技能万物有灵，需要在两秒后玄微子集结完毕的瞬间接近目标，才能达到拉扯目标使其眩晕的效果。“可汗”如果被这个技能打中，那将必死无疑，再没任何回旋的余地。所以，让“可汗”躲掉“鬼谷”的拉扯是何遇的第一要务。

但是除此之外他也不能忽略“雅典娜”和“哪吒”，这两位英雄并不是一定要等“鬼谷”的万物有灵命中“可汗”后才有机会杀“可汗”。这只是最稳妥、高效的法子而已，此外对方还有很多种方式。对方的“哪吒”现在已经达到四级了，强行用大招乾坤·天降飞到“可汗”身边的话，基本是无解的。

“哪吒”的大招和“邦”的大招有点类似，施展后英雄可以全图移动，所不同的只是“邦”是根据队友的位置进行移动，而“哪吒”则是根据对手英雄的位置移动。传说中的千里追人头，就是“哪吒”常干的事。“可汗”现在状态是比较好，若是一个残血，“哪吒”怕是根本不等什么打野辅助就已经朝“可汗”飞来了。

如此将局面快速捋了一遍，何遇发现自己想要在这样的夹击下求生着实困难，要不怎么现在很多时候会出现无射手或者是射手去打野的阵容呢，实在是因为，在射手单枪匹马闯边路的时候，即使有防御塔的庇护，还是连生存都难以得到保障。像天择战队张时池那样操作出神入化的人才终究是少数。

自己尽力而为吧！

如此想着，何遇让“可汗”到防御塔前扫了一眼，看到对方的“哪吒”已经开始动手清兵了。

对方要来了！

何遇心下已经做好了准备，眼见自家小兵被“哪吒”击倒，对方小兵开始向前挺进。

一、二……

何遇心中默数着，就在兵线将要进入防御塔的那一瞬间，“可汗”的头顶响起一声鹰鸣，猎鹰盘旋着飞向了上空，照亮了周围区域的视野。

看到了！

何遇想提前知道对方将要进攻的方向，猎鹰腾空的刹那，他便已经看到防御塔上方草丛中“鬼谷”的身影。此时的“鬼谷”已经使出了一、二技能，与兵线一起向着塔内冲来。与此同时，“雅典娜”却是出现在了防御塔后方的边缘。

不是一齐从正面冲上来，也不是二人一起从塔后包抄，对方的打野和辅助赫然选择了兵分两路，这恰恰是何遇最不愿意看到的场面。

无论如何，先躲开“鬼谷”的万物有灵是第一要务。何遇的“可汗”一边急忙向后闪避着，一边还在小心留意着“雅典娜”的举动。

提前暴露了意图让“鬼谷”有些郁闷，可是技能已经开启可谓箭在弦上，不得不发。虽然“可汗”已经开始闪避，但有一技能40%的移动速度加成，“鬼谷”觉得自己还是有机会抓住“可汗”的。却不想就在这时，脚底“咔”的一声响，一个百兽陷阱突然弹了起来。

有准备啊！

“鬼谷”一愣，触碰到百兽陷阱，移动速度顿时又被降低了30%，所谓的移动速度的优势顿时不见了。抓住“可汗”已成奢望，此时，“鬼谷”所能做的，只能是逼迫“可汗”走位了。己方的“雅典娜”也预见到了这一点，开始向下移动准备伺机突击“可汗”。

谁承想“可汗”此时突然不跑了，反而向上移动。

难道“可汗”以为百兽陷阱是可以定身的吗？

“鬼谷”这样想着，顿时大喜过望，急忙调整移动方向。

给我留下！

“鬼谷”使出技能万物有灵，玄微子就在这时集结完毕，开始对攻击范围内的敌人进行拉扯。谁承想“可汗”竟然没有如“鬼谷”预料那般的被拉进怀中。“鬼谷”瞪大了眼，看到“可汗”已经跳进了野区。

闪现？

向上贴向墙壁，然后以一个闪现穿墙进入野区？

闪现是召唤师技能，“鬼谷”自己带的召唤师技能也是闪现。有这个技能在的话，“鬼谷”要去抓人肯定事半功倍。无奈这技能的冷却时间长达120秒，而且因为是召唤师技能，闪现不受英雄铭文和装备减少冷却时间的效果影响。“鬼谷”本局已经用过两次闪现，此时这技能尚在冷却中，没有办法使用，最后却是让这“可汗”用了闪现越墙逃走。煮熟了的鸭子又飞了，大抵就是这种感觉。“鬼谷”还有些不想放弃，绕墙追进野区，结果看到己方的“雅典娜”没有要跟随的意思，只得作罢。

“我真厉害！”看着逃出包围的“可汗”身影，何遇忍不住自我表扬了一声。

“不错不错。”关注了全程的高歌说道。她嘴上说是没有办法，可“飞”其实还是全速赶来下路，想要支援，结果就看到“可汗”越塔闪现。虽然“可汗”只是在悲惨地逃命，但她不得不说这样的求生欲对于一个输出位来说，是相当必要的素质。

“我们有没有机会反打？”何遇的“可汗”在中途遇到“飞”，己方没有野怪可打的可怜打野此时大概也是被迫地过来看看自己可以做什么，三位英雄聚首，何遇有点蠢蠢欲动。

“小弟弟你刚才不是在塔下拿了三杀，而是非常卑微地逃走了，这么快就膨胀了？”高歌说道。

“我们蹲在这埋伏一下呀！”何遇说。

“打打打！我达到四级了，随便支援你们。”被“雅典娜”单杀过的周沫此时报仇心切。

话音刚落，“哪吒”乾坤圈的标记突然出现在何遇的“可汗”的头顶上。

“‘哪吒’要往我这儿飞了！”何遇叫道。

但是下一秒，他头顶的标记便已经偃旗息鼓了。

“自恋了吧？人家只是看你一眼。”高歌说道。

“是‘我们’。”何遇纠正高歌。“哪吒”发动大招时，并不一定就要选择一个目标追击。用此大招获取敌人视野，再判断能不能飞冲才是常规操作。“可汗”此时蹲在草丛里，身边还有两个壮汉，这“哪吒”到底不是会三头六臂的那个真哪吒，立即就把神通收回去了。

“我们继续找机会发育吧。”高歌说道。

“难啊……”何遇叹息道。

他刚刚的闪现越墙跑确实是计算准确思维缜密，但对大局而言并没有任何作用。对方没有杀到“可汗”，却也顺势拿下了他们无人防守的下路一塔。就这个游戏的真谛而言，对方依旧是大获成功的，有没有拿到“可汗”的这一个人头，其实并不是特别要紧。

第35章 反击时刻

比赛继续，对方势如破竹，在推掉下路一塔后，看方向竟然还有顺势向前推进的意思。

这有点膨胀吧?

在草里蹲着的三位这下可有些看不下去了。他们三位英雄目前在等级和经验上都是落后的，要展开团战恐怕不是对方三位英雄的对手，但要合力守防御塔还是轻而易举的。对方的“哪吒”之前开了大招，明明已经看到他们就在这附近，可“哪吒”不退，反而还想拿塔，这是把他们三个当空气了呀!

“假的吧？”何遇正说着，一直都很憋屈的“拳僧”却最为不愤，立即跳出草丛朝己方下路二塔冲去。

“你小心呀！”何遇下意识地喊了一声，随即意识到“拳僧”只是路人，并不在身边，他没开语音对方是听不见的。于是何遇连忙用了一个一技能，放出了一只猎鹰去给“拳僧”照亮前方视野，刚好照到从下方隘口切上来的“鬼谷”。

朝二塔进攻果然不过是对方的诱敌之策，目的就是要引何遇他们来支援，然后在野区与他们团战。性急冲出的“拳僧”此时被对方抓了个正着，一、二技能一起释放的“鬼谷”一把就将“拳僧”给揪了过去。“雅典娜”的枪刺呼啸而至，“哪吒”也挥舞着三尖枪和混天绫攻了上来。至今还没到四级的“拳僧”没有任何还手的余地，蹲在草里的“可汗”和“飞”，各自准备了技能，最后却是不约而同地选择了放弃。“可汗”扔了一个百兽陷阱以示存在后，两人便匆匆朝着中路塔下撤离了。

“你们看戏？”躺尸野区的“拳僧”顿时有情绪了，发消息质问二人，并且把聊天频道换成了全部可见，似是要向对手证明不是自己不行，而是自己的队友太软弱。

何遇这要是第一天玩游戏，这会儿肯定觉得委屈。这不是他们不管，是他们已经没法管，“可汗”和“飞”上去也救不了“拳僧”，更打不过对方，只会徒增两具尸体。

不过有了这一周的游戏经历，何遇也已经习惯了游戏内的各种风气。正所谓一千个读者眼中有一千个哈姆雷特，因此一千个王者玩家心中就有一千个想法。每个人都觉得自己的想法是正确的，队友与自己想法不相同就是菜，就是软弱，就是蠢……

青铜局如此，白银局如此，黄金局如此，到了王者局，虽然大家在一定程度上可以形成一些默契，比如“拳僧”作为路人，开始时就和他们配合得还不错；可一到了有情绪、有分歧的时候，心态和青铜、白银段位的玩家也没什么两样。

对局中没有时间争辩，就算能争辩出个是非对错也没什么意义，事情都已经发生了。这种时候，玩家只能先认真打好自己的位置，再帮队友找回节奏。无论是有情绪的，还是思路有问题的，进到比赛里，大家有一点总归是一致的：想赢。

将比赛导向有利的局面，就是所有人共同努力的目标。

所以看到“拳僧”抱怨后，何遇可以说一点情绪都没有。“可汗”走中路的塔躲过对方在野区的围剿，又沿着安全的路线回到下路，收了一拨兵线。高歌的“飞”这时开始寸步不离地跟着“可汗”了，但在“可汗”收兵线的时候，又小心翼翼地走远，避免分走“可汗”的经济。

收了兵线后，何遇放出了一只猎鹰，猎鹰由中线飞向对方红区。

对方此时全队都打得很舒服，打野靠何遇这方的野区和人头收获巨大的经济，自家野区经济也就可以让给射手和中单，红、蓝BUFF更是分别给到了这两个位置。这一只猎鹰飞出，正探到对方“孙尚香”在拿红BUFF，辅助“鬼谷”则鬼鬼祟祟地躲在中路草丛里。

对方这是要开始针对中路了啊!

有“鬼谷”的先手，“良”的强行控制，“哪吒”的千里支援，“雅典娜”的爆炸连招，中路“貂蝉”就是躲在塔下都感觉不安生。

对方看来只是在等一个集结的时刻，一个击杀目标后可以顺势推塔的时刻。

这是在等兵线!

对方一直将节奏控制得很好，杀人从来都带着极强的目的性，尤其是打野“雅典娜”的每一次出手，都为他们的队伍博得了巨大收益。“雅典娜”首杀“貂蝉”拿下一血顺势攻入何遇这方的红区，再杀射手让何遇这方的红区彻底沦陷，转头在中路杀“拳僧”一举三得：摧毁对手的节奏、从“拳僧”身上取得蓝BUFF、将己方蓝区留给中单加速发育。

之后“雅典娜”转到上路杀“邦”，这确保了对暴君的控制。

“雅典娜”杀完暴君再入侵对手蓝区，凭借先期确立的等级、经济优势让对手束手无策，于中路杀“貂蝉”再入红区，于何遇这方的下路包抄“可汗”，没能击杀“可汗”大概是“雅典娜”唯一的失误，但最终他们还是推掉了“可汗”守着的下路一塔。

这节奏一路带下来，何遇这边可以说各线全崩。最难受的“拳僧”已经有了情绪，开始责怪队友。中路死过两次的“貂蝉”倒是没说话，但在“可汗”的猎鹰照出中路的“鬼谷”后，立即战战兢兢地向后退缩，大有弃塔于不顾的势头。

“中路或许是一个机会。”看到“拳僧”和“飞”都已经达到四级，何遇说道。

“这是不是机会，就看‘貂蝉’敢不敢了。”高歌说道。

两人的英雄从已方下路向中路移动，却没有马上露头，一起缩在了主宰坑背后的草丛中。

双方中路的兵线这时逐渐朝着中间会聚，一切如同先前在下路发生的，这就是暴风雨来临的前奏。当时的何遇只有一个心思，那就是保命，而眼下“拳僧”和“飞”都拥有了大招，总算让他们有了反攻的机会。至于输出不够，正好让防御塔来凑。对方强行攻塔，这就是他们的机会所在，只要“貂蝉”不要太软弱，敢吸引对方进塔强攻。

集合!

高歌在中路塔下发出一个信号。虽然她和何遇的英雄都还躲在一旁的草丛里，却只是为了躲避对方的视野。这次双方是要打的，高歌发出信号就是为了提醒队友。

中路，“貂蝉”本在一味地退缩，看到高歌的信号后，似乎领会了高歌的意图，开始微微向前站位。

中路双方的兵线在这时开始接触，“貂蝉”并不出塔，眼睁睁地看着已方小兵被对方不紧不慢地击杀，而后对方小兵开始向前，“良”在后方掩护。

这就到了双方比拼演技的时候了。只见“貂蝉”犹犹豫豫，向前又不是太敢的模样，始终不往防御塔的外围走，就在塔下丢着花球。“貂蝉”看到对方并没有进一步上前的意思，似是胆子大了些，又朝前踏了两步。

时间拖延得太久，小兵被击杀，击杀了“貂蝉”也无法推塔，失去了进攻的意义，对方显然不想如此。这时，“鬼谷”终于从草丛中冲了出来，熟悉的配方，是那道透明的身影；不一样的味道，是不止一道透明的身影。

连高歌的“飞”都已经达到四级，更何况是对方的“鬼谷”。

此时“鬼谷”冲出，发动二技能万物有灵的同时开启了大招先知·雾隐。这大招是让周遭队友一起被“鬼谷”的玄微子包裹，一起进入伪装状态，且提升移动速度。“鬼谷”这次可不是单枪匹马地行动，而是带着队友一起火速冲了过去。

有所准备的“貂蝉”反应极其机敏，立即使出二技能向后退。

可是这一次的“鬼谷”除了有大招，闪现也已经冷却完毕，“鬼谷”干脆地使出闪现，朝着“貂蝉”所在的位置瞬移过来。

拉扯!

“鬼谷”将时间算得相当准确，玄微子恰在这时集结完毕，朝着“貂蝉”而去。结果就在这时，“貂蝉”身上却有一个光圈扩散开来。

净化!

“貂蝉”这位英雄自己就有具有位移效果的二技能，所以一般不会选择闪现作为召唤师技能，而是会选择净化这个能解除自身所有负面和控制效果并免疫控制持续1.5秒的技能，以此让自己的舞蹈不会被对方的控制技能随意打断。

刚刚“貂蝉”使用的净化技能，便让“鬼谷”的万物有灵失去了效果。不过被“鬼谷”掩护的其他人这时也已经攻到了塔下，“雅典娜”枪刺的呼啸声已然响起，“良”的大招言灵·操纵却被“良”捏在手上没有马上放出，显然是在等净化的1.5秒免疫时间过去，“貂蝉”只凭自己一人依然没有任何活下来的可能。

“可惜，‘良’会玩！”高歌暗叹了一声，“良”的大招没有被骗出来着实有点可惜，不过眼下的状况已经可以接受了。

“传！”高歌唤了一声，开始了他们的反击。

第36章

意识的交锋

这一声“传”是高歌对周沫说的。周沫早就在全神贯注地准备着，几乎是高歌喊出这一声的同时，“邦”便已经发动了大招。

统御战场！

“邦”开始原地吟唱，不过BUFF在这时就给到了中路防御塔下的“貂蝉”。“貂蝉”的身上生出了护盾，使所受到的伤害减少40%。塔下“貂蝉”也在这时发动了大招绽·风华，在塔下铺开了法阵。

言灵·操纵！

对方“良”蓄力已久的大招在这时也终于释放出来了。

对于“邦”的大招传送，对方并不感到意外，“邦”这英雄的最大价值就是靠这个大招来体现的。不过眼下四位英雄集结冲塔，只靠“邦”的一个大招，他们并不认为会出现什么转机。“邦”传送的吟唱需要2.2秒，“良”大招的控制时间也有两秒。两秒时间，哪怕“貂蝉”身上带着“邦”大招给予的BUFF，也顶不住他们集中火力的攻击——被控制住的“貂蝉”可是没办法用自己的技能来走位攻击的。

但是，高歌的“飞”就在这时从野区中冒出了头来。

守护机关！

“飞”的二技能直接跳过墙头，飞入阵中，跟着“飞”便已经开启大招——狂兽血性！

由一声嘶吼形成的狂风卷出去，高歌发出这一大招显然也是精心挑选了角度的，在尽可能攻击到更多目标的同时，主要对准“良”，直接打断了“良”的大招控制。

她的目的达到了，对方发动攻击的四位英雄中，有三位英雄被“飞”的狂风扫中，尤其是“良”。“良”本来站在塔的边缘对“貂蝉”进行控制，“飞”这一声吼，直接将“良”吹进了防御塔内。

“良”的大招控制被打断了，“貂蝉”立即开始以二技能走位，以一技能丢出的花球，也尽可能朝着敌人密集的位置扔去，这敌人可不只是敌方英雄，还包括敌人攻至塔下的小兵。“貂蝉”的被动技能语·花印，在命中目标时叠加花之印记，叠加满四层后印记被触发，在恢复自身100点生命值的同时，无视防御，以及护盾，对周围敌人造成真实伤害，并减慢其90%的移动速度……

兵线让“貂蝉”的花印瞬间叠满，刹那间花印打出了足够的伤害。用了大招后的“飞”也进入魔种真身形态，原本防御能力强大的“飞”在魔种真身状态下，攻击能力也会变得十分突出。变身后的“飞”用一技能朝着对方英雄猛地砸去。

这些被“飞”大招打到的目标，不只会被击退，还会被眩晕1.5秒。对方承受了“貂蝉”和“飞”这一击的伤害，毫无闪避的余地。他们已经意识到这次进攻因为“飞”的后手已经彻底失败，眼下在想的已经不再是怎么打，而是怎么逃了。

结果就在这时，全场憋屈最久的“拳僧”从左方野区的草丛里施展一技能穿墙冲到塔下，这一拳便已经打到了“哪吒”，击飞“哪吒”0.5秒，跟着“拳僧”反身又一拳，施展大招真言·普渡。

这超强的一拳波及的范围极广，不仅“拳僧”身侧的“哪吒”被打中，连“良”“鬼谷”也同时被打中，一起朝一侧的墙上撞去。这一撞墙，顿时又被眩晕了1.5秒，完美地接上了“飞”大招的控制时间。对方这三位英雄差不多在三秒的时间里成了木桩。“貂蝉”继续在自己的法阵中疯狂攻击对方的英雄，“拳僧”使用二技能真言·明王，变身后的“飞”也是一拳接着一拳，“邦”终于被传送到中路，开启了抢人头模式。

何遇此时的处境有些尴尬。他的“可汗”紧随“飞”冲出，不过因为“飞”的技能推远了目标，让“可汗”一时间还无法发起攻击，还得再往前追赶几步。

结果“飞”大招的那一声吼，虽然攻击到了对方三位英雄，但是输出主力“雅典娜”在“飞”使用大招的刹那，利用自己一技能的护盾加走位生生地躲过了“飞”的大招，跟着用二技能贯穿之枪走位，何遇顿时就意识到不妙了。

“雅典娜”显然已经不准备再去塔下救队友，这是要冲自己来了啊!

这一瞬间，何遇算是表现了一把何为下意识的操作。仅差一步就会进入“雅典娜”枪刺距离的“可汗”一个急刹车，掉转狼头就朝后跑。“雅典娜”试着又追了一步，“可汗”立即钻进主宰坑后的草丛里。“雅典娜”没了视野，却还不肯放弃，继续向前逼来。

“可汗”穿越草丛后增加40%的移动速度，持续两秒，这是摆脱敌人追击的有利条件。“可汗”出了草丛后向下不远，又钻进红怪坑边的草丛，再加速后向下不远便是己方下路二塔。

这是何遇第一时间想到的脱身路线，可注意到“雅典娜”在“可汗”身后的走位后，何遇略一犹豫，“可汗”走出草丛之后并没有向下，竟然朝着右侧跑去。

“你干吗？”中路团战已经没有悬念，高歌这时都有闲暇关注一下何遇了，看到“可汗”出草丛后不往塔下跑，顿时愣住了。

“回塔没用。”何遇说道。

高歌随即看到对方“雅典娜”此时的位置，顿时也明白了。“雅典娜”追向草丛时的走位明显偏左，“雅典娜”是已经猜到了“可汗”会向二塔逃，所以打算从左边绕过去直接截杀“可汗”。“可汗”纵然有两片草丛加速，还是很可能被截到。到时“可汗”就算能挣扎着逃回塔下，可就这“雅典娜”领先的经济和操作而言，越塔单杀“可汗”怕也不是什么难事。

结果何遇竟然选择向右逃，这显然出乎“雅典娜”的意料。“雅典娜”立即反身又向右追，并不打算就这样放过何遇。

谁想何遇的动作再次出人意料，已经向右跑了两步的“可汗”忽然又回过头来朝左下路去。

“你又干嘛？”高歌再次不解。

“我们包围他！”何遇叫道。

中路塔下的战斗已经基本结束，“鬼谷”“良”先后阵亡，就只剩“哪吒”还在负隅顽抗，可在四位英雄的围攻下也不过多撑一两秒。这“雅典娜”就是技术再好、经济再高，也不可能同时敌得过这么多人。“雅典娜”追杀“可汗”，其实就已经是冒着一定的风险了，高歌他们随时可能将“雅典娜”围堵在野区之中。

不过依着“雅典娜”之前的思路，截杀“可汗”后从下路退走是比较万无一失的，结果因为何遇这出人意料的一会向右、一会向左的走位，“雅典娜”愣是僵在了野区当中，位置变得不上不下。这丁点儿节奏的丢失，便已经让“雅典娜”身陷困境。高歌和周沫听到何遇叫喊便已经领会到了他的意图，从上方堵来。“貂蝉”和“拳僧”虽听不到何遇说话，可就看眼下这局面也知道该怎么做了，便一起从下方隘口冲进野区。

“雅典娜”似乎已经意识到不对，继续向右上移动，这时的“雅典娜”已经不再想着去杀“可汗”，而是想用一技能从主宰坑中穿墙而过。谁承想就在“雅典娜”朝主宰坑的方向移动时，“啪”的一声响，“雅典娜”踩到了一个百兽陷阱，移动速度马上慢了些许。紧跟着“飞”和“邦”便已经出现在“雅典娜”的视野内，已经蓄起二技能的“邦”一剑斩来，“雅典娜”顾不得留一技能去穿越主宰墙，立即施展了神圣进军，用护盾挡“邦”这一剑的控制，走位拉开一点距离后，又顺势进了草丛，想让对方暂时失去视野。“雅典娜”哪里想到，这一进草丛，“啪”的一声响，又踩到了一个百兽陷阱。

“雅典娜”的身影顿时从草丛中暴露出来，“可汗”的箭矢已经朝这飞来。“雅典娜”施展贯穿之枪，试图逼近“可汗”，可这早在何遇的意料之中，“可汗”在“雅典娜”向右追来时就又向右退了，与“雅典娜”保持着一定的距离。“雅典娜”施展贯穿之枪时，“可汗”早已停止攻击又朝远处退去。

触碰过百兽陷阱的“雅典娜”的移动速度终究还是慢了一些，“邦”和“飞”相继赶上，让“雅典娜”彻底失去了追赶“可汗”的机会。“可汗”站定后继续攻击“雅典娜”，“雅典娜”这个带起对方全队节奏的核心人物，终于倒在了“可汗”的箭下。

第37章
含恨而终

“干得漂亮！”

一次零换四的团战胜利，让先前还在埋怨高歌和何遇的“拳僧”瞬间雀跃起来，头顶着这四个字的文字泡在原地连转了两圈。

见“拳僧”这副模样，高歌不禁笑了笑，尔后打开了游戏中的语音。

“大家能听到吗？”高歌问道。

正转着圈的“拳僧”明显身形一顿，一直沉默的“貂蝉”这时以迅雷不及掩耳之势发出了消息：“妹子？！”

疑问号和感叹号体现了“貂蝉”此时激动的心情。《王者荣耀》中的女性玩家其实挺多的，不过能在组队时遇到女性玩家并展开交流还是会让人兴奋起来。“貂蝉”一句话暴露了这个美人英雄背后的操作者其实是一个汉子。不过，眼下粗犷的“飞”身后的召唤师不也是一个姑娘吗？

这种情况在王者峡谷中并不稀奇，哪怕“飞”变身后有着野兽一般的外貌，都丝毫不会影响玩家对其身后召唤师展开无限美丽的想象。在听到高歌这清晰无误的女声后，“貂蝉”发出了充斥着感叹的消息，“拳僧”大哥也立即打开了语音，轻咳了一声后开启了礼貌得体的聊天模式。

“之前我打得有点上头，美女莫怪！继续加油。”“拳僧”大哥的语气听起来十分温煦。

“我们反野吧。”高歌有些煞风景地说道，明显心思只在这场比赛上，开语音纯粹是为了与路人交流，并不是为了交朋友。

“跟我走。”“貂蝉”这时也打开了语音，果不其然是一个男声。他立即听从了高歌的号召一边向着对方蓝区移动，一边继续套近乎：“妹子要蓝吗？”

“貂蝉”问“飞”要不要蓝？

何遇的手机差点没掉地上，这也太没节操了吧？极度依赖蓝BUFF的英雄“貂蝉”竟然要把蓝让给连蓝条都没有的“飞”？这还是属于《王者荣耀》范畴内的套路吗？

“你拿吧。”高歌说道，也是一脸无奈，对女性玩家比较热情的男性玩家她见得多了，但是热情到这地步的，说实话她也是头一回见。

“我去拿自家的蓝。”“拳僧”这时看起来还是一个正常玩家，看到家中野怪开始刷新，选择了正确的游戏思路。不过以“拳僧”走的姿势来看，“拳僧”背后的玩家是有点恋恋不舍的，英雄是分开了，可还在开着语音聊天呢！

“大哥你们关心一下我啊！”何遇欲哭无泪。“貂蝉”跟着“飞”去反野了，“拳僧”去收自家野区，“邦”回己方上路守兵线，他的“可汗”也有下路兵线需要处理。五人分头行事。可一道飘浮在半空中的身影像守护天使一般跟在了“可汗”的左右。

这当然不是真的守护“可汗”的天使，这是“雅典娜”的真身。“雅典娜”这英雄的被动技能真神觉醒让“雅典娜”在死亡后不会像普通英雄一样在泉水里复活，而是在死亡的位置觉醒真身。

“雅典娜”死亡之后可以以真身形态移动，复活时间一到，就可以在真身所在的位置原地复活。

眼下“雅典娜”的真身就跟着何遇的“可汗”，复活时间一到“雅典娜”就会降临在“可汗”身边。何遇虽然之前击杀了“雅典娜”，但丝毫不认为自己就有了和对方单挑的资本。眼下“雅典娜”的真身就这样跟着“可汗”，“可汗”的身边也没其他队友，“可汗”处理完兵线后就急忙想向上移动去找“貂蝉”“飞”会合。

“别过来，我们要蹲人！”结果高歌看出何遇的意图，立即冷酷地拒绝了何遇。“雅典娜”死后真身的视野也是共享给队友的，如果“可汗”带着“雅典娜”的真身去和“貂蝉”“飞”会合，自然也就暴露了此时蹲在对方蓝区草丛中两位英雄的位置。

“你们还是撤吧，‘哪吒’蓄好了大招。”何遇说道。

“哦？”

“‘雅典娜’真身的视野把我的情况全给对方了，‘哪吒’很有可能使用大招，飞到我这儿，那样你们俩不也就暴露位置了，还蹲什么人？”何遇说道。

“那至少也骗掉了‘哪吒’的大招。”高歌说道。

“我这条命就只值一个大招吗？”何遇郁闷。

“你进到我们可以立即支援的范围内。”高歌说。

“怕是骗不过这个‘雅典娜’吧？”何遇说道。

以眼下的情况，“可汗”明显不能在野区落单，否则会直接被复活的“雅典娜”盯上。“可汗”明知这一点却依然有恃无恐，那明显就是有队友在旁边。何遇相信这个“雅典娜”背后的召唤师会思考到这种程度的。

“你见机行事。至少这样是我们掌握着主动权。”高歌说道。

“好吧。”眼见对方英雄马上就要复活，何遇停止了和高歌的讨论。

原本向着二人前进的“可汗”这时放慢了脚步，没有把“雅典娜”引向“飞”和“貂蝉”的位置。

但是不出何遇所料，“可汗”有恃无恐的举动果然引起了对方怀疑，“雅典娜”不再继续跟在“可汗”的身后，而是朝着附近的草丛探去。

“你们看吧。”何遇说道。

这时，对方英雄也已经开始复活，先是“良”和“鬼谷”，跟着便是“哪吒”。“哪吒”刚复活，竟然没有理会正在进行侦察的“雅典娜”，而是立即开启了大招。

“你看吧。”高歌也说。

“这是要强行击杀我吗？”何遇慌张地说道。“哪吒”开启大招后虽然看到了就在“可汗”附近的“飞”和“貂蝉”，却还是毫不犹豫地直接朝“可汗”飞了过来。比“哪吒”要稍晚一点复活的“雅典娜”看到“哪吒”如此做派，也立即飘回了“可汗”的身边。

看这情形，何遇觉得自己已经不可能跑掉了，仅存的丁点儿时间里何遇能作出最后的部署，无非就是先丢了一个百兽陷阱到地上。

“飞”和“貂蝉”这时也朝着“可汗”的方向冲来。敌人早发现他们二人在附近，依然不理不睬，显然是对二打三相当有信心，毕竟“飞”眼下没有大招，弱了许多。“哪吒”的被动技能炙炼火种对“貂蝉”的被动吸血有克制作用，“雅典娜”可以多段位移和枪刺突进，对有减速效果的攻击也不畏惧。对方为什么敢打，何遇心里是有数的；但他更清楚的是，他是真的需要一些操作来应对接下来的短兵相接了。

而这，不正是他一直想要练习、想要提高的地方吗?

一想到这儿，何遇不再紧张，而是冷静下来。“雅典娜”复活时间终于到了，真身开始凝聚光芒复活，现在有两秒左右的时间无法移动。何遇卡好了这个时间，就在“雅典娜”开始复活的刹那，“可汗”穿越身旁草丛，提高移动速度后尽可能地远离“雅典娜”。飞来的“哪吒”也在这时撞到“可汗”，击退效果却是又帮着“可汗”进一步拉远了与“雅典娜”的距离；同时“哪吒”也触发了何遇提前布下的百兽陷阱。

守护机关!

高歌的“飞”施展二技能跳到了“可汗”身边，在给“可汗”加上护盾的同时挥出手中的蛇矛。

画地为牢!

蛇矛扫到了“哪吒”，将其击退。“哪吒”本是想用手中的混天绫绑住“可汗”的，哪知自己却被“飞”击退，差之毫厘，混天绫竟然缚到了“飞”身上。

“漂亮！”“貂蝉”大叫一声，风华绽放，铺开法阵，用一、二技能进场开始发起攻击。“雅典娜”这时复活完毕，何遇却已经让他的“可汗”与“雅典娜”拉开了距离。

贯穿之枪!

“雅典娜”猛地向前突进，拉近距离。

何遇的“可汗”扭头钻进草丛之中。

看不到“可汗”的“雅典娜”顿时无法刺到“可汗”了。何遇的精心部署至此全部得手。除了“哪吒”那招避无可避的大招，“可汗”躲过了其他的全部伤害，“雅典娜”也没能贴到“可汗”身边。接下来，他只要注意“雅典娜”的技能，在“雅典娜”的枪刺出手之后，就是“可汗”钻出草丛攻击“雅典娜”的好时机。

何遇早已做好了准备，却不想已经提枪在手的“雅典娜”在失去“可汗”这个目标后，竟然没有马上出手。“雅典娜”横向走位，躲过了“貂蝉”甩出的花球。“貂蝉”见状立即用二技能拉扯“雅典娜”，在三枚花球攻向“雅典娜”的同时，利用自己的位移改变一技能的花球返回手中的路线，让其可以攻击到“雅典娜”。

“啊！”何遇看着“貂蝉”这一手娴熟的操作，悲愤地叫出了声。他慌忙地让“可汗”移动时，“雅典娜”的枪刺已经出手，扎向“貂蝉”。这“貂蝉”刚刚移动后的位置，偏偏就在何遇的“可汗”藏身的草丛边。“雅典娜”凭着枪刺一步到位，跟着用技能神圣进军转头扎进草丛，“可汗”逃跑不及，被盾牌撞出草丛。“雅典娜”用贯穿之枪追上，枪刺再扎，同时，召唤师技能寒冰惩击落到“可汗”的身上，“雅典娜”高举圣盾，发动了大招。

何遇欲哭无泪，他千算万算，也算不到队友会来这么一手帮助“雅典娜”走位。“可汗”已经无法脱身，何遇只能尽可能地将攻击技能丢出去，也算在临死前为己方输出做点贡献。

最后，“可汗”含恨而终。

第38章

职业水准

“可汗”临死前的攻击全打到了“雅典娜”大招撑起的圣盾上，很尴尬地没能打出特别多的伤害。击杀了“可汗”的“雅典娜”反身再战，直逼“貂蝉”。“雅典娜”这位英雄本身的防御力其实并不突出，但是多技能位移让“雅典娜”可以在实战中凭借灵活的走位躲避很多伤害，而这需要靠玩家高水平的操作来实现。

眼下这个“雅典娜”背后的召唤师无疑就是这样高水准的玩家，其走位和对一技能护盾的利用都极其完美。在“可汗”倒下后，高歌已经意识到局面不利，发起了撤退的信号。“貂蝉”明显是想响应的，可是被“雅典娜”锁定的目标岂是想逃就能逃的？高歌的“飞”用一技能扫出的蛇矛，被“雅典娜”用神圣进军精准地挡掉了击退效果。穿着同一款疾步之靴的“鬼谷”和“良”相继出现在了视野之中，高歌知道他们这一次是要弄巧成拙了。

两位英雄相继倒下，高歌看向何遇，露出疑惑的表情，道：“你不至于吧？”

三打二，最后败得如此彻底，之后对方两位英雄的支援是次要原因，“可汗”完全没打出什么输出是主要原因，否则在“良”“鬼谷”赶到前，高歌他们足够确立优势击杀对方一位英雄甚至击杀两位英雄了。那时，“良”和“鬼谷”再来支援可就没戏了。

“‘貂蝉’的二技能把‘雅典娜’带过来了……”何遇郁闷地说道。他在操作上跟这些娴熟的王者段位玩家没得比，全靠精准的意识来判断对方的攻击手段，提前做好计划。看似简单的几步走位，当中他可是考虑到了许多细节，而且需要一一做到位的，结果就因为“貂蝉”一个走位满盘皆输。

不过话说回来，何遇也很佩服“雅典娜”背后的召唤师。在他的“可汗”进草丛以后，“雅典娜”并没有马上用枪刺，显然很清楚那时候不能放任“可汗”在一旁施展技能，所以就算没有“貂蝉”这个助攻走位，“雅典娜”或许还是会向“可汗”藏身的草丛走位。

那样又会是什么局面呢？何遇一时想不出来。

高歌没注意到这一细节，不过清楚“貂蝉”和“雅典娜”这两位英雄的技能的她不难想象刚才发生了什么，对此她只能叹惜运气不好。

失误？对团队而言，“貂蝉”这个二技能当然是失误了。可这终究只是路人局，玩家水平和相互之间的默契都有限。高歌估计“貂蝉”现在恐怕都不知道刚才的团战会输是由于自己的一个二技能。团战时的细节有很多，能够全留意到并且全部处理好，已经不是普通玩家的水平，而是职业选手的水准了。高歌玩游戏是有高要求的，但她也不至于对路人都苛求到这种程度。

稳住，我们能赢！

“貂蝉”看起来并没有因为这一次团战的失利而受挫，发消息鼓励着队友。可在大势上，刚才的团战，事实上是把刚刚好不容易取得的优势又送回去了。对方顺势攻入何遇他们的红区。刚把蓝区野怪刷完，正要过来刷红区的“拳僧”顿时又遭遇了尴尬的局面，他看着人多势众的敌人自然是不敢上前，跟着中路一塔也无法守住，待对方的兵线就位后被对方顺势推倒。

何遇等三人复活，重整后再战。可对方明显变得谨慎了许多，开始注意侦察，再没有给何遇他们埋伏的机会。在13分44秒时，主宰第二次刷新，双方爆发争夺之战，“飞”和“拳僧”再次打出了不错的控制配合，但是偏偏让对方的“雅典娜”躲过了。

就是这躲过控制的“雅典娜”瞬间带走了“可汗”，而后带来了令人眼花缭乱的枪刺表演，竟是打出了四连超凡的成绩。虽然“雅典娜”最终倒下，团战也是以对方以四换五告终。“孙尚香”放弃主宰，独自带着兵线，直接推上高地，飞快点爆了何遇这方的水晶。

游戏结束，高歌、何遇、周沫三人齐齐发出叹息。在开局十分不利的情况下，他们一度看到翻盘的希望，包括最后打主宰，对方以四换五，可见对方也没有占据多大优势，“飞”和“拳僧”的大招连续控制打出配合的话，对对方的威胁还是相当大的。

无奈对方的队伍中有这么一个“雅典娜”，最后这一回算是实打实地展现出了“雅典娜”背后的召唤师在技术上的扎实功底。对方靠“雅典娜”的精彩表现，把不利的局面生生扳回来了。

“雅典娜”毫无疑问是对方乃至全场的MVP，四连超凡，13−2−7的比分无比闪耀。金牌打野，14.2的系统评分也很值得吹嘘，不过何遇没有太在意这些。在他熟悉的职业比赛中没有这样的测评和系统打分，因为很多时候，选手在场上的贡献是无法用数据描述的。

相比之下，何遇倒是更重视具体的输出、承受伤害等数据占比，这些所反映出的选手在场上的贡献倒是更加真实一点。

“可汗”，输出占比16%。

比起先前跟着苏格他们四个人打的那一局匹配赛，这局他貌似进步了一点，但依旧严重不及格。己方的“貂蝉”最后的输出可是生生地打出了全队的43%，这不是因为“貂蝉”背后的召唤师有多厉害，只是因为另一个重要的输出位太不给力，使“貂蝉”成了全队最主要的输出位。

所以比赛的转折点，是“貂蝉”那个将“雅典娜”带到“可汗”身边的二技能位移吗？或许并不是。在己方一个输出位哑火的情况下，所有人身上的负担都会更重一些。其实就在比赛过程中，何遇都可以感觉到队友态度和重心的转移。高歌的“飞”和周沫的“邦”本都是围绕“可汗”来尝试套路的，可在他的“可汗”的输出无法打开局面的情况下，为了胜利，一直对他照顾有加的两位现实中的队友却都以“貂蝉”为中心了。

难堪吗？多少还是有一点。

可是何遇扪心自问，队友也只是做了正确的事而已。

是我还不够好。

哥哥何良在职业生涯中一直重复的话蓦然在何遇的心间响起。而眼下的他是真的不够好，那么，就只有努力让自己变得更好了！

“再来一局？”何遇看向两人。

“不急吧？我们先来看看这一局的回放，一起分析一下如何？”周沫说道。

“你是想看对方的‘雅典娜’吧？”高歌一眼就看穿了周沫的心思。

“哈哈……‘雅典娜’有什么可看的呢？哈哈……”周沫用笑声掩饰尴尬，问题是眼下貌似并没有出现什么笑点，他的笑声顿时更显突兀，窘迫的模样倒是把何遇和高歌给逗笑了。

“那我们就一起看看吧。你们也可以说说你们的思路，让我了解一下你们的习惯。”何遇说。

“看吧。”高歌点头。

于是三人挤在一起，围着一台手机开始观看回放。周沫很违心地把视角定在了何遇的“可汗”身上，最后还是高歌比较干脆，一秒就把视角换到了对方的“雅典娜”身上，周沫立即全神贯注起来。

“节奏真好。”高歌说。

“时间都算得很准。”何遇说。

“操作也很仔细，没有无谓的消耗，换我来用的话，‘雅典娜’偷完红区肯定就没蓝了，而这个玩家还有足够的蓝在中路抓‘拳僧’，这个控制力太惊人了。”周沫在这种时候往往都是话最多的。

“你注意‘雅典娜’每一次施展技能，不是只图打伤害那么单纯。”高歌说。

“这人真的是强，喀……”回放进行到了“雅典娜”单杀“邦”的地方，周沫忍不住咳了一声。

“闪现用早了。”比赛中何遇就指出过这个问题，此时自然而然地又说了一下。

“嗯……我下意识用的，没想那么多。”周沫说。

“这个玩‘雅典娜’的玩家就想得非常多、非常细。”何遇说。

“不会是哪个职业选手吧？”周沫说。

“我真的觉得，能在细节上做到这个程度的人，可以说已经具备职业水准了。”何遇说。

第39章
复 盘

职业选手在游戏中的段位自然不可能低；而他们在比赛中所用的账户都是由KPL官方提供的，是无法在日常游戏中使用的。职业选手平常想要打游戏的话也都是使用自己注册的账号，和普通玩家没有什么区别。

有一些职业选手用来日常打游戏时使用的账号ID被曝光了，但是，作为非常关注职业圈的人，周沫表示没有听说过哪位职业选手的ID叫“薛定谔的猫”。

当然，不排除这是职业选手没被众人发现的或是新申请的账号。

周沫这时已经打开自己手机上的王者荣耀助手，开始查看ID为“薛定谔的猫”的对局情报了。

比赛回放还在继续播放，击杀掉“邦”的“雅典娜”接着杀暴君，进攻蓝区，在塔下和“貂蝉”斗舞完成击杀，之后转攻红区和“可汗”所在的下路。

“鬼谷”在前方隘口埋伏，“雅典娜”则是直接绕到后方断了“可汗”的退路，对方把一般玩家在这种情况下下意识会做的应对完全考虑进去了。

不过接下来比较出彩的就是何遇了。虽然只是一次逃生，但何遇用兵线判断对方发起攻击的时间点，用鹰眼及时侦察把握对方动向，预先设置好百兽陷阱，选择向上移动的精准路线，以及在“鬼谷”万物有灵拉扯发动前及时闪现……都是非常有技巧的。

何遇有点小得意，带着一脸“赞美我吧”的神情看向高歌。

“还不错。”高歌微微笑了笑后说道。

何遇顿时更得意了，要不是因为游戏里的录像回放没有进度条可控制，他怕是要将进度拉回去再反复欣赏几遍了。

“哇，这应该是职业选手吧！”这时在王者荣耀助手里查看“薛定谔的猫”的资料的周沫惊叫出声。

何遇和高歌一起看了过去，周沫将他刚刚查看过的各种面板又逐一展示了一遍。

首先，“薛定谔的猫”的对局总数颇多，但就单赛季来看，局数就显得没那么夸张了，“薛定谔的猫”每天就随便打个两三局娱乐一下。

其次，“薛定谔的猫”用的英雄和位置非常杂，五个位置、各种英雄都有，共同点是他使用这些英雄的胜率高得出奇，基本都在70%以上，80%以上的都有。要知道普通玩家的胜率通常是越往高段位走就越低，维持在王者段位的玩家的英雄的胜率大多都在50%至60%这个区间，胜率超过60%可就相当不容易了，而这“薛定谔的猫”的各种英雄都有高胜率。

最后，“薛定谔的猫”的个人战绩被隐藏了，看不到“薛定谔的猫”在比赛中的具体表现和数据。

综合以上三点，“薛定谔的猫”怎么看也像是一个职业选手：平时主要用训练号和比赛号，私人账号以娱乐为主，局数不多；各种英雄都会，而且胜率高，“薛定谔的猫”能做到这一点，对游戏的理解肯定又深入又全面；隐藏战绩，有可能是为了隐藏可能会暴露身份的蛛丝马迹。

“你们觉得呢？”给二人逐一看完这些信息后，周沫说道。

“可能吧。”高歌表现得并不是很关心，这时何遇的注意力也已经回到还在回放的比赛上了。

“看，就是这个二技能！”比赛正到了“貂蝉”把“雅典娜”带到“可汗”身边的那个瞬间，何遇急忙指出。

“看到了。”高歌点头，“不过‘雅典娜’还刻意等了一下，即使没有这个二技能‘雅典娜’恐怕也会以你为目标。”

“‘雅典娜’不只是等。”看回放的何遇这时又多注意到了一个细节，只可惜不能将录像倒回，此时只能在脑中回味，“‘雅典娜’当时那个走位是在引诱‘貂蝉’这样操作。”

“能做到这个地步，‘薛定谔的猫’真的有可能是职业选手。”高歌看向周沫。

“我就说嘛，就是不知道‘薛定谔的猫’是哪位……”周沫继续翻着王者荣耀助手中这“薛定谔的猫”的常用英雄。职业选手大多有固定的位置，常练习使用的英雄都有范围，很多职业选手更是有其知名的、擅长的英雄，像杨梦奇的“关二爷”、李文山的“韩信”、周进的“诸葛”，等等，这些英雄都是这些职业选手最擅长、最被粉丝期待在场上拿到的。不过因为比赛有BP制度，这些大神们的招牌英雄在比赛中反倒甚少出现。因为在他们的操纵下，这些英雄的实力太强，所以这些英雄总会被对手先BAN为敬。

不过眼下这“薛定谔的猫”，周沫看来看去也无法将这个ID与自己了解的哪个职业选手对上号，实在是因为“薛定谔的猫”看来确实是一个以娱乐为主的私人账号，选择的英雄太杂，并没有跟自己在职业赛场上的位置有所匹配。

最终也没看出什么的周沫只好把手机放一边，继续跟着何遇、高歌看回放。最后主宰的争夺是决定本场最终胜负的赛点，也是“雅典娜”最闪耀的时刻。“雅典娜”同样是施展出精准至极的一技能神圣进军使得控制无效，之后以二技能攻向了“可汗”，再之后就是灵活的走位和穿插攻击，让三人此时看下来心生无数个“如果”。

如果这样……

如果那样……

他们不是没有机会，“飞”和“拳僧”的大招终究还是控制到了对方的大多数英雄，这一次的团战他们是有优势的，只可惜他们限制不住“雅典娜”。

意识跟不上？有的。

操作跟不上？也有的。

所以这样那样的“如果”，他们最终都没能做到，不是己方不努力，而是对手太强大。就比如何遇看到“雅典娜”避过大招控制时就觉得自己的“可汗”要完蛋，但是最后他也就是生出了这么一个想法。“可汗”在当时还是有机会借身边一个草丛略作周旋，可他操作得慢了，“可汗”往草里钻时，“雅典娜”已经持着枪刺冲了过来，何遇所能建立起来的“如果”便这样被覆灭了。

“真可惜。”

三人重看完这一回后，心情基本都是如此。不过这场比赛中很多未能实现的“如果”，确实如何遇所想，让他了解到了一些高歌和周沫的习惯和打法，对他而言，看回放还是有一些收获的。

“我们继续吧。”看完回放又讨论了一会后，高歌说道。

“继续三人组队打排位赛？”何遇问。

“嗯，如果你用这号没什么不方便的话。”高歌说道。

“那倒没有，我们继续吧。”何遇说。

三人接着再来，之后一起连着组队打了七局排位赛，二胜五负，算上之前这局，他们共二胜六负，用了两个多小时，掉了四颗星。

“你有何感想？”高歌问何遇。八局排位赛中，胜出的那两局里何遇的“可汗”的输出都上了20%，其余六局“可汗”的输出则在10%–15%之间徘徊，由此可以清晰地看出输出位对战局的影响。

在输掉的六局中，除了最初那局，剩下的五局何遇都有被队友抱怨，有两局他还被骂得很惨。就算是在赢了的那两局里，他也有被队友质疑过“有什么用”。确实，20%的输出对于一位射手来说，依旧是比较难堪的输出占比。

“还好，收获很大，不愧是高端局。”何遇没有被这些批评影响，因为他每一次都无比清楚自己的问题在哪里。他的思路始终很清晰，每一次都有明确的意识，他知道该怎么做，但因为操作不行，大多数良好的想法到最后都沦为了“如果”。这种有意识却无法发挥出来的问题，不是一下子就可以解决的。但在高端局里，他至少验证了自己意识和思路的正确性，只要操作跟得上，他觉得自己的实力一定会非常恐怖。

所以，他如今的实力和路人队友的责备非但没有让他心态失衡，反而帮他坚定了信心。

“那就好，你自己心里有数就行。”高歌说道。

“就是连累了你们俩，害你们掉分了。”何遇说。

“那无所谓，我们的追求已经不是这个了，我们想要的是校际联赛的冠军。”高歌说。

“不是KPL的总冠军吗？”何遇开玩笑道。他知道高歌和周沫对职业圈都是比较向往的。

“那是未来的事，也说不定。”高歌倒是并不太谦虚。

“如果真能进职业圈，你们想加入哪个队？”何遇问道。

“微辰！我喜欢杨梦奇。”周沫马上说道，可见他早就思考过这道梦想题。

“所以你想去给他打替补。是吗？”高歌没好气地道。杨梦奇的位置正是上单，和周沫的位置一样。

“我不就是说说嘛……”周沫挠着头尴尬地道。

“师姐你呢？”何遇看向高歌。

第40章
高歌三式

“我们这个水平，真有职业队能看中，那我们就烧高香了，还想挑三拣四？”高歌说道。

“我就是随便说说嘛……”何遇把周沫刚说过的话又说了一遍。

“我随便什么队，无所谓。”高歌说道。

何遇看向周沫，周沫微微点了一下头。周沫和高歌是老朋友了，知道高歌在这方面确实没什么偏好。高歌看KPL都只关注比赛，没有特别支持的战队，也没有特别喜欢的选手，更像是把看比赛当作做一门功课。

“何遇你呢？”周沫这时反问何遇。

“我……也无所谓吧。”何遇略为踌躇后说道。

“无所谓？应该说是除了天择战队，其他战队都可以吧？”高歌看着他说道。

“是吧……”何遇有点惆怅。若是以前让他答这个问题，他的答案当然会是天择，天择可是他投入了五年真情实感的战队，现在，天择却是他最想击败的一支队伍，他的心情还是非常复杂的。

“哦……”周沫的反应慢了半拍，听完两人微妙的对话后过了一会儿，他才反应过来。

“我们去吃饭吧。”高歌这时看了一下时间，说道。

“走吧。”

三人一起离开了学生会的办公室，朝校内的二食堂走去。此时天色已经渐暗，饭点已经过去一些时候了。在这个时间，学校的三个食堂之中只有二食堂还会有一些饭菜。因为总是跟着高歌和周沫两个三年级学生一起玩，何遇已经快速掌握了一些在东江大学内生存的小技巧。

在二食堂门外的布告栏上，三人远远就看到了一张极大、色彩斑斓的海报。三人走得又近了些，待他们看清海报上熟悉的红蓝主色调时，高歌和周沫已经多少猜到了点什么。

“王者荣耀社团的公告？是比赛的事吗？”周沫一边说着，一边掏出手机。网络时代了，布告栏已经不是学生获取消息的主要途径了。在校内论坛里，周沫很快就找到了王者荣耀社团发布的置顶信息。

“还真是，比赛日定了。”周沫叫道。

“什么时候？”高歌问。

“20号。”周沫说。

“还有十来天。”高歌说着，看向何遇。

“我会加油的。”何遇立即表态。

“这几天你就先别用你自己的账号打铂金局了吧，用你哥这号多打打高端局的排位，如果他不介意掉分的话。”高歌说道。

“我想他应该不会介意。”何遇有点尴尬地说道。

“十多天里，你抓着一位英雄苦练的话，还是可以练熟不少这位英雄的操作的。”高歌说道。

“只练一位吗？万一这位英雄被BAN掉，我不是要糟糕？”何遇说。

“相信我，BAN位暂时应该不会给到你。”高歌说道。

何遇看看高歌，又看看周沫，总算明白过来了。BP阶段可禁的英雄数量有限，而高歌和周沫算是校内有名的高手，跟浪7战队对阵的对手在BP阶段必然是会针对他们两个比较拿手的英雄。至于何遇，又没什么人认识，就算对方认识他，估计也对他在《王者荣耀》方面的情况一无所知，基本不会针对他。

说话间，三人已经走到了布告栏前，一看果然是王者荣耀社团的海报。红、蓝两色代表的是针锋相对的两个团队，这是王者荣耀社团从游戏里秉承下来的风格。海报上公布的信息，也确实是9月20日校际联赛正式开赛。一张海报自然也写不下更多的比赛信息，不过高歌和周沫两个参加过四学期校际联赛的老手也不需要更多的信息，每年除了参赛的队伍有所不同，其他规则等信息都是大同小异的。

“不知道赛程表什么时候出来。”周沫在手机上的校内论坛里也找了一下，没有发现与赛程表相关的信息。

“现在离报名截止日还有三天，怎么可能就出来赛程表？”高歌戳着海报上的报名截止日说道。

“哦，截止日还没到吗？”周沫扶了扶眼镜说道。

高歌无奈地摇了摇头，不再理会，往食堂里走去。

“比赛到时会在哪儿打啊？”何遇跟在后边问道。

“最开始队伍比较多，应该要分批进行比赛，到后期比赛会在学校的多媒体礼堂举行，会有点正式比赛的样子。”高歌答道。

“那会有多少队伍参加啊？”何遇问道。

“我记得上学期应该有近200支队伍吧，周沫？”高歌不确定地问道。

“186支，不到200支。”周沫提供准确数据。

“那也有不少人了。”何遇惊叹。

“只要是在校生就可以参加，学校里玩《王者荣耀》的人还是蛮多的。”高歌说。

“有哪些队比较厉害？”何遇问。

“自我们入校以来，冠军每学期都是Suger。”高歌说。

“队员就是苏格还有什么‘Suger·良晨’、‘Suger·老闲鱼’他们？我知道，他们确实挺强的。”何遇说道。

“是的。除了Suger战队，就是你认识的皇朝战队了，皇朝战队的实力也还算可以吧。”高歌说。

“我觉得皇朝比不上Suger。”何遇说。

“那很明显。校内联赛嘛，队伍实力没那么均衡，Suger战队确实算是囊括了咱们学校每个位置上最厉害的人。”高歌说。

“包括你们俩在内吗？”何遇问。

其实今天才算是何遇第一次和高歌、周沫一起组队打游戏，不过就像高歌和周沫平时看到他在打游戏就观战一样，何遇也观看过他们打游戏。

周沫的上单很稳，将兵线的运营做得很好，不过他支援的欲望不是很强烈，属于那种优先做好自己本职工作，并不急于表现自己的人。

而高歌的中单，在何遇看来一个词就可以概括了，那就是狡诈！

“妲己”？“安琪拉”？“王昭君”？

这三位英雄在草丛中埋伏偷袭，靠控制技能命中目标，再用一套技能就可带走目标的女英雄，让无数栽倒在这三位女英雄脚下的玩家气愤地称为“草丛三姐妹”。

而高歌不常用这三位法师，她使用最多的是“诸葛”，这位英雄理论上来说是难以蹲在草丛中埋伏的。被动技能召唤的法球是“诸葛”打伤害很重要的一部分，可若在激活被动技能的状态下“诸葛”蹲进草丛，法球会自动攻击进入攻击范围的目标，无异于提前暴露位置；若在没有激活被动技能的情况下“诸葛”进行埋伏，那就需要等敌人靠近，然后用一、二技能瞬间准确打出五段伤害，激活被动技能召唤出法球，这样伤害才能足够，这需要相当娴熟准确的操作。

高歌在这个技能上的操作就堪称炉火纯青了。在何遇观战过的比赛中，高歌的“诸葛”埋伏于草丛里，在对方中单支援队友后回归中路的途中，又或者是去支援的路上，用这一套技能不知道击杀过对方中单多少次，完全达到了“妲己”“安琪拉”“王昭君”这草丛三姐妹凭借控制技能才能实现的秒杀效果。

观战的人是没办法看到聊天内容的，何遇很怀疑高歌在用了“诸葛”的对局中经常会被对方的中单骂。这些中单基本都是一开始游走支援，就被高歌给埋伏了，连观战的何遇都为他们感到不平。

高歌惯用的法师多是这种偏刺客型的，套路有三式：蹲红、蹲蓝、蹲河道。

第41章
国服最强

何遇已经暗暗将高歌和周沫两人的风格和水准看在眼里。何遇作为多年来心思都在KPL职业圈上的人，普通玩家展现出来的实力让他觉得平淡无奇，他也并不太清楚普通玩家的实力有怎样的分水岭。

说实话在何遇的眼中，他这一周从青铜段位打到铂金段位所面对过的无数队友或对手，基本都可以用三个字来概括：不会玩。

这些段位的玩家，在细节上有无数漏洞，甚至对游戏的基本规则都没有一个基本的理解。在何遇看来，他们都是初学者。

不过之前何遇跟苏格四人领略过高端局，今天又跟高歌、周沫一起领略了一下，高端段位的玩家在何遇的眼中就比较有模有样了。苏格四人留给他的印象尤其深刻，那四人思路清晰，配合到位，从比赛刚开始就全盘掌控着节奏，这基本已经是职业战队的打法，只是职业战队在节奏控制、细节处理等各方面都比Suger战队更加出色而已。

而在今天打的这八局排位赛里，何遇看到高歌和周沫也很有默契。就个人实力而言的话，何遇毕竟只和Suger战队的四个成员一起打了一局，也没加好友，看不到他们更多的表现，所以暂时还判断不出他们与高歌、周沫相比，谁的实力更强一些。

于是，何遇把这个问题抛给了高歌和周沫。

“这怎么说呢？”周沫挠了挠头道，“我并不觉得‘Suger·良晨’玩上单比我厉害。而且在比赛里，和我对线的也不是他啊，一般都是苏格和我对线。苏格是打ADC的，不同位置不好比较呀……”

“打不过就说打不过。何遇，了解一下周沫这个会被射手单人压制的上单。”高歌对何遇说道。

“换‘Suger·良晨’来和苏格对线，结果也一样好吗！”周沫努力为自己辩解着。

“看来苏格很强啊！”何遇说道。射手生存能力差，而往往要到中后期才能有大的输出，因此射手通常要在有辅助帮忙的情况下才敢在对线时压制对方上单。单人对线的话，射手基本都会被对方上单压制在塔下不敢轻易出塔。反过来单枪匹马压制住对方上单，射手就需要有很强的个人实力了。周沫怎么说也是王者段位，居然会被射手单人压制，苏格的实力由此可见一斑。

“是的，国服最强‘孙尚香’。”高歌说道。

国服最强！

即使是在只关注职业圈的那五年时间里，何遇都不会对这个称号感到陌生。玩家在游戏中所能得到的最高成就，大抵就是如此了。职业圈中有不少职业选手都曾因为背着这样的名号而被发掘，最终成为职业选手，踏上职业赛场。

而职业选手需要加深英雄池，再加上他们绝大多数的对局都是在训练赛或正式比赛中完成的，基本上再没有精力去维持需要靠大量排位赛的胜利来维护的“国服最强”的称号，所以他们不会继续占据这个称号。这个称号始终属于职业圈以外的玩家。

而苏格，便是国服最强的“孙尚香”。这话大体就是说，苏格是除职业选手以外，玩“孙尚香”玩得最好的那个人。

偏偏在和苏格共同组队的那一局里，何遇选“可汗”这位英雄后占了ADC的位置，苏格最后玩的辅助，何遇便错过了欣赏国服最强“孙尚香”风采的机会。

“孙尚香”这位英雄在这赛季的揭幕战中曾被天择战队的张时池拿出来使用过，堪称暴击英雄中的典范。枪枪爆头的要命伤害让“孙尚香”从来都是队伍中最强势的一个输出位。

和苏格他们一起打的那局比赛中，何遇的“可汗”最终很尴尬地只拿了全队10.3%的输出占比，最后队伍的输出主要集中在了“诸葛”和“裴擒虎”这两位英雄上，这也让何遇一度以为Suger战队的核心输出位是中单和打野。

他现在才知道，原来打ADC的苏格才是他们队伍中真正的大魔王。

能针对射手的通常都是刺客型打野，可是浪7战队目前负责打野的将是李思杰和赵进然这两个到现在何遇都还是没分清谁是谁的二人之一。浪7战队靠这两人去对抗有着国服最强“孙尚香”称号的苏格？何遇觉得不行。

“原来苏格这么强啊，那天他打的是辅助。”何遇感叹道。

“就我们现在的情况来说，如果真对上Suger，浪7恐怕没有人能限制住他。”高歌说道。

“不知道如果是那个‘薛定谔的猫’打野会怎么样。”何遇忽然想到了今天第一局他们遇到的“雅典娜”。

“如果‘薛定谔的猫’真是职业选手，大概可以吧。”高歌说道。

能比国服最强还要强的玩家，可不就是职业选手了？高歌这话说得在理。可即便是职业选手，高歌依然在措辞中用上了“大概”两个字，可见她对苏格的实力可以说是相当看重了。

“如果我们第一轮就遇到Suger，岂不是马上就完蛋了？”何遇说。

“没这么倒霉吧？”周沫说道。

“真要遇到的话，我们又有什么办法呢？”高歌说。

说话间，三人已经走进了食堂。这个时间的食堂里已经没有多少人在吃饭了，只是因为这个食堂最大，饭菜供应最多，所以在另外两个食堂关门许久之后，二食堂还能剩些饭菜。

不过这些菜能被剩到最后，其味道可想而知。何遇入校一周，已经不是第一次在这个点来二食堂吃饭了，知道已经不存在挑三拣四的空间。三人一起随意打了些残余的饭菜后，便找了一个位置继续边吃边聊。

第42章

皇朝五人

“真要一开始就遇到Suger的话，那我们就太倒霉了。”周沫继续这个令他惶恐不安的话题。

“想拿第一，我们早晚都会遇到的。”何遇说道。

“但是至少在我们找到两个靠谱的队友之后啊……李思杰和赵进然？唉——”周沫是厚道人，但在经过今天这一件事后，他也终于对这两个临时队友绝望了。

“真的没有比这两个靠谱一点的队友了吗？”何遇问。

“相信我们，能请到这两位大爷已经很不容易了。”高歌说道。

“你们怎么请到的？”何遇好奇地问道。

“你问他。”高歌看向周沫。

“软磨硬泡呗，我的饭卡都快被他们刷爆了，这月还没过三分之一呢……”周沫叹息道。

“师兄辛苦了。”何遇也只能苦笑。

“苦倒没啥，但你多少靠谱点啊！”老实人周沫越发愤愤不平起来，声音都陡然提高了八个度。

“是谁不靠谱，把我们的‘胆小的上单’都给惹生气了啊？”一个笑嘻嘻的声音却在这时从周沫身后不远处传了过来。

“胆小的上单？”何遇没有转头，他只是对那个人提到的这个特别的名词很是疑惑。

“这说白了就是软弱。”高歌说道。

“这个你不用解释了吧？”周沫郁闷地道。

“你那不是胆小，是沉稳。”何遇认真地道。

“谢谢，我知道，你也不用替我解释。”周沫继续郁闷。

何遇这时才回过头，而高歌和周沫只听声音就知道来人是谁。来的人正是张承浩。与张承浩一起的还有四个人，何遇只认得出两个，因为那两个是那天打长平攻防战时张承浩的队友，只是何遇已经不记得那两人的名字了。至于剩下的两个人，可能就是皇朝战队的另外两位成员吧。

何遇这样想着，疑惑地看向高歌和周沫，周沫这时也已经回头看了一眼，而后向何遇介绍说：“最左边那个叫曾小波，是皇朝的辅助。曾小波旁边那个叫杨灼，打中单。”

中单都是跟中单对线。这个杨灼此时便直视着正对着他们坐着的高歌，眼里仿佛要喷出火来。何遇顿时想起高歌的风格，这位估计得中了十次以上高歌的埋伏才会露出这样的表情。

五人继续迈步走上前来，跟围攻水晶似的围住了何遇三人的餐桌，高歌抬起头来看着他们，也不说话，等着五人先开口。张承浩和另外三个同伴看起来也是不慌不忙的样子，目光全给了眼中喷火的中单杨灼。

“希望这次比赛中我可以遇到你。”杨灼咬着牙对高歌说道。

“我在草里等你。”高歌的回答是淡定的，却让杨灼脑海中浮现出噩梦一般的难堪画面，杨灼的脸上顿时露出又羞又愤的神情。

“他们之间发生过什么？”何遇觉得自己的猜测已经八九不离十了，

不过还是向周沫求证了一下。

“七次。”周沫对何遇说道，“上次两个人在比赛里遇到，杨灼一共被高歌蹲守了七次，直接心态爆炸了。”

“这也太惨了吧……”何遇光听都觉得惊悚。在职业比赛里，有时候一局下来一共就收获七个人头。虽然在普通玩家的比赛里一局不至于如此，但是一个人被单杀七次，那他的心态也肯定不好了。这种情况如果有队友提醒一句“别送，谢谢”……反正何遇是会无话可说的。

“你们两个！”杨灼完全不想再想起这段回忆，结果周沫又在这给何遇复述了一遍，听得他顿时火冒三丈。

“平常心，平常心，下次你多注意就是了。”何遇还劝上了。

“你哪位？这里有你什么事？”杨灼却根本不领情。

“你们再遇上的话，我也会在呀。”何遇说。

“你的对手会是我。”周木同这时说道。

“哦，你是……‘杨戬’？”何遇认得这是那天一起打长平攻防战的其中一个人，奈何他实在是想不起对方的ID了。

“我还是哮天犬呢！”连名字都没被人记住的周木同叫道。

所有人顿时都惊呆了，哮天犬虽然是神犬，但终归只是狗，不是人。周木同说完，大家都不知该接什么话好了。

周木同自己也是刚说完就反应过来了，脸都红了，看向何遇的眼神就更凶狠了，他恨恨地道：“你死定了，谁保你都没用。”

何遇看向高歌，结果杨灼这时也冲着高歌立誓了：“再被你蹲到一次就算我输！”

“话说得有点满吧？”高歌很淡定地说道，这话听起来是在回应杨灼，可在何遇听来高歌也是在回应周木同，高歌去打辅助的话，保他的可不就是高歌了吗？

不过杨灼显然不知道这情况，只当高歌是在回应他，“呵呵”冷笑了一声，笑容里看起来隐藏了什么阴谋。

“那我们就比赛里见。”张承浩开口道，“希望我们可以碰得到。”

“你做一下手脚嘛，那样不就可以确保遇到我们了？”高歌说。

“你胡说些什么！”张承浩怒道。

“你已经准备这样做了，不是吗？”高歌说。

“我懒得和你说话，你真是不可理喻！”张承浩一副气坏了的模样，扭头就走，转过身的下一秒，脸上却写满了心虚。

“承浩你不吃饭了？”同伴看他转身离开都愣住了，立即有人叫道。

“没什么菜了，我出去吃！”张承浩头也不回地说道。

四人面面相觑，都这个时候了，就算是二食堂也肯定是没什么菜了啊，这不是张承浩早就该知道的事吗？不过诧异归诧异，四人最后还是一起跟了上去，周木同脚步最快，第一个凑到了张承浩身边。

“她知道什么了？”周木同对张承浩小声说道。

“你跟人说过？”张承浩的目光有些严厉。

“没有啊。”周木同连忙道。

“那就没理由了。”张承浩仔细一想，顿时放松下来。刚刚听到高歌的话，他真以为高歌知道了点什么，不由得慌了神。可是此时他冷静想来，报名到现在还没结束，赛程还没有开始安排，他那想法至今还只是一个念头，他还没有开始行动呢！除了周木同以外，另外三位队友都不知道自己有这样的打算。所以只要周木同没有对人讲过，别人根本不可能知道。高歌纯属瞎猫碰着死耗子，而自己……嗯，也确实是心里有鬼。

“那还要弄吗？”周木同这时又问道。

“弄！我为什么不弄？”张承浩冷静下来，反倒更加坚定了，“只要你不说，就不可能有人知道。”

“我当然不会说。”周木同摇头。

“你们俩说什么呢？”其余三位队友这时也赶上来凑到二人身边。

“我们俩在聊，如果咱们第一轮就碰上浪7，那该有多刺激。”张承浩以一副气消了的模样说道。

“那样最好了！”杨灼握了握拳头后说道，“让他们在第一轮就离开比赛。”

皇朝战队五人来了这么一趟又离开了，周沫看向高歌，道：“你觉得他们会做手脚吗？”

“我不知道，也不关心。”高歌说。

“那你为什么那样讲？”周沫问。

“师姐就是自然而然地讲话吧？”何遇说。

“我们白认识八年了，你还不如才与我认识八天的何遇了解我。”高歌感慨。

“八年？”何遇惊讶。

“我们中学时就是同学了。”周沫说道。

“哦哦，怪不得。”何遇说。

“‘怪不得’是什么意思？”高歌看向他。

“没什么，这挺好的，我特别羡慕。我吃好了啊，先回去了，再见。”何遇说。

第43章
运气比较好

和高歌、周沫分开后，何遇就直接回了寝室。毕竟是校园社团活动，浪7没必要像职业战队那样将全部的精力都放在游戏上。三人基本都是在每天下午的课结束后一起练习。最开始是何遇独自打排位，两人在旁观看、指导，但很快高歌和周沫就发现，对何遇他们没什么可指导的。每局打完，何遇自己注意到的问题比他们二人发现的还要多，让人无话可说，他们还是服气的。

所以后来大家都是各练各的，偶尔有一些交流，直到今天才有了三人的第一次一起练习。三人尽可能地配合队友，配合过程中的沟通也是三人了解队友思路和习惯的方式。不过目前让何遇感到尴尬的还是自己的操作问题，尤其是在团战的时候，各路英雄齐齐上场，刹那间就有无数细节，他虽看得清楚，也知道机会在哪儿、该把握的细节是什么，可最终一上手操作就不行了。而在这种复杂局面里，机会都是稍纵即逝的，现在他操作的最大问题还是手速太慢。

对于这个问题，何遇着急也没用，只能通过不断练习来熟悉操作。何遇回到寝室，把当天的功课做完时已经快十点。自己的室友一直不见人影，何遇已经见怪不怪了。莫羡连报到日都会去自习，这一周以来没有浪费任何一天的时间。据其他同学闲聊时透露的消息，莫羡每天不仅会自习，有人还在高年级的课堂上发现了他旁听的身影。

“他衬托得我们好不上进啊，他到底想干吗？”有同学向何遇打听。东江大学可是国内数得上名号的名牌大学之一，能考上东江大学的学生无一不是优等生，但是物理系三班的新生却在莫羡的衬托下显得个个都很游手好闲。

“我也不知道啊。”何遇无奈地回答。他可以负责地告诉每一位同学，他虽然是莫羡的室友，但他与莫羡的交流不会比班上任何一位同学与莫羡的交流多，他与莫羡每天照面的时间也很少。

就比如这一周下来，除了“谢谢”和“不客气”这两句话，何遇绞尽脑汁也没能想起来他有没有和莫羡说过什么别的话。

而现在，何遇已经习惯了，毕竟自己每天也很忙。现在距离校际比赛还有十来天，自己需要提高的地方还有很多。

所以，何遇一放下书本就拿起了手机，他先给何良发去消息：“我最近这些天准备就用你借给我的高段位的账号来练习，没什么问题吧？”

“我那账号现在还是高段位的吗？”何良回。

何遇看到哥哥回复的内容很是尴尬。哥哥的账号交到他手上时是至尊星耀三，下午的排位赛两胜六败，这账号掉了四颗星，现在已经跌到至尊星耀四了。现在还算赛季初期，因为在每个赛季结束后，系统会自动结算玩家的段位，所以新赛季刚开始时就是星耀段位的玩家，在上赛季至少得是二十星以上的最强王者。因此，这阶段的星耀段位大抵还能代表最强王者的水平。否则别说星耀四或星耀三了，便是低星段位的最强王者，在高星段位的最强王者面前也不敢称自己的账号是高端账号了。

不过眼下大家星耀段位的账号都在纷纷向王者段位账号进阶，像高歌、周沫他们，都已经打回到王者段位。“良风有幸”这个账号的段位却在倒退。考虑到自己现阶段的水准，何遇觉得何良的担心非常有道理，这号让自己再练几天很有可能就真的不是高端账号了。

“你还在练‘可汗’吗？”面对沉默的何遇，何良发消息问道。

“是啊。队里正好也没人打ADC。”何遇说。

“‘可汗’这位英雄需要快速发育，可不能只是依赖兵线。”何良这样说道。

“我当然知道。”何遇回道。

“你来打一局，我看看吧。”何良说。

“我最近打的你都没看吗？”何遇问。

“低端局真的没什么可看的。”

“好吧……”何遇无话可说，因为何良说得太对了。

“那我开了。”又给哥哥发了一条消息后，何遇进入游戏，选择了单人排位。游戏很快载入，双方开始BP。“可汗”作为冷门英雄基本不会上BAN位，何遇倒不需担心“可汗”被对方BAN掉。很快四位英雄被大家送上BAN位，何遇一方先选，何遇也正好就是一楼，毫不犹豫选了“可汗”这位英雄。

“打野还是边路？”二楼问他。

“边路。”何遇回道。王者峡谷里的上路和下路被统称为边路。射手打边路的话，通常都要走下路，因为靠近下路的野区有射手比较需要的红BUFF。二楼玩家在问过他这话后就不再说什么了，然后选择了打野这个位置，之后中单、上单、辅助各就各位。刚从低端局中历练出来的何遇，对阵容的容忍度已经是无限高了。经历过有五位射手的阵容的人，是不会被高端局的任何阵容给吓到的。

比赛很快开始，想到何良在看，何遇打得很认真。对方阵容里并没有强行突进的那类刺客或战士，这让处于一楼选择“可汗”的何遇还是蛮意外的。BP的内涵，在普通玩家局与职业比赛里还是大不一样的。拿禁选来说，陌生玩家之间互不了解，也压根不知道对方是什么人，基本不可能做到针对对手英雄池的禁选，大多就是禁掉一些当前版本比较难对付的英雄，又或者是禁掉让自己比较头皮发麻的英雄。

但选择英雄就不至于这么单调了。比如何遇先选定了“可汗”，对方就完全可以选择可以压制“可汗”的英雄。像“阿轲”“孙悟空”“哪吒”，这些英雄对“可汗”而言都极具威胁。当然，在对方选择了英雄后，何遇他们这方的二、三楼玩家又可以根据对方一、二楼玩家的选择来进行针对性的应对。BP的魅力就在于此。

不过大部分玩家有时可能懒得去想那么多，有时是因为可以针对对方的英雄恰巧是自己不会玩的或不想玩的而选择放弃。五位射手的阵容怎么来的？不就是因为五个人都只会或者只想玩射手英雄吗？

总之这一局，对方阵容里没有对“可汗”有巨大威胁的英雄，从某种意义上来说这是一个有缺陷的阵容。于是何遇顺顺当当地发育，小心翼翼地参团，最终赢得了这一局的胜利。“可汗”比分3−1−7，输出占比27%，比下午八局中的任何一局都要优秀。

何遇有点庆幸，没在哥哥的注视下丢脸，切出游戏后立即发去消息问：“如何？”

观战和战斗实况之间有一点时间差，约莫两三分钟后，何良才回复了消息：“运气比较好。”

第44章
勇气和自信

“嗯。”何遇没办法，只能承认。而且这其实都不能说是运气问题，在KPL那样的职业比赛里，根本不可能发生这种事，如果有，也一定是另一种可能：对方设了陷阱等着你往里钻呢。

“我打得有没有问题？”何遇接着问。虽然何遇自认为很懂游戏，但他懂的终究只是理论，何良这样的前职业选手才是理论联系实际的高手。

“你太被动了。”何良回道。

“啊？”何遇愣住了，这个问题是他从来都没有想过的。

“包括你选择‘可汗’这位英雄的初衷，其实就有些被动。”何良接着发消息。

选“可汗”的初衷？

自己选这位英雄，一是因为自己需要一个对操作要求高的英雄让自己练习技术；二是因为“可汗”的一技能鹰眼，可以让他的意识有更大的发挥空间，主要好像就是这两点原因。那么哥哥所指的是什么？

没等何遇问，何良的消息就又来了。

“从整场比赛可以看得出，你频频利用鹰眼侦察对手的举动，以此来决定自己下一步的行动，这就是我所说的被动。”

“那不然呢？”何遇有点不解，却又好像领会到了点什么。

“当阵容确定后，这一场应该怎么打，自己大体就要有一个规划了。如何发育？是否需要积极支援队友？是否需要呼叫队友配合？临场后肯定又有大量随机应变的调整，但自己终归要有一个节奏和思路。你现在的情况，是整场比赛下来你都在随机应变，看起来是步步针对对方的行动在作部署，但事实上是在被对方牵着鼻子走，你自己本身并没有一个清晰的思路和步调啊！”

“这个我也不是没想过。”何遇回道。

“我知道，你不是不会，你只是不敢吧？高端局更让你谨慎有余，进取不足。你不用顾虑这么多，大胆打，无论成功还是失败，那局比赛都会成为你经验的积累。对英雄的操作和理解，是需要建立在大量的各种各样的实战上的。”何良又说道。

“好吧，我明白了。”

“记住一个原则：当你用鹰眼观察到对方的举动和意图时，第一时间产生的念头不应该是如何确保自己的安全，而是有没有办法攻击对方，有没有办法破坏对方的意图。”

“哥，这是你打野位的思路吧？”何遇有些不确信地说道。

“殊途同归嘛。要赢得比赛，就要全方位地让对手难受。对手越觉得难受，你就越接近胜利。当对方五个人都觉得这游戏没法玩的时候，你们这队基本上就赢定了。”何良说。

“好吧……我来试试。”

“不要怕，不要让你看比赛得来的意识和经验成为你的包袱。大多东西还是要以实战为标准的。我举一个简单的例子，在青铜局里，你的‘可汗’经常可以以一打五，可在职业比赛里，你可曾见过这样的情况？同样的英雄，为什么在青铜局可以，在KPL上就不行？这就是实际情况的不同。每场比赛都相当于一次全新的开始，都需要一次全新的解读，经验固然重要，但也不能被经验禁锢住。”

“我明白了，我再来一局。”何遇被何良说得有些沸腾了。

他意识到自己是有些局限于自己看职业比赛时积累的意识了，可在比赛中真正要面对的其实并不是那些英雄，而是这些英雄身后数以千万计的召唤师。

KPL象征这个游戏的最高水准，但绝对不是这个游戏的全部面貌。从那里学到的知识和意识确实很高端，可也要结合自身的实际情况。就好像在青铜局里，哪怕是职业级的预判也没用，因为你的对手根本就不走位。

何遇在明白这一点以后，一切就变得很轻松了，这就是自己可以在青铜局驰骋的原因。其实他已经有下意识地去结合实际情况，可是到了高端局，当他发现自己的意识和判断有了用武之地后，一下兴奋过头，用力过猛。总而言之，他太过于依赖这些东西了。

就连职业战队的选手都会根据新的状况和对手不断地调整、适应，自己眼下未免有些太不用脑子了。

何遇果断地又进行了一局游戏。

这一次，他很积极也很主动，在何良提醒他需要有“搞事情”的心态后，他发现其实自己这方面的思路也挺多的。

只可惜想法是美好的，现实是残酷的。

何遇第一次让自己的英雄去对方蓝区溜达，想给对方打野一点惊喜，最后只在对方蓝区留下了冰冷的尸体。

嗯，想法是好的，不过自己的技术有些不过关。

何遇冷静分析着，不气馁，再次出发。

要让对手难受。

他继续将这一精神付诸实践，很快比分从0-1-0变成了0-2-0，对手很舒服，队友开始难受了。

“求射手别送人头。”

遥远的己方上单发来消息。

不得不说高端局的玩家还是非常敏锐的，队伍里丢了两个人头后就已经感觉到“可汗”不正常，像极了对方的卧底。

何遇看了一眼“可汗”目前的情况，不得不收敛一下。“搞事情”也是需要一些资本的，可他的“可汗”现在已经成了全场经济最差的英雄，这让己方辅助装备里的那颗学识宝石都显得分外尴尬了。

这件装备的作用是当自己的经验或经济是己方最低时，每三秒会额外增加五点。辅助位通常都会尽可能地避免得到经验和经济，让己方其他队友尽快发育，于是这件装备便可以很好地补充辅助位所需的经验和经济，和打野位的打野刀一样，学识宝石是辅助位的出门必备。

可现在“可汗”连死两次，经济垫底，生生地让人家的学识宝石成了摆设。

“可汗”需要发育一会儿。何遇调整了思路，可是这一次对方不给他机会了，趁着“可汗”处于弱势，对方打野和辅助开始频频光顾“可汗”的下路，再加上对方上单，三打一，这就不能说是送了，对方凭实力来围剿，终于找到机会连“可汗”带一塔一起全部送走。

“下路崩了。”遥远的上单又发言了。

何遇能说什么呢？总不能回“你说得对，我为你点赞”吧……

仔细回想，自己好像有些矫枉过正了。

自己第一次去尝试“搞事情”，自己的想法并没有错，纯粹是执行出了问题。

但是第二次，就不只是执行的问题了。

第二次自己主动去招惹对方也确实是一个机会，但问题是在第一次送死后，他的“可汗”在发育上就有些落后了。他的收敛应该从那时就开始，而不是等到他的比分变成到0-2-0以后。

以前是没勇气，没自信，但是这一局他有点自信过头了。

何遇估摸着看到这里的何良，大概已经可以发这个消息给他了。

第45章
好友名单

最后，何遇这一方毫不意外地输了比赛。何遇虽然已经开始收敛，可在对方的有意针对下从此就再没站起来，比分0-2-0是他的开始，比分0-7-0是他的结束。惨不忍睹的数据让被队友指责的他完全无话可说。

一开始说话的上单在队友开始指责何遇后闭上了嘴，很认真地在上路寻找机会，上单的举动反而让何遇不好意思了。

自己在高端局里练手，让哥哥的号掉分倒不打紧，可是这些认真想要获胜的路人队友呢？因为自己能力不足的尝试让他们跟着掉分，自己好像就是传说中的“坑”。

从比赛中退出来时，何遇看到有新消息，点进去一看更加羞愧了——掉分的队友在愤怒之下投诉了他，系统最终判定他“恶意送人头”，扣了他四点信用积分。

何遇想说自己不是故意的，但是自己还不能很好地应付高端局，这似乎就是事实。

看来自己应该先在匹配赛里多练习，虽然高歌、周沫那些老玩家都说匹配赛与排位赛不是一个游戏，意思是在匹配赛里大家乱来的情况会比较多一些，不像排位赛里的玩家那样认真、有章法，但是正因为大家在排位赛里都很认真，何遇才觉得自己不该去添乱。虽然都是陌生人，可在那一局排位赛里，大家就是并肩作战的队友，一起争取胜利的伙伴，自己应该对他们负责。

这样想着，何遇点开微信，看到哥哥果然又留了信息。

“这次你又太急了。”何良说。

“我准备先打打匹配赛。”何遇回道。

“嗯。”何良应了一个字，没有再多说什么。

于是何遇随手就进了一局匹配赛，在英雄选择界面，先选定“可汗”，然后在频道里发了一句：“我练英雄。”

“那我也练。”这居然也有人响应，三楼玩家发了一句后，“咣”的一声锁定了一个“孙尚香”。

这就有了两位射手了，其他三人纷纷喊坑，然后也是一通乱选，“可汗”“孙尚香”“王昭君”“钟馗”以及一位法师英雄，一个奇葩的游戏角色阵容就此诞生了。

阵容奇葩，大家自然也打不出什么章法，但是气氛很融洽，自家水晶最后是在欢声笑语中爆掉的，这是何遇之前还从未有过的游戏体验。

这样的对局让何遇放松了许多，不过紧接着的一局游戏，让他马上明白匹配赛里玩家的心态也并不全是如此。这一局的阵容是合理的，他的“可汗”也没什么大过失，但打野频频支援中路终于让中单发作了。

“你再帮我清一个兵试试！”中单说。

“帮？我那叫蹭好不好！”打野也是很爽朗的。

“干得漂亮！”中单发了一句系统语音后，从此站在塔下思考人生，动也不动。很快系统发出“‘诸葛’已经离开游戏”的消息，从此这局成了四打五。

这局匹配赛最后当然也输掉了，因为中单果断挂机的举动，队伍里倒是没人吵架。不过中单挂机很容易就被系统检测到，没等大家投诉，系统就已经给出了处罚。何遇一看，中单挂机比自己“恶意送人头”扣的信用分还要多一些，在游戏的规定里，挂机显然是更大的罪过。

这一局打完，时间也差不多了。在这样的念头中，房门锁响，莫羡提着书包开门进来了。

“你回来啦？”何遇说。

“嗯。”莫羡说。

聊天结束。

何遇完全不知道该跟莫羡聊什么，谈论一下今天的作业吗？这大概是小学生都不屑谈论的话题吧。

莫羡将书包里的书本取出，放回原位，接着将明天要用到的书本装进书包，再去卫生间洗漱，他像一个机器人一般有条不紊。

“关灯吗？”从卫生间出来后，看着已经在床上的何遇，莫羡问道。

“关吧，谢谢。”何遇说。

房间的灯关上了，但等莫羡上床后，他的床头灯便亮起来了。

每晚睡觉之前，莫羡都会玩半个小时的手机，这是何遇觉得莫羡唯一像一个正常学生的地方，就是不知道莫羡玩手机的时候是不是还在查找学习资料，又或者是在看物理学家的巨著。

自己要再打一局游戏吗？

何遇此时还没有睡意，不过回来之后自己练习连输了四局，这多少还是有点打击积极性的，此时的他不免有点犹豫，在进入组队准备的游戏房间后，始终没有点击开始匹配的按钮，他的目光最后不由得落到了右边的好友名单上。

11点多了，游戏里在线的好友居然还不少，何遇往下拉半天列表都没到头，何遇猛然意识到，眼下他登录的是哥哥的账号，这里的好友全是哥哥的游戏好友。所以这里面……是不是有很多职业选手？

职业选手平时训练和比赛都不会用自己账号，但就像何良有“良风有幸”这个账号一样，他们必然也有自己的私人账号，只是不知道私人账号的ID与他们比赛用的ID是否有相似之处。

何遇好奇地翻看着，很快就被一个名字吸引——“梦奇爸爸”。

这是……杨梦奇吗？

因为想到了杨梦奇的口头禅，何遇第一时间就有了这样的联想。他马上点击对方头像查看资料，看了一眼“梦奇爸爸”的常用英雄，立即明白自己猜得没错。

使用了共计1449场的“关二爷”，87.1%的英雄胜率，这不是杨梦奇的账号，还能是谁的？

要知道作为职业选手，他大多时间是不会用这个账号的。但即使是这样，他的“关二爷”参加的比赛都累积了1449场次，可见他是真的喜爱这位英雄。奈何在KPL上基本上“关二爷”都会被对手BAN掉或是以选代BAN，所以他只能私下游戏的时候用“关二爷”驰骋一番，想想也是有点可怜。

何遇想看一下“梦奇爸爸”的历史战绩，不过对方设置了查阅权限，何遇无法看到。

退出“梦奇爸爸”的资料页面，何遇继续看哥哥这个账号的好友名单，从自己知道的一些八卦和选手ID上展开联想，何遇又认出了一些在线的职业选手。

“周公解梦”，这个是现在最令何遇感到气愤的选手，天择战队的队长中单周进。

“悠悠莫向文山”，这个一长串和一句诗一样的ID，是现在号称王者峡谷野区之王的李文山的。

还有“龙王马良”“风的季节”“聚光灯”“森森”……

一路看下来，从翻看他们的英雄战绩，何遇又认出了数个职业选手，一时间更没睡意了，跟玩大家来找茬似的在一堆ID里翻阅。

手指滑动间，何遇不小心戳到了右上角，列表一下切换到了附近的人。何遇正要点回好友名单，一眼扫过的附近的人名单里，有一个名字猛地跳进何遇的眼中。

“薛定谔的猫”。

何遇一骨碌坐起了身子。

第46章 附近的人

所谓附近的人，顾名思义就是在手机定位里离自己不远的地方玩《王者荣耀》的玩家。也就是说，这个“薛定谔的猫”极有可能就是东江大学的人，毕竟这个校园内就已经有足够的《王者荣耀》玩家来占据附近名单中的30个名额。

但是，很熟悉东江大学王者圈的高歌和周沫明显都不知道这个ID，所以这个人又有极大的可能是高歌和周沫还不太熟悉的新生，又或者是校园附近的人？

何遇试着邀请对方组队游戏，系统提示对方正在游戏中。何遇只好试着添加好友，结果收到“对方不接受好友申请”的系统通知。

何遇无奈之下将名单截了图，发到了浪7战队的微信群里，然后通知了一下高歌和周沫。

周沫没有反应，估计已经睡着了。高歌倒是很快有了回应。

“你在哪儿？”高歌问。

“寝室。”何遇说。

“那应该是学校的人。”很熟悉游戏设定的高歌飞快得出结论。

“你们都不认识的话，那‘薛定谔的猫’应该是新生或者不是学生吧？他会不会是咱们系的教授？”何遇开始大胆想象，“薛定谔的猫”这个ID还是和物理系的教授很合拍的。

“这我真没听说过。”高歌说道。游戏玩家整体来说还是偏年轻化，但是喜欢游戏的人也不是没有年长的，高歌也不敢完全否定。高歌在脑海中把系里那些教授的脸全部过了一遍，想象了一下他们在做学问之余掏出手机玩《王者荣耀》的场面。这场面违和得让她急忙扶了一下头——她正敷着面膜呢，可不能大笑。

“如果不是教授就最好了。这个人应该就是学生，如果能把这人拉进我们战队就太好了！”何遇激动极了，“薛定谔的猫”可是一个他们都觉得是职业级的高手。

“你先别太激动，如果是学生，这会儿恐怕已经进王者荣耀社团了，我先来打听一下吧。”高歌说道。

“哦。”何遇这时也想起自己想在同系同学中发展队友的事，结果对《王者荣耀》感兴趣的都已经加入了王者荣耀社团。

“薛定谔的猫”无疑是一个资深玩家，就算是新生，入校也有十天了，王者荣耀社团那么大张旗鼓地发展新成员，“薛定谔的猫”实在很难成为漏网之鱼。高歌的话确实很有道理。

“时间不早了，你先休息吧。”高歌此刻挺平静的，这两年她早已习惯了自己发现不错的人，却被王者荣耀社团抢先一步发现或是挖走这样的事情。

“好吧。”刚刚激动到坐了起来的何遇又重新躺了回去。莫羡注意到何遇的举动，看了何遇一眼却也没说什么，继续摆弄着手机。何遇没有真的马上休息，继续登着游戏，时不时看一下“薛定谔的猫”的状态。没办法加好友，何遇只能选择与对方在一起玩一局才能得到直接沟通的机会，但对方始终在游戏中。何遇反复折腾，困意渐浓，不知不觉就睡着了。那边莫羡玩了约莫半个小时后，放下手机关掉了床头灯。

何遇这时还没退出的游戏界面中，附近的人名单里“薛定谔的猫”一会便也消失了。

“！！！”

第二天一早，何遇手机上的《王者荣耀》的界面就已经因为手机休眠自动退出了。周沫起得很早，看到浪7小群里的聊天记录后有点亢奋，先发了三个感叹号，发现群里没有反应后还是镇定不下来，连连在群里通知高歌，终于用提示音把高歌给吵醒了。

“一大早的，你干吗呀？”高歌处于半睡半醒的状态，她直接发了语音，口气有些含糊，发脾气也像是撒娇了。何遇听了之后就打了个寒战，他实在没法把这个声音和平时的高歌联系在一起。他冷静了一下后才往后看，周沫正激动地表示自己要去打听，去拉拢“薛定谔的猫”这个高手。

“可惜他没有打开好友申请。”何遇说着便又登录了游戏。

“现在附近的人里没有了。”何遇看了一眼附近的人名单后，说道。

“附近玩《王者荣耀》的人太多了，还能不能再看到他都说不定。”周沫说道。《王者荣耀》的玩家在大学这样年轻群体聚集的地方就很普遍了，附近的人名单最多显示30人，同一人能否再次出现，谁也说不准。

“我这一天都会留意的。”何遇说。

“我也会的。”周沫表示。

浪7三人这一天顿时有了一个清晰明确的目标。何遇整天都挂着游戏，时不时刷一下附近的人名单，可惜“薛定谔的猫”一直没有出现在这个名单中。

高歌和周沫能做的事就多一些了。虽然在校内王者圈里，他们有些被针对，但他们还是有认识的同学和朋友的。通过旁敲侧击的方式，他们打探着今年王者荣耀社团新招的成员中有没有什么厉害的人物。不过尴尬的是，他们打听到的名字全部是真名，这些人当中是不是有“薛定谔的猫”，他们还得更进一步挖掘。

到了下午浪7战队日常训练的时候，三人碰头。一天下来，三人一直在群里进行即时沟通，此时见面倒也没有太多可说的。何遇表示了一下自己不想再去排位赛里坑队友、掉分，高歌、周沫也没什么异议，于是陪着何遇一起打匹配赛。高段位玩家一起组队，即使是匹配赛，他们分到的段位也是大抵相当的对手，两队的成员段位不至于太悬殊。不过匹配赛也确实和排位赛不一样，节奏没那么紧张。何遇按照何良给的建议继续积极主动，建立自己的思路和节奏。不过眼下有高歌这个辅助对他多加照应，今天三人组队与昨晚单人匹配的情况又不太一样，他感觉要舒服许多。

“这样的节奏不错呀。”赢下一局后，高歌察觉到何遇的些许变化，说道。

“嗯，我老哥指点我，让我不要那么被动，要积极一些，多观察比赛，尽量牵着对方的鼻子走。”何遇说道。何良的原话不是这样，但何良要表达的意思大体就是如此了。

“是吗，啥时候你哥也能指点一下我呀？”周沫对能被前职业选手指点的何遇羡慕不已。

“那你恐怕也会从他哥哥那里听到一样的话：不要那么被动，积极一些。”高歌说道。

“不一样，不一样。”何遇急忙道，“周沫师兄是有自己的思路的，他会给对方足够的压力，他用的不是那种主动带节奏的上单打法。可当打野、中单或者辅助过去支援或是进攻对方红区的时候，他都会很好地配合，我觉得这种稳健的打法也挺好的。”

“你懂我！”周沫很激动地拍着何遇的背。

玩《王者荣耀》的玩家，无论打什么位置，大多都有一颗想出风头的心，希望自己在比赛中的表现越出彩越好。周沫的风格却不是这样，他的任何举动都基于不犯错这一点。

在何遇与周沫一起打过，以及何遇观战过的周沫的比赛中，周沫镇守的上路极少出错；尤其当对方想针对周沫这一路做文章时，周沫经常凭借稳健的防守让对方无功而返。如此一来，周沫相当于破坏了对手的进攻节奏，而己方就可以很轻易地在这个时候在其他位置打开局面。

但是周沫的打法也不是没有缺陷。

当己方其他位置被打崩时，他也依然是稳健的。可在这种局势下只是稳健就没有用了，己方必须要靠他这个仅存的没有被打崩，甚至可能有一点优势的上单去打开局面了。在这种状况下他继续稳健防御，往往都是等于慢性自杀。然而在这种需要他去带节奏，需要他去破坏对方节奏的时候，他的处理就显得不够出色了。

放在职业战队中，这样的上单只能算是一个优秀的抗压上单。而在顶尖的上单选手中，还没有哪个是在队伍特别需要他的时候站不出来的，更别提杨梦奇这种选手了，杨梦奇时时刻刻在刷存在感，仿佛自己走的不是上路，而是左半个地图。

所以周沫才会最喜欢杨梦奇吧……在杨梦奇身上，他大概很清晰地看到了太多自己做不到的事，因为有差距，所以崇拜。

第47章
欣赏的人

“我老哥的这个账号里有杨梦奇的私人账号。”何遇又说了一个让周沫兴奋不已的消息。

“让我看看！”平时的周沫是一个很沉默的人，在人群中经常会被大家忽略。可一提到他热衷的东西，他整个人就会变得特别不一样。此时听到何遇这话，他一边喊着，一边仿佛就要扑上来抢手机了。他的动作做到一半时，自己先反应过来了，看着被吓坏的何遇尴尬地笑了笑，说：“你给我看看吧。”

“在这里……”何遇点开好友名单，此时杨梦奇并不在线，不过“梦奇爸爸”的ID还是很快被何遇搜了出来。周沫接过手机，欣赏着自己偶像私人账号的游戏数据，不住地称赞着，连何遇都开始有些厌烦了。

“所以我比较不喜欢杨梦奇。”高歌冷不丁地来了一句。

“啊？”何遇不解其意。

“一个粉丝顶十个黑粉。”高歌指了指周沫，说道。

“还好，还好……”何遇干笑着，心中却有一点认同。看到周沫这模样，何遇真是情不自禁地想找点杨梦奇身上的毛病来泼周沫冷水，只要可以看到周沫气急败坏的样子，就会很开心。

当然，何遇并没有真的这样做，而是问高歌：“师姐，你有欣赏的职业选手吗？”

上次何遇问大家想加入的职业战队，高歌表示无所谓，看起来不像是一个追星的人。不过作为《王者荣耀》的爱好者，高歌对KPL总归是会关注的，那么多的职业选手中，不说像周沫这样崇拜某一个，她总归还是会有比较欣赏的选手吧？

结果这个问题何遇一问出口，一直陶醉在“梦奇爸爸”游戏资料里的周沫忽然就不嘀嘀咕咕了，屋子里一下子安静下来。何遇朝周沫看去，发现他的目光有些闪躲。

“我虽然不像那个傻瓜，但还是有比较欣赏的选手的。”高歌慢条斯理地说道。

“哪位？”何遇问。

“周进。”高歌说。

“哦……”何遇应了一声，正常情况下很能聊下去的话题，突然就这样中断了，屋里继续安静着，气氛微妙而尴尬。

高歌比较欣赏周进。

这个答案其实并不算出乎意料。周进号称王者第一中单，最擅长的英雄是“诸葛”，这些和高歌在《王者荣耀》中的状况很吻合：中单位置，最喜欢“诸葛”。

只是周进这个人，对何遇而言有着不同的意义。最郁闷的那几天，他几次梦到自己和哥哥一起站在王者峡谷，把周进堵在防御塔下……

周沫为什么突然安静下来，神色慌张，何遇明白了。

因为周沫知道这个问题的答案，同时也知道何遇因为何良，不待见天择战队和周进，周沫担心的就是出现此时尴尬的场面。

不过这些和高歌没关系。何遇长舒了一口气，正要说点什么，高歌却比他爽快多了，已经开口问道：“这对你有影响吗？”

“应该没有。”何遇说。

“应该没有？也就是说，还是有点影响了。”高歌说。

“人之常情嘛。”何遇说。

“理解理解。你应该庆幸一下，还好不是周沫喜欢周进，不然你岂不是想打扁他？”高歌说道。

“不至于，不至于。”何遇说。

“不至于吗？我看到他刚刚那个样子就想揍他一顿。你知道吗？有一次他请我去现场看微辰战队的比赛，他居然带着灯牌！而且还是粉红色的灯牌！”高歌说道。

“好多人都有啊……”周沫辩解着。

“那你要不要说说你灯牌上写的是什么？我跟你说，因为那个灯牌，我跟你的友情分成了两个阶段。你知道吗？”高歌说。

“什么叫分两个阶段？”何遇问。

“以前我们是哥们，后来我们是闺蜜。”高歌冷冷地道。

“哎呀呀！灯牌上到底写的是什么啊？”何遇完全被高歌勾起了好奇心，特别好奇地问道。

“不许说！”周沫急忙叫了出来，高歌无奈地朝何遇摊了摊手，真的就闭嘴了。

“那时我还小。”明明高歌并没有说出灯牌的内容，周沫却还是急忙解释了一下，看来如今的他也羞于提起自己的过去。这让何遇更加好奇灯牌上的内容了，无奈两人真的就再不谈这事了。

周沫为了转移话题连“梦奇爸爸”的资料都不欣赏了，急急地把手机塞回给何遇，并表示要打一局游戏。

“师姐要不要看看周进的账号？”

周沫和高歌这么一闹腾，何遇刚刚心里那点自己也描述不清的小情绪也没了，大大方方地问高歌。

“可以看看。”高歌没犹豫，马上就点头答应了。虽然不像周沫那样狂热，但对于自己欣赏的选手，她还是有些好奇的。

何遇昨晚就注意到了周进的ID“周公解梦”，周进对外公开过这个账号，所以何遇不点进去看资料也可以确认这个账号就是周进的。此时何遇点进去，同样是看周进的常用英雄，但是排在第一、使用最多的英雄，却不是周进最擅长的“诸葛”，而是“干将莫邪”。

“干将莫邪”，2267场，胜率80.4%。

“干将莫邪”的胜率不及杨梦奇的“关二爷”，使用场数却高出了许多。更让人吃惊的是，周进这个账号使用次数排第二的英雄胜率81.2%，排第三的英雄胜率80.8%，排第四的英雄胜率80.2%，排第五的英雄胜率81.3%。

第六终于是周进最擅长的“诸葛”了，1868场，场次比之前五位英雄的少了一些，胜率却更高，达到了86.5%；与杨梦奇最擅长的“关二爷”的胜率相比，可以说不相上下。

“诸葛”之后，使用场数多的依旧是法师英雄，只是场数不再像之前这六位英雄这么惊人，使用场数排在第七的法师场数只有445场，再之后还有“貂蝉”“良”“不知火舞”等法师英雄，周进竟是把所有的法师英雄全用了一遍，他的常用英雄名单里才勉强出现了别的位置的英雄，使用次数也已经少到可以忽略不计了。

“成功的选手，能获得成功果然不是没有道理的。”高歌看过周进的常用英雄名单后感慨了一句。

这只是周进的私人账号，完全属于他个人，他在训练、比赛中都不会用，是他在闲暇时玩耍用的。

可即使是顶着这样的账号，周进依然执着于使用法师英雄，他使用其他英雄的次数基本可以忽略不计。

他能把常用英雄的数据打成这样，只有两种可能：要不就是他即使用私人账号也有固定的队友，队友一定会把中单位给他；要么就是不管有没有队友拿了法师打中单，他也一定强行选择自己要用的法师。毕竟即使他公开了他的ID，也不能保证遇到他的玩家就都认得他，更不能保证认得他的玩家就一定会将中单位让给他。

他用这样的选法，一般而言，肯定是要被骂的。

可对周进而言，或许这就是他执着和专注的地方。

娱乐用的私人账号尚且如此。训练中呢？比赛中呢？

看着“周公解梦”这惊人的法师大全，何遇久久没有说出话来。

第48章
求同存异

何遇深度关注KPL五年，对天择战队投入了相当多的情感，何遇感觉自己十分了解天择战队的选手。周进在职业赛场上来来回回就是六位法师，从来没有用过这六位法师之外的英雄，这一点他也是清楚的。

而现在，在看到周进这私人账号的游戏数据后，何遇才终于了解到，六位法师的英雄池，是周进刻意练习的成果。从他使用其他法师英雄的场数来看，他大概经历了一个先针对所有法师，最后从中挑选出了六位法师英雄做深度开发和训练的过程。

而周进英雄池的深度是比较微妙的。职业比赛中必不可少的BP环节，非常考验双方选手英雄池的深度。双方各有四个BAN位，即禁选英雄的名额。假设天择的对手与周进有深仇大恨，在先BAN先选的情况下十分极端地BAN掉四位法师英雄，再挑走一位法师英雄，在这种情况下，周进依然还有一个他使用得十分娴熟的法师英雄可用。

虽然这样局限了周进的操作，但事实证明，这样的极端状况从来都没有发生过，也不大可能发生，因为比赛不是只有一个人，天择战队也不是只有一个周进。曾经何良的“剑仙”，张时池的“马可波罗”，都是天择战队的对手要在BP时仔细思量的对象。对周进的限制，大家通常就是禁掉“诸葛”。所以周进六位法师的中单英雄池，其实已经相当够用，甚至可以说耐用了。于是周进就将自己的注意力全部集中在了这六位法师上，哪怕是在闲暇的娱乐时间，周进也没有放松和更换英雄。这是何遇关注KPL、关注天择战队五年并没有发现的地方。他注意的更多是职业选手在场上的发挥和表现。周进在场上给他的印象是稳定——无论顺风还是逆风，周进都是天择战队里最稳定的那一个。

现在看来，稳定或许就是因为他的专注。就像高歌刚刚说的——成功不会没有道理。成功不会没有道理，那么失败呢……

何遇无法不想到哥哥。在所有人眼中，何良的职业生涯高开低走，是可以用失败来概括的。

何良失败的原因，在于队伍。

何遇一直是这样认为的，尤其在那天听到周进和游亚中到访王者荣耀社团，做了有关打野位的发言后，何遇越发觉得他们无耻。可是现在，他在“周公解梦”这个账号上看到的，是一个思路清晰明确、高度专注，连闲暇时间都没有放松的周进。

周进的态度值得敬佩。所以何遇越发纠结，周进这个值得敬佩的选手为什么会对何良抱有那样的看法？

何遇在哥哥的账号里看到了杨梦奇、李文山、周进等诸多职业选手的私人账号，当中流露出许多在比赛场上看不到的东西。但是何遇要想看何良这个账号的信息岂非更加方便？其他人还都隐藏了战绩，可是何遇登录何良的“良风有幸”账号，能看到这个账号的全部信息，而且都不用在名单里翻找，何遇只需要点一下左上角的头像就好了……

“你发什么呆呢？”好一会没动的何遇引来他身旁高歌的质疑。

“哦，没什么。”何遇回过神来。

“是不是有点意外？你心里是不是有点期待周进不学无术，一塌糊涂，数据不行？”高歌问道。

“师姐，你好像很喜欢揣摩别人的心思啊！”何遇无奈地道。

“就像我在游戏里一样。”高歌说。

“还真是。”何遇想了想，发现无法否认高歌的话，高歌的草丛三式完美体现了她对对手心思的把握。

“所以呢？”高歌还在问着。

“意外是有的，只是你口中的周进真的没有办法让我心动。能打到这个位置的职业选手不可能实力糟糕，这一点我还是很坚信的。”何遇说。

“所以你还是在纠结他与你哥之间的对错吧？”高歌说。

“是的……”何遇有些惆怅。他可以轻易看到“良风有幸”的资料，他却纠结了。为什么？是在看到周进私下里也很努力后，他对哥哥变得没信心了吗？不……并不是他对何良没信心，他更多的还是对自己一直以来的想法和判断变得不自信了。

“其实职业场上没有对错，只有胜负。”高歌说。

“我哥当职业选手的那几年，天择战队没有赢……”何遇说。

“是的。”高歌说。

屋里忽然又陷入沉默了，何遇和高歌都不知在想些什么。周沫在这种气氛下有些不知所措，调节气氛可不是他擅长的事。在这种情况下，他若想要调节气氛，一般的结果都是弄巧成拙，这是有历史经验和教训的。所以他苦恼地看着二人，不知道自己此时该不该说点什么。

周沫十分了解高歌。高歌欣赏周进只是一方面，因为欣赏周进，高歌也有关注天择。而对何良，高歌向来是有一些微词的。目前双方只能说是还没聊到那块儿去，如果聊起，他知道高歌是一定不会掩饰自己的真实想法的。此时他仿佛看到高歌和何遇之间夹着一个定时炸弹，眼下炸弹的倒计时已经到了尾声——何遇似乎已经从高歌的言谈中察觉到了什么。

“师姐，你其实是认为我哥有问题的，对吧？”何遇忽然说道。

“啊！”听到这话的周沫仿佛看到炸弹被引爆，情不自禁地惨叫了一声，顿时引来二人诧异的目光。

“你干吗？”高歌再擅长揣摩别人的心思，眼下也猜不到周沫的想象力如此丰富。

“喀喀，没什么，忽然肩膀疼了一下，我是不是最近游戏玩多了啊……何遇你要不要陪我去一下医护室啊？”周沫开始了他的表演，拙劣的谎言加一眼就可以看穿的调虎离山之计，让高歌像看白痴一样看着他，一边的何遇却是忍不住笑出了声。

“看来是这样的。”何遇转过头看向高歌，说道。

“这对你有影响吗？”高歌的回答还是这句话。

“有的。”这一次何遇的回答就很明确了。

“那怎么办？我们求同存异？”高歌说。

“好的。”何遇说。

两人的干脆利落看得周沫目瞪口呆。他脑补的画面，是两人当中的那个大炸弹爆炸了，炸得两人面目模糊。可眼下高歌和何遇还是站在那里，目光都不退缩地盯着对方。

“我们求同存异？”一个人抹了一下脸上的血。

“好的。”另一个扶了扶自己断掉的胳膊。

第49章
快速高效

“我们继续。”

“来。”

周沫还在脑补画面，何遇和高歌却果断地开始了新一局的游戏，两人一齐进入游戏房间后，同时瞪向了周沫。

“我已经邀请你了。”

“速度。”

两人的口气都有一点严厉，周沫一边进游戏一边郁闷地道：“别都冲着我来啊！”

高歌和何遇都不说话，等周沫进入组队准备界面后，房主高歌立即点了开始，一秒进入英雄选择界面。何遇秒选“可汗”，高歌这次则选了“太乙真人”。不同于何遇只是练习“可汗”，高歌从昨天打辅助开始就在尝试不同的辅助英雄。对于她这样的资深玩家来说，游戏里不存在完全陌生的英雄，因此她玩辅助英雄上手也很快，只是玩出来的水平不像她打中单的水平那么高。不过对目前的浪7来说，这是没有办法的办法。要么她让出中单位，要么就是浪7少一位队友，无法参加比赛。

周沫估摸着这一局的气氛多少会有些不同，事实也确实如此。何遇与高歌之间不乏交流，不过他们之间的交流不像平常那么轻松自然，基本都是就事论事，没有一句多余的话。

“蓝BUFF还有10秒刷新。”

“打野还在上路。”

“卡一下对方中单。”

这是两人去反蓝时的交流。

“对方三位英雄在上路，我们可以拿下暴君，你卡一下‘花木兰’的位置。”

“不用卡，等‘花木兰’过来，我就动手。”

这是两人在下路偷暴君时的交流。

“我去游走。”

“中单和打野下来了。”

“红区草丛里有人。”

机械而冰冷的声音在高歌和何遇两人中间传递着，两人注意力极其集中，发挥出色。倒是周沫在介入团战时，被这样的交流语气搞得有些紧张，频频失误。最后他的失误竟是严重到让己方直接被团灭，让对方一气呵成地拿下了水晶，游戏失败。

周沫抬眼偷看了一下，发现两人都十分不满地瞪着他，他又急忙低下了头。

“我的错。”周沫低声说。

“再来。”高歌说。

“开。”何遇道。

周沫跟着进游戏，深呼吸，告诫自己不要理会这两人交流时的语气，专注于比赛。

于是接下来的几局都很顺利，三人连胜了五局匹配赛。

“嗯，今天还不错。”看时间差不多了，高歌放下手机说道。

“除了第一局。”何遇说。

“周沫的问题，注意力不集中。”高歌说。

“是是是，我的锅。”周沫急忙承认。

“其他几局也不是没有小瑕疵。”高歌说。

“还好吧……”周沫说。

“第二局你用脸打探草丛有点草率。”高歌看向何遇说道。

“第三局中路团战那次，你的大招交早了。”何遇看着高歌说。

“第四局上高地时，小兵残血，你应该扛一下塔，可以直接将塔推掉。”高歌说。

“第五局对线压力不大，你应该早一点去支援打野。”何遇说。

“第六局塔前那次你不应该软弱，先用一、二技能，刚好升到四级，立即施展大招可以反杀对方两位英雄。”高歌说。

“我哪有这么一次？”何遇皱眉。

“我说的是周沫。”高歌的目光转向周沫。

“啊？”周沫全无防备，正看着两人你来我往地互相指出问题，却不想战火突然就蔓延到他身上了。

“第五局的时候，周师兄应该多进攻对方红区，他们的打野和辅助一直主攻下路，节奏并不好。”何遇也立即跟上了高歌的节奏。

“第四局你忘了盯一眼暴君，有些失误。”

“第三局帮打野守蓝的时候你没算好伤害，蹭到打野的经验了。”

“第二局你发的消息有两个错别字。”

“这也算？”周沫听完都惊呆了，这两人把他身上出现的问题从后往前捋了一遍，只是第二局这个问题也太牵强了吧？也太没事找事了吧？

“路人队友看到你那两个错别字后，明显没反应过来，等他反应过来的时候已经错过最佳时机了。”何遇居然支持高歌的这一条批评。

“你们怎么连这都看出来了啊？”周沫都快哭了。

“你发出那条消息的时候，那个路人队友操作的英雄茫然地在原地站了好一会儿。”高歌说。

“是的。”何遇说。

“好吧，我的锅。”周沫不想争辩，他突然觉得自己有点头痛。

“我还有什么问题吗？请你们快点总结完。”周沫说。

何遇看向高歌，高歌也看向何遇。谁也没回避，就这样对视了五秒。

“我没有了。”何遇说。

“我也没有了。”高歌说。

“那……我们一起去吃饭吧？”周沫试探地问道，他不知道以两人目前这状况，三人是不是还能一起共进晚餐。

“快走吧，我今天非常饿。”何遇说着，自己就先走出门去了。

高歌没有说话，收拾了一下桌子，拿起手机就跟了上去，周沫已经有点跟不上这两人的快节奏了，急忙叫了高歌一声。

高歌回头，看着周沫。

“这样……没问题吗？”周沫指了指门外低声说道。

“还可以。你不觉得今天下午很高效吗？我和何遇的注意力明显比平时集中，除了你。”高歌说。

“可这气氛也太尴尬了吧。”周沫说。

“我觉得和那些想约我的家伙一起打游戏才尴尬。”高歌说。

“好吧……”周沫无话可说了。在两人还是大一新生的时候，这样的人简直数不胜数。

以前浪7战队五人一起组队打游戏的时候，经常是除了周沫以外的三位队友都是抱着这样的目的来和高歌打游戏的。这些人个个表现欲旺盛，为了刷存在感全疯狂地拿人头，好像拿下四杀、五杀，高歌就会答应跟他们交往一样。

无奈这些人中还真没有几人的游戏水平比高歌更出色，最后纷纷被高歌用自己远比他们漂亮的游戏数据劝退。有些自惭形秽的就此退出了浪7，但也有厚颜无耻，缠着高歌要拜她为师的。那段时间连周沫都收了好几个徒弟——他哪知道还有套路这么深的人，还曲线救国，发现他是高歌的多年老友后，竟然试图从他这里把雪球滚起来。

好在高歌洞若观火，不然周沫真要以为自己水平很高，很受欢迎了。

高歌想要什么，没有人比周沫更清楚了。

她不在乎队友的水平高低，她想要的，只是和她一样，对游戏够专注、够用心的伙伴。

何遇是这样的人，周沫可以确定。

所以对高歌来说，这就已经足够了吧。

“我们去吃饭吧。”周沫说道。

第50章 赛程安排

今天下午三人都只有两节课，因此战队训练结束得早。他们到食堂时正是饭点，食堂里热闹非凡，不过何遇、高歌都不说话，三人之间的气氛比昨天没什么人的食堂还要冷清许多。

周沫有些心急，觉得这样下去不是长久之计。可他实在不会应对这种场面，他的那点套路，高歌闭着眼睛都可以看穿。最后没等他想出缓解气氛的法子，何遇就已经吃完了，端起餐盘站了起来。

“我先走了。”何遇说道。

“明天不要迟到。”高歌说。

“嗯。”何遇应了一声，然后朝周沫点了点头，就这样离开了。

第二天下午的课结束时，高歌没有出现在何遇他们的教室门外。何遇自己尚没有意识到这一点，倒是同学们先留意到了。

“何遇，高歌师姐今天怎么没来找你啊？”不少人挤眉弄眼地问他。

因为同系，大家基本上也都认识了高歌，一些玩《王者荣耀》的同学更是听闻了高歌在校内王者圈的名声，此时大家都以为何遇被踢出战队了，已经有人凑上来准备安慰他了。

“我已经熟悉路了，不用人带路。”何遇如此回答。他的回答让所有人都愣住了。

“我先走了啊。”和同学们打了一声招呼后，何遇便离开了教室，留下几个玩《王者荣耀》的同学凑在一起面面相觑。

“高歌师姐怎么和传说中的不一样啊？”

“这都十多天了吧……”

几人中有两个人加入了王者荣耀社团，他们从社团里听来的关于高歌的传言就更恐怖了。他们暗暗打赌，赌何遇多久会从浪7战队退出。他们从前辈那边得到的数据显示，绝大多数加入浪7战队的人都在一周之内退出了浪7战队。加入浪7战队超过一周的，那基本都是醉翁之意不在酒，因为有别的企图，才坚持留在浪7战队的。可这样的人最终也都会被高歌轰走，结局还是一样。

几人挠着头，都想不出一个所以然来，最后加入了王者荣耀社团的两个人都收拾好了东西。

“我们先走了啊。”两人说道。

“你们去哪儿？”余下的几个随口问道。因为《王者荣耀》的关系，他们几人目前走得比较近。

“校际联赛就快开始了，我们这些社团新人也要去帮忙，走了啊。”两人说着便离开了。

“哎，要不咱们也组一个队去参加一下比赛吧？”余下的几人中，一个人突然来了兴致。

“咱们这水平的就算了吧？”马上有人说道。他们几人基本都一起玩游戏，互相知根知底。他们的段位尚在黄金、铂金挣扎，就这样的段位他们还组战队，听起来就像在讲笑话。

“那有什么？何遇不都去了吗？”那人以何遇为榜样，何遇的段位他们也是非常清楚的。

“他不是有高歌师姐他们带嘛。”有人说。

“有他拖后腿，那浪7还能打出什么花来啊，其实大家不就是玩嘛！”

“去就去呗，我无所谓。”

“那就走。”

“在哪儿报名来着？”

“我问问张利松他们就知道啦。”一人说着，拿出手机。

如他们这样随随便便就成立并参加校际联赛的队伍，每学期都不知有多少。而那些队伍的心态大多也就和他们一样：无所谓，随便玩玩。

当然，认真想要打出点好成绩的队伍也不少。这些队伍当中的玩家都比较有实力，至少也是王者以上段位的人才会有这样的自信。

这学期又是新学年的开始，有高年级的学生毕业离开，有新生入校进来，很多队伍都面临新老交替。

高歌和周沫作为三年级的学生，对校内的强队都有了解，眼见比赛临近，正聊着各个队伍的变化，以及“薛定谔的猫”是否是藏身某队的新人时，何遇推门进来了。

“你来啦。”周沫保持着他对何遇一贯的殷勤态度。对于何遇这得来不易的队友，他可是很珍惜的。

“嗯。”何遇点点头。三人不同班，课程安排并不一致。时间表不统一的时候，其他两人就要以最后一个下课的人的时间为准，今天何遇的课比较多，所以他来得最迟。

“‘薛定谔的猫’昨晚没有出现在附近的人名单里。”何遇进来坐下后说道。

“你还记得呢！”周沫有点激动，说实话他昨天担心了一晚，不知道何遇和高歌之间的尴尬是否会导致何遇退出战队。可看何遇还在为队伍的成员上心的态度，那么何遇自然是没有去在意昨天的事了。

“当然，怎么了？”何遇疑惑。

“没什么。我们这边也在打听各战队有没有高手加入，目前还没有听说这个ID。”周沫说道。

“希望可以再遇到他。”何遇说着，已经打开了游戏。

“进。”另一边的高歌就说了一个字，她也已经打开游戏，连游戏房间都建好了，正在邀请周沫和何遇。

“这就开始了？”周沫看看二人，也不知自己该说些什么，只能乖乖进了游戏，比赛立即开始。

熟悉的气氛，熟悉的节奏。

何遇与高歌继续着昨天那样就事论事的交流态度，连半个多余的字都没有。这种态度同时也辐射到了周沫身上，他们发现周沫有什么问题的时候也会无情地指出。

周沫又在战战兢兢中完成了这一天的练习。今天的对局不太顺利，输多赢少。输了的局的问题难免会多一些，两个人互相指出问题之后，最后一齐把目光转向了周沫。周沫闭上了眼——该来的总是会来的，就让暴风雨来得更猛烈些吧！

“周沫师兄今天过于保守了。”

两人看到周沫这样子也并没有要放过他的意思，毫不客气地开始指出他的问题。两人先在大方向上着眼，然后开始了一局又一局细述。

周沫起初只是答应着，虚心接受，但是渐渐地就开始忍不住插话，有时是解释自己的思路，有时是不太认同两人的说法，总之和他们两个有了交流。聊完之后，周沫发现自己竟然跃跃欲试地想要再来一局，把刚才聊到的东西都用到实战中去。

结果不等他提议，说完的高歌和何遇“唰”地一齐站起了身。

“今天就到这儿了。”高歌说。

“去吃饭。”何遇说。

两人大步流星地出了门，留下周沫一人恍惚地坐在那里。周沫又在屋里愣了半晌，这才无奈地跟了出去。

接下来的几天，浪7战队的练习基本都是在这样的气氛中进行的。没有了之前的和气，三人却提高了对游戏的专注度。

每天练习之后的三人互相指出问题的时间里，周沫也不再是任凭处置的态度，他开始争论，开始辩解，他发现在这个过程中可以互相交换想法，让他有一种脱胎换骨的感觉。

这才是真正的训练啊！

周沫有些激动，感觉他们终于找到正确的训练节奏了。至于何遇和高歌之间微妙的关系，反正几天下来，他们自己都不觉得这样的相处模式有什么问题，周沫也就不瞎操心了。只可惜他们终究还是没能找到“薛定谔的猫”。在高歌和周沫所能打听到的王者荣耀社团的新人中，并没有人的ID叫这个。而何遇在晚上待在寝室的时候，又在附近的人的名单里看见了“薛定谔的猫”两次，但是这两次“薛定谔的猫”依然在游戏中，何遇无法和这人交流。

转眼又过去了一周。校际联赛的报名终于在刚过去的这个周末截止了。赛程表的生成很方便，将所有参赛队伍录入电脑后，系统会自动生成。因为参赛的队伍众多，时间有限，以及人手不够等，比赛采取淘汰赛制，且一局定胜负，非常高效。

随便玩玩的队伍并不怎么关心赛程，反正重在参与。

有心的队伍可就没这么放松了，公布赛程的这一天，都在等着王者荣耀社团那边的消息。因为参赛队伍特别多，布告栏那边是贴不下赛程表的，王者荣耀社团只能通过网络公布赛程。周沫这天从睁眼开始就一直在盯着东江大学王者荣耀社团的公众号，终于在中午等到了赛程公布的消息，没等周沫进去查看，他的手机上就收到了一条微信消息，这条微信消息来自张承浩，内容只有七个大字和一个标点符号：哈哈哈哈哈哈哈！

周沫愣了一下，已经有了预感。张承浩看起来很是迫不及待，跟着马上又发来了一张截图，是赛程表的一部分。

截图正中写着首轮对阵的两支队伍名称：浪7战队vs皇朝战队。

第51章
蓝山咖啡厅

张承浩又接连发了一些喜庆的表情，可周沫没心情理会。对浪7战队而言，这个赛程安排绝对不是一个好消息。就上两个学期的校际联赛来看，张承浩的皇朝战队是杀入了前八的队伍，是一支相当有实力的队伍。皇朝战队的成员大一时便聚集在一起了，所以皇朝战队的阵容稳定，成员配合默契，可比随便凑成的五人战队要优秀得多。

周沫和高歌一起参加了四次校际联赛了，浪7战队能打到什么程度，他们心里基本有数。用不着和皇朝战队这样有配合有套路的队伍比，只要是一个有着五个王者段位成员的战队，浪7战队想赢就特别艰难。

高歌和周沫之前每次找的队友基本上都是凑数的，而且那些临时队友经常还会占掉周沫和高歌擅长的位置。

这学期浪7战队终于多了一个何遇。何遇虽然是新人，但又不同于一般的新人。何遇游戏理论扎实，上手飞快，只是他刻意给自己增加了难度而已，其实他的实力已经很值得信赖了。

想着之后可以参加比赛，在继续进步的同时寻找合拍的队友，周沫心中就充满了期待。这是他入校两年，四度参加校际联赛以来都未曾有过的心情。之前四次参赛都是和三个凑数的队友一起，感受着临时队友“随便玩玩”的心态，他只是在等着“带不动”的那一天到来而已，说实话他心里还是蛮窝火的。

这一次何遇的出现，终于让周沫有些期待校际联赛了。只是他没想到的是，这次比赛浪7战队居然在第一轮就遇到了皇朝战队。皇朝战队是周沫期待着浪7战队以后能击败的对手，现在遇到，委实有些太早。

校际联赛的赛制简单，却十分残酷，任何战队只要输掉一场比赛就会直接被淘汰，持续整个学期的校际联赛自此也就与他们无关了——虽然比赛没有特别多严格的规章制度，但也总不能允许参赛者所在的战队输了以后，再加入别的战队继续参赛。

在亲自点开赛程，亲眼看到浪7战队和皇朝战队确实是要在第一轮对战后，周沫心头最后的一丝侥幸也破灭了，他还指望着这是张承浩吓他的恶作剧呢！

没有理会手机上不停弹出来的新消息，周沫趴在了课桌上，被绝望包围着。过了好一会儿，他才拿起手机，将浪7战队和皇朝战队要在第一轮对战的赛程截图发到了浪7战队的微信群里，然后就放下了手机，继续趴在课桌上。

周沫这种情绪低迷的状态持续到下午课快结束，接下来周沫就该去和何遇、高歌会合训练了，周沫终于坐直了身子，让自己看起来振奋了些。

虽然自己的心中一片凉意，但是周沫觉得自己不能把这样的负面情绪带给队友。对手很强大，强大到让他觉得浪7战队完全没戏，但是这并不代表他会轻易放弃。

下课铃响的那一刻，周沫霍地起身，带着一副大义凛然的模样朝教室外走去。

院学生会的办公室不可能每天都能借给他们使用，而图书馆、自习室这些地方显然不适合让他们打游戏。当然，《王者荣耀》作为手游，只要是在有信号的地方，玩家随时随地都可以玩。但他们真就这样随随便便站在路边练习操作，也显得很没有仪式感。最后，学校北门外的蓝山咖啡厅就成了他们经常会去的一个训练地点。这家店的环境和咖啡都非常一般，不过消费水平不高，最重要的是这里的WIFI信号特别好。

每周二，浪7战队都在这里训练。

这一天，周沫最晚下课，自然是最晚到的一个。他刚出学校北门，就看到马路对面的咖啡厅橱窗内，何遇和高歌在他们常坐的位置上面对面坐着，两人一个抱着双臂，一个托着腮，也不看对方，一副在冷战的模样。只这样看，他们俩倒真像是一对在赌气的小情侣。

周沫本想了解一下高歌和何遇在知道赛程以后是什么心情，结果他走在路上想看群消息时，发现手机竟然没电了。他此时看到两人都是面无表情的模样，只能再次提醒自己要振作起来，然后走向了咖啡厅。

微笑!

周沫露出微笑，朝着二人走去。面朝大门的高歌先看到他，点了一下头算是打了招呼。对面何遇意识到他来了，扭头看了一眼，也扬起手招呼了一下。

“麻烦，一杯拿铁，再帮我拿一个充电宝。”周沫对跟着他的服务员说道，一副很轻松的样子。

高歌望着他，在他微笑落座的时候开口问道：“你很慌？”

“慌？慌什么？”周沫的演技十分不行，被高歌一戳穿他立即磕巴起来，慌乱地掩饰着。

“第一轮就和皇朝比，你不慌？”高歌说。

“慌有什么用呢？”周沫顺口说道。

“你明白就好。”高歌说。

周沫看二人还是面无表情的模样，自从那天之后这两人训练时就大多是这模样了，今天看起来也没有什么特别之处，这让他看不出二人的心思。正好这时服务员拿来了充电宝，他急忙拿出手机晃了晃说道：“手机没电了，我先充一下电。”

周沫快速插上充电线，立即开机，然后进微信群，他要看看二人的聊天记录，看看他们对第一轮就与皇朝比的反应。

他快速打开了微信群，首先看到的是自己发的赛程截图。而在那截图下边，只有两条消息，一条来自高歌，一条来自何遇。

高歌发了一个字：哦。

何遇发了两个字：收到。

“这就没了？”周沫脱口叫道。

两人一起看向他。

“什么没了？”高歌问。

“话费，话费没了……”周沫掩饰着。

“今天这边网络故障，没有WIFI，我们打游戏得用4G网络。”何遇对周沫说道。

“哦哦，好啊！”周沫随口应道，然后就见何遇盯着他的手机。

“怎么？”周沫不解。

“可你没话费了……”何遇说。

“哦哦，我马上充。”周沫急忙举起手机，假模假样地操作着，主要是不能让何遇看到自己的手机界面，否则自己的谎言岂不是会直接被何遇戳穿？

坐在对面的高歌深深地看了他一眼，什么也没说。

“你们来多久了？”周沫问道。

“有一会儿了。”何遇说。

周沫很是同情地看了二人一眼。没有他在，这两人独处的气氛应该特别尴尬吧？谁知道高歌那边接着道：“我已经介绍完皇朝战队了。”

“我觉得他们的队长张承浩会是我们的突破口。”何遇接着说道。

“别禁‘露娜’，他肯定会用这位英雄的。”高歌说。

“然后我们针对蓝展开作战。”何遇说。

“不只要让他拿不到蓝，还要力争在前期‘露娜’作战能力还弱的时候直接打崩‘露娜’。”高歌说。

“所以我们这边需要拿些前期作战能力比较强的英雄。”何遇说。

“我辅助准备用‘苏烈’，或者‘东皇太一’。”高歌说。

“选择‘东皇太一’是考虑到有可能我们的计划不太顺利，那至少我们还留了一个能限制‘露娜’的英雄。”何遇说。

“上单那边，你的‘杨戬’现在练得怎么样了？如果可以，以选代BAN，你先抢了‘杨戬’，让周木同用不了。”高歌说。

“不过有关这场开局，我有一个建议，我建议咱俩上来先换线，我去上路防守，你走下路配合高歌进攻蓝区。你觉得怎么样？”何遇又道。

然后两人一起看着周沫，等着他的回答。

“我刚刚进来，咖啡还没开始喝。要不……你们俩再聊会儿？”周沫目瞪口呆地说道。

第52章

眼前的伙伴

恍惚了一天的周沫，原本想着三个人今天是不是要互相安慰一下，毕竟高歌和他一样清楚，浪7战队首轮比赛就遇到皇朝战队会是什么样的结果。他哪里想到，高歌和何遇竟然在这里一起冷静地分析起了浪7战队如何打赢这一局比赛。

他们这是认真的吗？周沫又恍惚了一会儿，直到他点的咖啡被服务员端上来时，他才回过神来，发现高歌和何遇都在看着他。

“我喝咖啡。”周沫举杯示意了一下。

两人也不说话，看着他喝咖啡。

周沫喝了一口咖啡，压了压心中的惊讶之后，情绪稳定了许多，他再朝二人看去时，目光就落在何遇身上。

他了解高歌。大一学年的两个赛季，他们带着三个凑数的队友参加比赛，即便遇到很难战胜的对手，高歌也并没有轻言放弃，她会很认真地思考有没有什么战术可以击败对手。只是可惜，战术是有了，她也努力说服了凑数的队友一起配合，最后却因为战术执行不到位，浪7被反打得很尴尬，因此她被那三个临时队友埋怨了好久。

经历了两次相同的遭遇后，高歌不做这样的尝试了。大二学年的两个赛季，再遇到强敌时，她都是极力做好自己，队友能配合她当然最好，队友不能配合她也不强求。最终比赛都是惨淡收场。

如今他和高歌已经是大三学生了，两人第五次参加校际联赛，这是浪7最不走运的一次，第一轮浪7战队就碰到皇朝战队这种实力雄厚到可进前八的队伍。可是这一次，高歌恢复了自己大一时的状态，积极认真地谋求胜利。高歌身上这样的变化，应该是何遇带来的吧？她是觉得现在又多了一个靠得住的队友吧？

“师兄，你没有什么话要讲吗？”何遇被周沫盯得有些发毛，忍不住问道。

“哦，我在想你设想的方法的可行性。”周沫说。

“嗯，这也是我们比较担心的点。据师姐说，你好像不是很擅长切后排？”何遇说。切后排是指在团战时，绕过对方队伍后，击杀对方的法师和射手之类的脆皮英雄。

“可以这么说。”周沫不得不承认这一点。他是一个偏防守型的上单，即使是在团战中也更乐于保护己方输出位。“花木兰”“杨戬”这类可以对对手后排造成重大威胁的英雄，他玩得都不是很好。他不是没有练习过这类英雄，只是他好像天生就不擅长抓进场切后排的时机，他努力切后排，却经常打出疯狂送人头的效果。

“但是这一场比赛，我们还是需要你这样去做，即使你不能完成击杀，至少也能给对方制造一定的混乱，所以我们推荐你用‘杨戬’，一来这可以拿掉对方擅长的英雄，二来也是因为‘杨戬’进场后的生存能力要更强一点。”何遇说道。

“这话听起来怎么像是要我去卖？”周沫感到疑惑。

“说‘卖’多不好听。”高歌说。

“对，只是要你骗一下对面的技能而已。”何遇说。

“骗完技能，我还能活着吗？”周沫感到郁闷。

“这个，真的就要看你的技巧了。”何遇说道。

“这个我知道……”周沫更郁闷了。他毕竟也是一个资深玩家，各种英雄的技巧和细节都知道一些的。就比如“杨戬”，在有兵线和没兵线的时候，作战能力就完全不一样。这里的兵线是特指对方的兵线，因为“杨戬”的大招根源之目是靠对敌人造成伤害来回血的，那自然是命中的目标越多、伤害越大，恢复的血量也就越多。有对方的兵线作为目标时，“杨戬”大招恢复的血量会大幅度提升。

但是诸如此类的技巧，周沫知道归知道，能不能灵活运用那就是另外一回事了。周沫心下郁闷，就是因为他对于这类英雄的操作没有信心。

“你尽量吧，只是常规操作，我想我们应该是有机会打赢皇朝的。”高歌这时说道。

看着高歌的眼睛，周沫仿佛看到了大一时的她。即使身旁只是几个凑数的队友，她也兴冲冲地研究着套路，希望大家能共同努力，一路披荆斩棘，取得最后的胜利。

因为我们比较弱，所以一定要用些非常规的手段。

那时的高歌也说了这样的话，而如今她的身旁就有人在提供这种非常规的思路，自己作为她的老友，又有什么理由退缩呢？

“我这几天再练练。”周沫点了点头，表示道。

“那我们就开始吧？”何遇这时已经拿起手机打开了游戏。

“要不要再约一下李思杰、赵进然他们两个？”周沫说道。

“可以啊。”高歌对此不反对。如果可以，她当然也很希望五个人可以一起练习一下，熟悉一下彼此的操作。

“我给他们打电话。”周沫说着便搜起了通讯录。

“周沫师兄。”何遇这时在一边叫了一声。

“嗯？”周沫一边将搜到的号码拨出去，一边看向他。

“你手机都欠费了，你是怎么充值的？”何遇问道。

“嘘。”周沫立即做了一个噤声的手势，很幸运的是，这时拨过去的电话也立即被接通了。

“思杰吗？我周沫啊。”

“赛程表出来了，你有看到吗？”

“什么？无所谓……我们第一轮的对手是皇朝，对，张承浩的那个皇朝。你们一起来练一下吧？”

“什么？不用练？反正也打不过？”

“我们这想到了一个套路……喂？喂喂喂？”

“挂了……”周沫一脸尴尬地看向高歌和何遇，说道。

“算了吧。”高歌轻声说道。

“我再给赵进然打一个电话。”周沫却还不甘心，看着高歌笑道，“能多一位队友一起练，也是好的嘛。”

高歌没有说什么，周沫这边却跟着陷入了沉默——赵进然的电话一直无人接听。

周沫很耐心地等着，直至通话请求因为一直无人接听而中断。

“没人接？手机忘带了吗？”周沫嘟囔着，又打了一遍。

“您拨打的用户正在忙”，手机里响了提示声后，传来长长的忙音。

周沫愣了好一会儿，才无奈地挂断了电话。

“我联系不到他。”周沫对二人说道。

“还是我们自己来练吧。”高歌说。

“我已经邀请你们了。”何遇说。

“来了。”周沫打开游戏，登录后进入游戏界面，便看到了何遇发来的邀请信息。周沫进入游戏房间，看到何遇和高歌都已经就位，就像每周的下午一起坐在咖啡厅等着他一样。

他很希望身旁的另外两个空位也能有人坐，可是目前看来，这两个座位就只能暂时空缺了。

“我们开始吧。”周沫说道。

“走。”何遇招呼了一声，开始了今天的训练。

（本册完）